Wie viele Träume hat die Nacht

In Liebe für M.

Zum Buch

»*Liebe ist doch nur ein Wort.*« Diesen Satz seines Sohnes will Holger Hagedorn an jenem Abend, an dem er Thomas aufsucht, nicht unkommentiert stehen lassen, auch wenn er dessen Aufregung verstehen kann, da ihn seine Frau Eva nach einem Streit verlassen hat. Aus Sorge um ihn erzählte er ihm die Erlebnisse eines Mannes, den er Lemmi nennt.

Es sind die 1970er Jahre, in denen sich jener Lemmi als junger Mann in einer ähnlichen Situation wie Thomas befindet. Nach dem Scheitern seiner Ehe hat auch Lemmi den Glauben an die Liebe verloren. Völlig aus der Lebensbahn geworfen, trifft er eines Nachts eine schicksalsschwere Entscheidung.

Wie viele Träume hat die Nacht erzählt in einer ungeschminkten Sprache die ewig aktuelle Geschichte von der Sehnsucht nach der unvergänglichen Liebe. In diesem Roman greift der Zufall auf dramatische Weise in die Lebenslinien dreier unterschiedlicher Menschen ein, als wolle er beweisen, dass Liebe tatsächlich nur ein Wort ist. Aber ist es wirklich der Zufall, der die Lebenswege bestimmt? Holger Hagedorn ist inzwischen der Ansicht, dass es nicht der Zufall, sondern das Schicksal ist, dem sich das Leben nach einem großen Plan fügen muss.

Rainer Mauelshagen

Wie viele Träume hat die Nacht

Roman

»Träume sind wie Luftballons, gefüllt mit Illusionen, wenn du erwachst, zerplatzen sie, schon fliegen sie davon.«
R.M.

Bibliografische Information der Deutschen Nationalbibliothek:
Die Deutsche Nationalbibliothek verzeichnet diese Publikation in der
Deutschen Nationalbibliografie; detaillierte bibliografische Daten sind im
Internet über http://dnb.dnb.de abrufbar.

© Juni 2020 Rainer Mauelshagen
ISBN: 9783751954150
Cover: Adobe Stockphoto #65283119 (angepasst)
Lektorat, Satz und Redaktion: Sabine Dreyer | www.tat-worte.de
Herstellung und Verlag: BoD - Books on Demand, Norderstedt

Der Anfang zuerst

»Liebe ist doch nur ein Wort«, behauptete mein Sohn, und seine gequälte Miene traf mich tief im Herzen.

Mein Name ist Holger Hagedorn, und es war an jenem Nachmittag im letzten Spätsommer, als meine Frau Julia besorgt zu mir sagte:»Du musst unbedingt Thomas aufsuchen, der Junge leidet. Evelin hat ihn verlassen. Ich glaube, ein Gespräch unter Männern wird ihm helfen.«

Wir sahen uns vielsagend an. Die unendliche Geschichte, mehr kam mir zunächst nicht über die Lippen, dann machte ich mich auf den Weg zu ihm. Im Stillen dachte ich, der Junge ist fast vierzig Jahre alt, wird er meine Hilfe überhaupt wollen oder sogar annehmen?

Eine Viertelstunde später drückte ich dann aber doch zuversichtlich den Klingelknopf an seiner Wohnungstür. Es dauerte, bis er erschien. Für gewöhnlich öffnete mir Evelin. O ja, ich hätte mich sehr darüber gefreut, ihr freundliches und offenes Gesicht mit dem stets lachenden Mund zu sehen. Evelin war eine Frau, nach der sich auf der Straße die Männer umdrehen. Aber sie kam nicht.

*

Mir fiel gleich auf, dass Thomas getrunken hatte. Seine verschwitzen Haare hingen ihm wirr in die Stirn, und seine Augen waren stark gerötet.

»Hey«, sagte er abwesend wirkend und klatschte meine Hand ab, während er durch mich hindurchsah. Irgendwie überkam mich der Eindruck, dass es ihm peinlich war, sich mir gegenüber so zu zeigen. Ich überspielte seine Unsicherheit, indem ich ihn fragte, ob er ein wenig Zeit für mich habe. Worauf er antwortete:»Mutter schickt dich, stimmt's?« Ich zuckte nur mit den Schultern. Zögerlich bat er mich herein. Im ersten Moment erschrak ich, als ich ihm ins Wohnzimmer folgte.

Beim Umschauen überkam mich ein Déjà-vu Erlebnis aus einer Zeit, die ich für immer verdrängen wollte. Ich muss schon sagen, dass ich darüber sehr erschrocken war. Es roch ungelüftet, und auf dem Tisch standen etliche leere Bier- und Weinflaschen. Nachdem ich mich betont lässig auf die Couch fallen ließ, bot er mir wohl aus lauter Verlegenheit eine Zigarette an, obwohl er genau wusste, dass ich seit Jahren nicht mehr rauchte. Ihm zum Gefallen paffte ich mit.

»Du hast doch nichts dagegen, wenn ich mir ein Bier aufmache?«

»Tu, was du nicht lassen kannst«, antwortete ich ihm, indem ein wenig Mahnung in meinen Worten mitschwang. Dennoch habe ich mich darüber gefreut, dass er so rücksichtsvoll war, mich zu fragen, ob ich etwas dagegen hätte, denn er kannte meine ablehnende Einstellung zum Alkohol allgemein und hier wohl insbesondere.

»Und du, was darf ich dir anbieten?«

»Wenn du eine Cola hast, dann wäre ich damit zufrieden.«

»Willst du ein Glas, oder trinkst du gleich aus der Flasche?« Unschlüssig stand er kurz darauf mit zwei Flaschen in den Händen vor mir.

Ich ahnte, dass keine frischen Gläser mehr im Schrank waren.

»Ach, mach dir keine Mühe«, sagte ich und hielt ihm meine Hand entgegen.

Er setzte sich zögernd neben mich. Vielleicht wollte er nicht, dass ich ihm direkt in die Augen schauen konnte? Mich überkam allerdings ein unbehagliches Gefühl, so dicht neben ihm zu sitzen. Warum, wusste ich mir nicht zu beantworten.

Gleichzeitig tranken wir einen großen Schluck. Als ich die Flasche absetzen wollte, machte er eifrig Platz auf dem übervollen Tisch. Wir schwiegen eine Weile und zogen immer wieder fahrig an unseren Zigaretten. Während ich das Zimmer nach Evelins Fotos absuchte, die er scheinbar alle von der Wand abgehängt hatte, legte ich mir allerhand Floskeln in meinem Kopf zurecht, die ich ihm sagen würde, wenn er von sich aus anfangen sollte, mit mir darüber zu sprechen. Aber er schwieg weiterhin.

Aus dem Augenwinkel beobachtete ich seine Hand, mit der er die Zigarette hielt. Sie zitterte, und die Finger waren nikotingelb.

Aus lauter Unbehagen brach ich schließlich das Schweigen. »Also gut, Mutter schickt mich. Ich soll nachsehen, wie es dir geht.«

Er drehte seinen Kopf langsam in meine Richtung. »Wie es mir geht?«, fragte er in einem etwas zynischen Tonfall. »Mir ist es nie besser gegangen.« Seiner flapsigen Bemerkung schickte er ein gekünsteltes Lachen hinterher.

»Junge«, bemerkte ich unüberhörbar verärgert, »du brauchst mir nichts vorzuspielen, lass uns ehrlich zueinander sein.« Und nach kurzem Überlegen fragte ich nachdrücklich: »Wo ist Evelin jetzt?«

»Das ist mir egal!« Mehr sagte er nicht.

Ich stand auf und sah aus dem Fenster. Im Rücken spürte ich seinen Blick.

»Darf ich das Fenster öffnen, es ist stickig hier drinnen. Draußen ist so schöne, milde Spätsommerluft.« Ohne seine Antwort abzuwarten, setzte ich mein Vorhaben in die Tat um. Für einen Moment bewunderte ich die prächtige Wohngegend, deren Häuser sich in viel Grün eingebettet zeigten. Wegen seiner offen demonstrierten Gleichgültigkeit drehte ich mich endgültig genervt um. »Warum ist sie gegangen?« In diesem Moment erschrak ich über meine Direktheit. Eigentlich wollte ich ihn mit Samthandschuhen anfassen, wie ich mir auf dem Hinweg vorgenommen hatte, weil ich nachempfinden konnte, wie er sich fühlen musste.

»Warum, warum, warum?« Er verdrehte Augen.

Ich setzte mich wieder zu ihm. Wiederum redete keiner ein Wort, bis ich kleinlaut sagte: »Ihr habt euch doch geliebt.«

Nun sprang er entrüstet auf und stellte sich direkt vor mich hin.

»Liebe, Liebe, ha! Liebe ist doch nur ein Wort!«

»Nein«, widersprach ich energisch. »Liebe ist alles, Liebe macht das ganze Leben aus!« Ich überlegte kurz. »Warum, glaubst du wohl, sind deine Mutter und ich schon so lange zusammen? Aus Liebe, mein Lieber, aus Liebe!«

Daraufhin fuchtelte er mit den Armen in der Luft herum.

»Ihr, ihr … Das kannst du doch mit heute gar nicht mehr vergleichen. Das war doch eine ganz andere Zeit damals, als ihr geheiratet habt.«

Ich beobachtete sein angestrengtes Nachdenken. Seinem Gesicht nach zu urteilen fiel ihm dann etwas Bedeutungsvolles ein, das er auch sehr emotional aussprach. »Eure Ringe ... die waren doch so etwas wie die Glieder einer Kette, die euch auf Teufel komm raus aneinandergekettet haben. Nur weil die Frauen, wie es sich traditionsgemäß gehörte, von den Männern geheiratet wurden, haben sie vor ihnen gekuscht. Aber heute, heute haben wir Männer den Frauen gegenüber doch nichts mehr zu melden, weil nun sie die Hosen anhaben. Vor lauter Mainstreamgehabe haben wir uns selbst zu Memmen degradiert. Me too, me too, ich könnte nur noch kotzen. Früher waren es die Männer, die abgehauen sind, wenn es ihnen zu viel wurde. Mit süffisantem Lächeln gingen sie Zigaretten holen und kamen einfach nicht mehr wieder.« Er gestikulierte mit dem Finger vor meiner Nase herum. »Du brauchst nicht zu protestieren«, fuhr er fort, ehe ich etwas sagen konnte, »ich weiß, alles Klischee.« Aus glasigen Augen schaute er auf mich herab, als käme der Glanz von Tränen und nicht vom Alkohol. Dann fing er sich wieder.

»Aber heute sind es die Frauen, die wegen eines nichtigen Anlasses auf Nimmerwiedersehen verschwinden. Auch wenn sie Nichtraucher sind«, fügte er noch betont spöttelnd an. »Ohne Grund, ohne gottverdammten Grund hauen sie einfach ab.«

»Bitte? Was redest du da von einer Kette?«, brach es aus mir heraus. Ich schaute meinen Sohn erstaunt an. »Liebe ist keine Kette. Liebe fesselt nicht, Liebe verbindet – und das für ein ganzes Leben! Meinst du wirklich, man würde nur auf Zeit lieben können? Was du vielleicht meinst, das sind Gefühle. Ja, in der Tat, die können schwanken oder sogar erkalten, aber die Liebe doch nicht. O nein, da täuschst du dich aber gewaltig. Allerdings, und da gebe ich dir recht, die Liebe verändert sich mit der Zeit. Die einen sagen, dass Liebe mit den Jahren zur Gewohnheit wird, ich aber sehe das ganz anders. Gewohnheit ist in meinen Augen nichts Abwertendes, Gewohnheit gibt der Liebe Festigkeit, und darauf kommt es an. Festigkeit und Vertrauen.«

Thomas schüttelte den Kopf. »Vertrauen, Vertrauen, das ist auch so ein Wort. Man kann seinem Gegenüber doch nur vor die Stirn gucken. Vertrauen ist in meinen Augen so etwas wie ein großzügiger Kredit, den man jemandem gibt, ohne zu wissen, ob er anschließend überhaupt zahlungsfähig ist.«

Ich überlegte mir tatsächlich, ob man einem Menschen überhaupt Ratschläge geben konnte, wenn er sich gerade bitterenttäuscht fühlte.

Um in dieser verzwickten Situation überhaupt etwas zu sagen, fragte ich ihn geradeheraus: »Habt ihr euch gestritten?«

Wieder schien er durch mich hindurchzusehen. Schließlich nickte er wie ein ertappter Schuljunge. Beinahe weinerlich sagte er: »Sie ist vorige Woche spät nach Hause gekommen. Ich hatte keine Ahnung, warum sie nach der Arbeit nicht pünktlich heimfuhr. Jedenfalls kam sie nicht. Ich habe die verfluchte Tür angeglotzt und sie kam nicht. Je länger ich auf sie wartete, desto wütender bin ich geworden.« Er kratzte sich verlegen am Kopf. »Na ja, vielleicht habe ich in der Zwischenzeit zu viel getrunken.« Fast entschuldigend meinte er: »Aber schließlich habe ich mir Sorgen um sie gemacht. Das verstehst du doch, oder?«

Er holte sich erneut eine Flasche Bier aus dem Kühlschrank, und während ich heimlich auf die Uhr schaute, prostete er mir zu. Dann ließ er sich aufstöhnend auf die Couch fallen.

»Und«, sagte ich, »wo war sie gewesen?«

Sein Gesicht verzog sich zu einer Grimasse. »Gesagt hat sie, dass sie und ihre Kollegen nach Büroschluss völlig ungeplant beschlossen hätten, noch zum Italiener zu gehen.«

»Klingt plausibel«, versuchte ich seine Bedenken herunterzuspielen.

Er lachte laut auf. »Plausibel kann alles sein. Ist es auch plausibel, dass sie sich gestylt hatte, als würde sie bei einem Topmodelwettbewerb mitmachen wollen? Ich finde es überhaupt einfach lächerlich, wenn die Frauen heute auf ihren Rührmichnichtan-Feminismus pochen und gleichzeitig wie ordinäre Schlampen herumlaufen, die mit jeder Faser auszudrücken scheinen: Hier bin ich, nimm mich – auf der Stelle!«

»Junge, gehst du jetzt nicht ein bisschen weit?«, fuhr ich dazwischen, »du sprichst schließlich auch von deiner Frau.« Erschrocken war ich über den aggressiven Ausdruck in seinem Gesicht. Ich konnte mir gut vorstellen, dass Evelin Angst bekam, wenn er sie ebenso anschaute.

Ihm schien meine Besorgnis aufgefallen zu sein, denn plötzlich lächelte er gequält. Ich legte ihm väterlich die Hand aufs Knie. »Gegenseitiges Vertrauen ist das Wichtigste in einer Ehe. Du weißt, mein Junge, an die Stelle, wo Vertrauen fehlt, rückt ganz schnell die Eifersucht oder ein anderes hässliches Gefühl.« Nach einer kurzen Pause erklärte ich ihm noch: »Und Eifersucht tötet die Liebe.«

Ich ließ ihn gewähren, als er meinen gut gemeinten Satz mit einem gedehnten »Amen« quittierte.

Nein, so kommen wir nicht weiter, dachte ich. Der blöde Spruch ›aus der Praxis, für die Praxis‹ fiel mir ein. Vielleicht würde ihm meine Lebenserfahrung weiterhelfen, hoffte ich. Und so sagte ich dennoch skeptisch: »Wenn du möchtest, erzähle ich dir eine Geschichte.«

»Was für eine Geschichte?«, fragte er fast schon desinteressiert.

Ich schaute ihn konzentriert an. Dann sagte ich: »Es ist die Geschichte eines guten ... nein, eines sehr guten Freundes, dem das Gleiche widerfahren ist wie dir. Er geriet damals in seinem Liebeskummer ganz schön in Schwierigkeiten, weil er sich von der Liebe betrogen fühlte, aber schließlich war es dann doch die Liebe, die ihn ... aber das ist eine lange Geschichte.«

Thomas lächelte erneut gequält, als er aufstand. »Weißt du was«, meinte er, »für lange Geschichten braucht man eine Stärkung. Ich werde rasch zwei Pizzen in den Backofen legen. Du magst doch Pizza, oder?«

»Gute Idee, mein Junge. Natürlich esse ich gerne eine Pizza mit dir. Und in der Zeit, wo du beschäftigt bist, werde ich Mutter anrufen, damit sie sich keine Sorgen macht, wenn es spät werden sollte. Du weißt, sie macht sich schnell Sorgen.« Vielsagend kniff ich ein Auge zu.

*

Nachdem wir gegessen hatten, saßen wir gemütlich bei einem starken Kaffee zusammen. Im dreiarmigen

Kerzenleuchter brannten Kerzen, und außer dem Duft des Sommers lag zudem eine eigenartige Intimität in der Luft, wie ich sie nicht mehr mit Thomas gespürt hatte, seit er kein Kind mehr war. Und ich glaube im Nachhinein, er hat es auch genossen, einträchtig und freundschaftlich mit mir zu reden und dabei von seinen augenblicklichen Sorgen abgelenkt zu werden. Und so begann ich ihm eine Geschichte zu erzählen, von der ich mir für ihn erhoffte, dass er dadurch zum Nachdenken angeregt würde.

»Also«, fing ich an, »ich hatte einen Freund, wie schon gesagt, einen sehr guten Freund, der mir sehr, sehr nahestand. Es war, glaube ich, 1972 …

I.

So, wie er seine Wohnung betreten hatte, also noch in Straßenkleidung, legte sich Lemmi im Wohnzimmer auf die Couch. Dabei musste er aufpassen, nicht über die vielen leeren Schnaps- und Bierflaschen zu stolpern. Er lächelte ein wenig hilflos, als er den Schmutz an seinen Schuhen sah. Aber wen sollte es stören? Er durfte es tun, sich mit dreckigen Schuhen auf die Couch legen! Er durfte überhaupt alles tun, was ihm gefiel. Ja, wer sollte ihn daran hindern?

Mit einem kurzen Blick schielte er zu dem Weihnachtsbaum, der wie ein irrtümlich geschmücktes Tannengerippe aussah. Die Nadeln würde er wohl nie mehr aus dem Teppich bekommen. Verächtlich verzog er seinen Mund. Bilder stiegen ihm in den Kopf. Beinahe vier Monate war es nun schon wieder her, seit er ihn geschmückt hatte. Sie stand im Unterhemd daneben und formte mit ihren prallen, roten Lippen einen Kussmund.

»Hast du auch so einen schönen Ständer wie der Weihnachtsbaum?« Hell lachte sie, und dabei tanzten ihre braunen Haarlocken. Erst am späten Nachmittag krochen sie wieder aus dem Bett heraus, schließlich wollten sie es sich am Heiligen Abend, im Lichterglanz des Baumes, gemütlich machen.

Nach reichlich Deinhard und Persico, den sie angeregt konsumierten, kam sie gegen 23 Uhr auf die verrückte Idee, die Weihnachtsente zu braten, die eigentlich am ersten Weihnachtstag auf den Tisch sollte. Sie war nicht zu bremsen gewesen. Egal.

Um drei Uhr saßen er und sie in der vom Bratendunst verräucherten Küche. Das Bild, wie sie lasziv lächelnd mit den Zähnen fast zärtlich an der krossen Haut des Entenbrüstchens nagte und mit der Zunge über ihre fettigen Lippen leckte, erregte ihn zusehends, warum er, nun Appetit auf sie bekommen, kurz darauf an ihrem Brüstchen nagte.

»Frohe Weihnachten!«

*

Vor vier Jahren waren sie gleich nach ihrer Hochzeit in diese Wohnung gezogen. Unterm Dach mit Schrägen und Blick ins Grüne. Daran dachte Lemmi jetzt ebenfalls.

»O, ist das schön hier«, freute sie sich damals, »die nehmen wir!«

Er war froh gewesen, endlich aus der elterlichen Wohnung auszuziehen. Bei der weinenden Mutter ließ er von heute auf morgen seine Kindheit und seine Jugendzeit nebst seiner schmutzigen Wäsche zurück. Auch Monique war daran gelegen, so schnell wie möglich ihr Apartment aufzugeben, das sie bis zu dem Tag, als sie und Lemmi beschlossen, zusammenzubleiben, noch mit einem anderen Mann bewohnte, von dem Lemmi zuvor nichts wusste. Er erfuhr erst davon, als sie Lemmi, kurz nachdem sie sich spät abends nach einem Kinobesuch verabschiedet hatten, anrief, er möge doch bitte sofort zu ihr kommen. Was war geschehen? Sie hatte ihren damaligen Verlobten kurz entschlossen vor vollendete Tatsachen gestellt, und er bedankte sich für die Trennung, indem er das Mobiliar kurz und klein schlug. Nur gut, dass er nicht mehr da war, als Lemmi eintraf.

17

Schnell lebten sie sich in ihrer neuen Umgebung ein, und er hätte seinerzeit nie gedacht, dass die recht beengten Räume, ihr kleines Nest unterm Dach, so schmuck werden würden. Dafür hatte sie ein Händchen, wie man so sagt. Eigentlich wäre die protzige Ledercouch zu teuer gewesen, aber die hatte sie preiswert erworben, dazu reichte ihr Lächeln aus. Schließlich arbeitete sie in einem Möbelhaus. Dort sah er sie übrigens auch zum ersten Mal. Wie elektrisiert stand er auf der Straße. Durch die Schaufensterscheibe hindurch beobachtete er, wie sie Kunstgewerbe in die Regale räumte. Sie sah aus wie eine dieser atemberaubenden Frauen, die auf den Titelblättern der Modejournale Männern Fantasien schenkten. Nein, er konnte nicht weitergehen. Und vielleicht hätte er noch länger so fasziniert dagestanden, wenn ihn nicht ein Pintscher von der Seite angekläfft hätte, der an einer Leine zerrte, an deren anderem Ende eine Dame schimpfend versuchte, ihren Hund zu bändigen. Das Gekläffe war für Lemmi wie der schrille Ton des Weckers am frühen Morgen. Ins Hier und Jetzt gerissen richtete sich sein Blick erneut auf die Schöne hinter der Scheibe. Wie fremdgesteuert war er ins Geschäft gegangen. Ziemlich blöd kam er sich vor, weil er auf ihre Frage, was er denn wünsche, auf Anhieb keine passende Antwort fand. Also nannte er den erstbesten Gegenstand, der ihm ins Auge fiel. Wenn er sich recht erinnerte, war das so eine bescheuerte Lampe. Irgendein futuristisches Ding mit langen Kunstfasern, die in verschiedenen Farben leuchteten.

»Da haben Sie gut gewählt, das ist momentan der letzte Schrei«, sagte sie mit ihrer dunklen Stimme. Einer Stimme, die oft Frauen von südländischem Typ zu eigen ist. Dabei sah er in ihre gläsern braunen Augen, die leuchteten, als wäre hinter Bernstein ein Licht angezündet worden.

*

Erschöpft drehte er den Kopf nach links. Auf dem Tisch stand, neben weiteren Bierleichen, die Wermutflasche, die er am Morgen gleich nach dem Aufstehen bereits bis zur Hälfte leerte. Eine Armlänge reichte dazu aus, um jetzt nach ihr zu greifen. Gierig sogen seine Lippen den Rest heraus. Wenn es das Glück wirklich gab, dann rann es ihm in diesem Moment durch die Kehle. An die Kopfschmerzen, das Zittern und die Übelkeit, die das kurze Glücksgefühl danach bereiten würde, wollte er nicht denken, obwohl ihm der Alkohol gleich zu Kopf stieg. Außer einer Currywurst am Mittag hatte sein Magen noch nichts zu tun bekommen.

Die Wohnung war vollgestopft mit diesem beschissenen, flüssigen Glück. Doch wehe, er wurde nüchtern, dann schien es ihm, als wolle ihn das fadenscheinige Glück verhöhnen. Alles in diesem Raum verhöhnte ihn. Die sanften Strahlen der Märzsonne, die sich trotz des vorangeschrittenen Nachmittags durch das Ästeskelett des Weihnachtsbaumes brachen, um den Dekorationsengel auf der Spitze als tanzenden Schatten an die Wand zu werfen, auch sie schienen sich über ihn lustig zu machen. Ja, er war ein Narr, ein gottverdammter Narr, dem man mit flüchtig dahingeschmierten Worten auf einem Stück Papier bestätigte, dass er ein Narr war. Überdies ein blinder Narr. Nichts hatte er von ihren Betrügereien gemerkt. Ihre Küsse schmeckten wie immer. Sie gurrte wie immer, wenn ihre Brüste in seiner Hand lagen, als wären sie nur für ihn erschaffen worden. Und wenn sie sagte: »Ich liebe dich«, gab es für ihn keinen Zweifel. Er war wirklich zu blöde gewesen, die Lüge zu entlarven, die es anscheinend nur gab, um Liebe in Hass zu wandeln. O ja, er spürte den Hass, der ihm wie ein breitärschiger Teufel auf der Brust hockte.

Als er sich erneut zum Tisch drehte, um mit den Fingerspitzen nach der Packung Zigaretten zu tasten, wäre er beinahe von der Couch gefallen. Kurz darauf glomm die Kippe auf. Ein Hustenanfall schüttelte ihn heftig. Und der darauffolgende Würgereiz zwang ihn dazu, die Zigarette sofort im übervollen Aschenbecher auszudrücken. Ach, was solls. Die Arme hinter den Kopf verschränkt grübelte er über seine augenblicklich beschissene Situation nach, und er fragte sich, wie alles so kommen konnte, obwohl er inzwischen längst wusste, dass er es selbst in der Hand hatte, die Dinge zum Besseren zu ändern. Wie hatte sein Vater immer zu ihm gesagt, wenn mal wieder was gehörig schieflief? Jeder ist seines Glückes Schmied!

»Schmied, ein Scheißberuf«, frotzelte er.

Seine Gedanken führten ihn mehr oder weniger gewollt zurück in die Vergangenheit, erneut an die Stelle, wo er Monique zum ersten Mal im Schaufenster sah. Eigentlich war er ja wegen der Dekoration stehen geblieben, die ihm gefiel. Er hatte einen Blick dafür. Als er mit fünfzehn aus der Schule entlassen wurde, hatte er eine Lehre als Schaufenstergestalter begonnen. Das war sein Traumberuf, seit er als Kind an den Sonntagabenden in der Weihnachtszeit, wenn er mit den Eltern einen Stadtbummel unternahm, bei festlicher Beleuchtung die schönen Schaufenster bei Kaufhof oder Hertie bewunderte. Aber dieser Traum zerplatzte leider sehr schnell.

Genaugenommen wurde dieser Traum an dem Tag zum Albtraum, als er tatsächlich eine Lehrstelle in einem renommierten Kaufhaus antrat. Damit begann eine schlimme Zeit für ihn, aber gemäß der alten Leier *Lehrjahre sind keine Herrenjahre* hielt er trotz der täglichen Schikanen vonseiten seines Ausbilders durch. Am Ende bestand Lemmi sogar recht ordentlich seine Prüfung, obwohl sein sadistischer Lehrherr einzig großen Wert auf absoluten Gehorsam und sauber gekehrte Räume legte.

Nein, so wird kein Glück geschmiedet. Jetzt wusste er, dass es für ihn besser gewesen wäre, viel früher mit dem Schmieden anzufangen. Schon in der Schule oder gegenüber den Eltern den Mund aufzumachen, wenn er sich ungerecht behandelt fühlte. Wer alles in sich reinfrisst, muss auch irgendwann mal kotzen, oder man wird ein ängstlicher Duckmäuser. Bloß nicht alles hinnehmen, auch wenn Prügel zur Erziehung gehören, wie damals allgemein gesagt wurde. Schließlich lernt man, was einem gelehrt wird, und wenn es Aggression und Schläge sind. Ja, Aggression hatte man ihm beigebracht, und auch darüber wollte und musste er an einem ganz bestimmten Tag so eine Art Prüfung ablegen. Und die bekam sein Lehrherr, den er schon alleine wegen seiner scheiß Theo-Lingen-Frisur insgeheim Nazisau nannte, kurz nach Beendigung seiner Lehrzeit zu spüren. An einem dunklen Novembernachmittag hatte er ihm aufgelauert und ihm mit geballter Faust und der ganzen aufgestauten Wut der vermeintlichen Sklavenjahre das Nasenbein gebrochen. Das Einzige, was die überraschte Dumpfbacke hervorbrachte, war ein erstauntes: »Lemmi ... du?« Obwohl im trüben Laternenlicht nur ein streunender Köter Augenzeuge dieses

Geschehens wurde, folgte trotz Einstellung einer Anzeige, da Aussage gegen Aussage stand, dennoch vonseiten des Geschädigten natürlich prompt Lemmis Entlassung. Aber trotz all des Ärgers, den er sich dadurch eingehandelt hatte, fühlte er sich befreit, richtig befreit. Nicht nur, dass er mit seiner Faust einem Arschloch das Maul gestopft hatte. »Lemmi ... du?« Was für eine blöde Frage. Lemmi musste lachen, weil ihm nun auch einfiel, wie er seinerzeit zu seinem Spitznamen kam. Den gab ihm Peter Koslowski, ein Klassenkamerad. Der war so einer, der seinen Mund aufmachte, auch wenn ihm das ebenfalls meist Ärger einhandelte. Aber war er glücklich deswegen? Na ja, das musste er ja wohl selbst wissen. Jedenfalls fragte Lehrer Schienbein damals während einer Unterrichtsstunde, in der ein Disney-Film über Lemminge vorgeführt wurde, ob jemand wüsste, wie diese Tiere heißen. »Das sind Lemmis!«, rief Lemmi mit dem Finger schnipsend in die Frage hinein. Darüber musste nicht nur Peter Koslowski so fürchterlich lachen, dass Lemmi von da ab Lemmi hieß. Lemmi schämte sich in diesem Augenblick, weil man ihn ausgelacht hatte, als habe man ihm im Schwimmunterricht vor aller Augen die Badehose heruntergezogen. Sicherlich, das wäre der richtige Augenblick für ihn gewesen, den Mund aufzumachen, aber er schwieg. Am Ende des Films fühlte er sich selbst wie ein Lemming, und er schlug sich noch den ganzen Tag mit dem Gedanken herum, sich ebenso wie die Tiere eine Klippe hinunterzustürzen. In späteren Jahren war er dann doch sehr froh, diesen Namen bekommen zu haben, da man ihn mit dem Sänger und Gründer der Rockband <u>Motörhead</u>, Ian Fraser »Lemmy« Kilmister in Verbindung brachte.

Überhaupt spielte Musik schon bald darauf für Lemmi eine große Rolle. Musik veränderte irgendwie die Zeit, die jetzt nur noch den Jungen gehören sollte. Man spürte es ganz deutlich, dass so etwas wie eine Rebellion der Jugend in der Luft lag, die nicht mehr die eingetretenen Wege der alten Kriegstreibergeneration gehen wollte. Das Aufbegehren der Jugend zeigte sich unübersehbar und wegen der lauten und elektronischen Klänge auch unüberhörbar. Wie viele andere in seinem Alter, so eiferte auch Lemmi den Beatles, den Stones oder anderen Beatbands nach. Mit Max, seinem Spezi aus Kinderzeiten, gründete er eine Band, die mit Willi und Dieter verstärkt wurde. Doch neben dem gemeinsamen Musizieren halfen sie auch bereitwillig und ausgiebig mit, bei den Proben etliche Bierkästen zu leeren. Lemmis plötzliches exzessives Trinken führte selbstverständlich zu Auseinandersetzungen mit seinen Eltern, die inständig hofften, dass bald der Musterungsbescheid für die Bundeswehr ins Haus flatterte, damit ihrem Sprössling mal ordentlich Dampf unterm Hintern gemacht wurde. Was sollten denn bloß die Nachbarn denken? Das ging doch nun wirklich nicht, dass ihr Bub, ohne eine neue Arbeitsstelle zu haben, einigermaßen sorglos in den Tag lebte. Somit kam die erhoffte Nachricht vom Kreiswehrersatzamt für sie wie eine Erlösung von ganz oben, vom Himmel sozusagen.

Ganz anders für Lemmi. Für ihn kam der amtliche Schrieb zum unpassendsten Zeitpunkt. Zum einen schlug Max ihm einige Monate vorher mit den Worten »Hast'n Koffer schon gepackt?« verschmitzt lächelnd auf die Schulter. Worauf Lemmi nichts anderes übrig blieb, als erstaunt zu fragen: »Wat für'n Koffer?« Breitbeinig vor ihm stehend und mit ausgebreiteten Armen stellte sich Max vor ihn hin und schmetterte mitten auf der belebten Straße aus voller Brust: »Ich hab noch einen Koffer in Berlin.« Dann zog er seine Läuseharke aus der Tasche und kämmte sich die Matte über die Schultern. »Die kriegt der Barras nich', mein Freund. Meinste, ich will mir 'n Pisspottschnitt verpassen lassen? Da lachen sich die Russen ja gleich kaputt. Ich jedenfalls mach den Verschwindibus, ich hau ab nach Berlin, bevor die Medizinmänner mir bei der Musterung die Eier begrapschen. Meine Parole lautet: Make love, not war! Stell dir bloß mal vor, es ist Krieg und keiner geht hin! Mensch Lemmi, du Pflaume, komm mit, die Anarchen in Berlin warten auf uns. Da mischen wir mal ordentlich die Kommune auf. Du weißt doch, wer zweimal mit derselben pennt, gehört schon zum Establishment«, prustete er vor Lachen los.

Nein, Lemmi ist nicht nach Berlin gegangen, seine Uniform war bereits genäht, und einen Leistenbruch hatte er auch nicht. Zum anderen aber hielt ihn noch ein gewichtiger Grund zurück, um nicht nach Berlin abzuhauen. Es gab da nämlich inzwischen ein Mädchen, das ihn schon seit längerer Zeit anhimmelte, wenn er Gitarre spielte und dazu beinahe wie Paul McCartney sang: »Michelle, ma belle.« Am liebsten wäre er vor Verlegenheit auf und davon gerannt, wenn sie ihn mit ihren strahlenden Augen anschaute, als wolle sie sich an ihm festsaugen. Aber von der Bühne rennen ging ja wohl schlecht. Er konnte es gar nicht verstehen, dass so ein heißes Bravogirl etwas von ihm wollte. Ihr konnte doch nicht entgangen sein, wie seine Wangen vor Aufregung glühten, wenn sie ihn mit ihrem eigentümlichen Blick gefangen nahm. Deshalb wäre er nie auf die Idee gekommen, sie zu fragen, ob sie mit ihm gehen würde. Da mussten seine Kumpels hinterlistig nachhelfen. Das heißt, Willi war die treibende Kraft gewesen, der den Deal mit dem Mädchen einfädelte.

Und das kam so: Der Übungsraum befand sich im Keller von Willis Elternhaus, die sich, wie geplant, an jenem besagten Abend in die Oper verabschiedeten. Ohne Lemmi etwas zu verraten, hatten Willi, Max und Dieter eine halbe Stunde, bevor die Probe beginnen sollte, Babette, so hieß das süße Ding, empfangen. Mit dem Versprechen, Lemmi gleich nach seiner Ankunft hochzuschicken, führte Willi sie nach oben in seine Bude. »Hier kannst du mit deinem Paul alleine sein«, flüsterte er ihr verschwörerisch ins Ohr.

Als Lemmi pünktlich und schon etwas angesäuselt mit seiner Gitarre über der Schulter erschien, standen die drei breitgrinsend vor ihm.

»Ey, was is', habt ihr 'n Clown gefrühstückt? Oder hat Brian Epstein angerufen, weil er uns als Vorband für die Beatles-Bravo-Tour verpflichten will?«, fragte Lemmi verwundert.

»Nee«, gluckste Max vor Vergnügen, »aber in Willis Privatharem wartet deine Sulaika auf dich, du weißt doch, die mit den langen braunen Haaren und dem Daliah-Lavi-Silberblick, die sooo in dich verliebt ist.« Und schon riss ihm Max die Gitarre von der Schulter.

»Los, los, beeil dich! Ach nee, halt, warte noch!«, rief Willi und verschwand nach nebenan. Kurz darauf kam er mit einer Flasche Jägermeister zurück, die er augenzwinkernd und mit weit ausgestrecktem Arm Lemmi vor die Nase hielt. »Hier, nimm erst mal 'n guten Schluck.« Und bevor er weitersprach, guckte er, ein Lachen unterdrückend, in die

Runde, worauf er losprustete:»Bevor du das Wild erlegst, musste erst mal die Flinte laden.«

Max und Dieter schlugen sich vor Vergnügen auf die Schenkel. Nur Lemmi guckte ziemlich blöd aus der Wäsche. Doch dann, erst zögerlich, dann gierig, saugte er am Flaschenhals der Likörflasche, während Willi ihn aufmerksam beobachtete. Sich den Mund abwischend fragte Lemmi: »Meint ihr wirklich? Soll ich da hoch?«

»Na klar«, ergriff Willi das Wort.»Der steile Zahn is parat, der kann jetzt gebohrt werden.«

Als Lemmi immer noch keine Anstalten machte zu gehen, schubste ihn Willi mit den Worten aus der Tür: »Und jetzt Weidmannsheil.« Und Dieter schlug einmal kräftig mit den Drumsticks auf die Snare, dass es sich wie ein Schuss anhörte.

Seit dieser Stunde wurde Babette für Lemmi so etwas wie eine Liebesgöttin, die er von nun an nicht nur anbetete. Dafür zeigte sie ihm, was lustvoller Sex und Leidenschaft wirklich bedeuteten, obwohl sie gerade erst siebzehn war. Berauscht von ihrer Zärtlichkeit verzichtete er eine Zeit lang sogar auf sein ebenfalls geliebtes Bier. Vielleicht hätte dieses Glück noch sehr lange für ihn angehalten, aber Amors Köcher begann sich allmählich zu leeren, als Babette ihn tränenreich auf dem Bahnhof verabschiedete, wo Lemmi mit all den jungen Burschen in den Zug stieg, der sie für anderthalb Jahre in die verschiedensten Kasernen brachte, hinter deren finsteren Mauern lebenslustige Bürger zu gehorsamen Soldaten gedrillt wurden.

Kam er, was selten genug geschah, an den dienstfreien Wochenenden zu Babette, spürte er eine zunehmende Veränderung bei ihr, oder er bildete es sich nur ein, weil ihr Foto in seinem Spind, auf dem sie lediglich einen recht knappen Bikini trug, wegen seiner fantasievollen Träume inzwischen viel realer für ihn geworden waren.

Sei es, wie es sei, mit jedem Zentimeter, den er von seinem Maßband abschnitt, der in seiner Bedeutung jeweils für einen Tag stand und mit dem hundertsten Abschnitt seine Wehrpflicht beendete, sehnte er sich der Entlassung entgegen. Er war fest davon überzeugt gewesen, dass für Babette und ihn wieder alles so werden würde wie früher. Jeder Brief, der von ihr eintraf, bestätige seine Hoffnung.

Jeder? Jeder … bis auf den letzten. Alleine in der Stube lag er erwartungsvoll auf seiner Pritsche. Aufgeregt roch er, wie er es immer tat, am Briefpapier, auf dass sie für gewöhnlich ihr Lieblingsparfüm sprühte und am Ende des Grußes einen roten Lippenabdruck hinterließ. Er stutzte, beides fehlte diesmal. Von einer Vorahnung angestachelt, überflogen seine Augen hektisch ihre Worte, bis an die Stelle, wo sich das Wort Schwangerschaft stechend in seinen Schädel bohrte. Die Hand, die den Brief hielt, fiel ermattet auf die Matratze, und sein Blick heftete sich gedankenverloren an den abgeblätterten Putz an der Decke über ihn, während seine innere Stimme in den Ohren unaufhörlich Schwangerschaft wisperte. Panik ergriff ihn, weil er vieles in seinem jungen Leben wollte, aber keinesfalls zu diesem Zeitpunkt Vater werden.

Erst etliche Minuten später war er dazu in der Lage, den Brief weiterzulesen. Ungläubig begann er wieder und wieder von vorne zu entziffern, was sein Verstand nicht verstehen wollte oder konnte.

Dort stand wörtlich:

Lieber Lemmi, schweren Herzens schreibe ich dir diesen Brief, und damit mir schnell leichter wird, muss ich dir gleich zu Anfang gestehen, dass ich schwanger bin. Ich kann mir sehr gut vorstellen, wie weh dir meine Zeilen tun werden. Ich habe es nicht gewollt, das musst du mir glauben, weil ich dich so sehr geliebt habe. Aber ich war viel alleine. Ich musste einfach raus, ich konnte doch nicht immer in der Stube hocken und auf dich warten. Wie konnte ich denn ahnen, dass mir im »Blue Note« Christian über den Weg läuft? Wir haben getanzt und ich habe mir wirklich nichts dabei gedacht. Danach hat er mich mit seinem Wagen nach Hause gefahren. Ich wollte ihn danach nie, nie mehr wiedersehen, das musst du mir glauben, aber er ging mir nicht mehr aus dem Sinn. Immer wieder hat er angerufen und gesagt, dass er mich liebt. Er war da und du nicht, kannst du das verstehen, Lemmi? In seinem schicken Cabrio ist es dann passiert. Er hatte mir fest versprochen, aufzupassen. Aber vorige Woche hat mir der Arzt gesagt, dass ich schwanger bin. Lemmi, sei mir bitte, bitte nicht böse, aber es ist besser, wenn wir uns nicht mehr sehen. Ich will bei Christian bleiben. Es hat auch keinen Zweck, wenn du bei mir klingelst. Mach es gut und pass auf dich auf!
Deine (ehemalige) »Michelle« Babette.
PS: Ich werde dich nie vergessen!

Quälende Wochen folgten für ihn, deren Sinn oder Unsinn er täglich in Alkohol ertränkte. Wenn er eines bei der Bundeswehr so richtig gelernt hatte, dann war es das Trinken. Und wenn es ihm so richtig dreckig ging, dann sah er sich, ganz nach dem Motto »Gestern stand ich noch am Abgrund, und heute bin ich einen Schritt weiter« wieder am Rand der Klippe stehen. Riefen da unten in der Schlucht nicht die anderen Lemminge nach ihm? »*Lemmi, nun mach schon, spring!*«

Im torkelnden Pulk seiner ebenfalls entlassenen Kameraden trat er schließlich kurz darauf als Reservist völlig aus der Bahn geworfen seine Heimreise an. *Reserve hat Ruh!* Arbeitslos, ohne Lebensziel und ohne seine Freunde, vergeudete er von nun an seine Tage. Max war inzwischen in Berlin, und Willi und Dieter, die aus gesundheitlichen Gründen vom Dienst an der Waffe freigestellt wurden, gingen fleißig ihrer Arbeit nach. Also blieben Lemmi als einzige für ihn akzeptable Ablenkung die Abende in Werners Pinte, wo es noch mehr Gestrandete wie ihn gab. Wären seine Eltern nicht gewesen, die mit den Drohungen des Vaters und den Tränen der Mutter dafür sorgten, dass er sich zwischendurch zusammenriss, wäre Werners Pinte wohl der Grund dafür gewesen, dass er so schnell nicht mehr die Kurve gekriegt hätte. Der Satz seines Vaters: »Wer arbeiten will, bekommt auch Arbeit!«, hing ihm dennoch inzwischen gründlich zum Hals raus. Schließlich bedurfte es eines mentalen Tritts in den Arsch, eines geistigen Lichtblicks, dass er sich eines morgens von jetzt auf gleich dazu aufraffte, sich tatsächlich nach einer Arbeitsstelle umzusehen. Der Zug in seinem erlernten Beruf war für ihn allerdings abgefahren, weil er sich vor allem nach der Bundeswehr nicht mehr in getaktete hierarchische Strukturen einengen lassen wollte, da machte er sich selbst nichts vor. Wenn schon ein Job, dann sollte dieser ihm möglichst ein wenig persönliche Freiheit geben.

Als Lemmi schließlich nach Monaten vergeblicher Stellensuche eine Anzeige in der Tageszeitung las, dass ein ortsansässiger Tabakwaren-Großhändler einen jungen

Mitarbeiter als Reisenden sucht, dessen Aufgabe es auch sein sollte, Zigarettenautomaten aufzufüllen, kam ihm dieses Angebot gerade recht. Und er bekam die Stelle. Doch bald stellte sich heraus, dass man damit den Bock zum Gärtner machte. Da ja bekanntlich der Teufel den Schnaps gemacht hat, ritt der Teufel ihn nun auch rein beruflich von Kneipe zu Kneipe, wo er gerne ein Bier oder ein Schnäpschen annahm, das man ihm ausgab.

Ja, an all das musste Lemmi in diesem Augenblick denken. Und wenn er ehrlich zu sich war, dann musste er sich eingestehen, dass die Welt immer genau so böse ist, wie man sich ihr gegenüber verhält.

Schwerfällig erhob er sich. Gerne wäre er noch liegen geblieben, aber die Blase drückte. Als er sich im Bad erleichtert hatte, blieb er im Schlafzimmer vor dem Kleiderschrank stehen. Nur wenige Sekunden verharrte er vor seinem Spiegelbild, das ihm in der Spiegeltür eins zu eins wie ein herausfordernder Gegner gegenüberstand. In einem Anfall von Wut riss er die Türen auf, als würde sich jemand im Schrank verstecken. Da hingen noch ihre Kleider. Für jeden schönen Augenblick der Vergangenheit ein Kleid.

Warum habe ich das Zeug nicht längst in den Müll geschmissen? Die Vorstellung tat ihm gut, als seine Gedanken ihm vorspielten, wie der ganze Krempel durchs offene Fenster aus dem ersten Stock flog. Er lächelte, weil in seiner Fantasie ein Teil davon in den Ästen der mächtigen Linde hing, die direkt vor dem Fenster wuchs. Plötzlich beobachtete er sich, wie er genau das Kleid aus dem Schrank nahm, in dem er sie kennenlernte. Vorsichtig drückte er den Stoff in sein Gesicht. Ihren Duft wollte er riechen und damit die

Erinnerung an sie beleben. Als es aus seinen Händen glitt, war am Ausschnitt eine nasse Stelle von seinen Tränen zu sehen.

Er wollte Monique vergessen. Sie sollte ihn endlich in Ruhe lassen! Jedoch, wie könnte er sie vergessen? Sie war seine Traumfrau, seine Prinzessin, sein Aschenbrödel aus dem alten DDR-Film, aber er war nicht ihr Prinz. Und auch sie war nur eine Schauspielerin, die für ihn eine Prinzessin spielte. Eine verdammt gute Schauspielerin. Wäre es anders gewesen, hätte er doch merken müssen, dass er im falschen Film war, in dem ihm die Rolle des betrogenen Ehemanns zugedacht war.

Lemmi fuhr sich fahrig mit der Hand durch sein langes Haar. »Sie ist zu schön, als dass ich sie vergessen kann«, sagte er zu seinem Spiegelbild.

Und als er genauer hinsah, als er ganz nah an den Spiegel herantrat, stierte ihn ein Fremder an. Blass, mit dunklen Ringen unter den müden Augen. Unrasiert und ungepflegt, eine klassische Säufervisage. Es schnürte ihm die Kehle zu, und der Magen verkrampfte sich, als er sich so wahrnahm.

Wie aus dem Nichts flog seine rechte Faust mit voller Wucht in die versoffene Fresse seines Gegenübers. Die Schmerzen in seiner Faust kamen erst, als er das viele Blut sah, das von seinen zerschnittenen Knöcheln auf den hellen Teppichboden tropfte. Er rannte zurück ins Bad. Mit einer Pinzette pulte er sich über dem Waschbecken die Splitter aus dem Fleisch, was ihm große Schwierigkeiten bereitete, weil seine linke Hand stark zitterte.

»Idiot!«, schrie er. »Du gottverdammter Idiot!«

*

Eine halbe Stunde später saß er mit einer Flasche Bier in der einen und mit der nachlässig verbundenen anderen Hand neben dem, was einst ein Weihnachtsbaum war. Aus den Lautsprechern der Stereoanlage sang Mike Jagger Ruby Tuesday.

Beim Zuhören liefen ihm die Tränen übers Gesicht.

Sie wollte nie sagen, von wo sie kam, das Gestern bedeutet nichts, wenn es vorbei ist. Ob im hellen Sonnenschein oder in der dunkelsten Nacht, niemand weiß, wann sie kommt und geht. Lebwohl, Ruby Tuesday, wer könnte dir einen Namen geben, wenn du dich veränderst mit jedem neuen Tag? Ich vermisse dich immer noch.

»Halt die Fresse!«, brüllte er plötzlich und schlug mit der linken Faust das Gerät aus, was er sogleich bereute, weil es eine hypermoderne Anlage war. Sie gehörte ihr, und sie war schon einmal kaputt gewesen. Georg, ihr Ex, hatte am Tag der Trennung auch auf die schöne Anlage eingeschlagen. Die teure Reparatur hatte sich aber gelohnt, der Klang war unbezahlbar. Sie war das einzige Überbleibsel aus ihrer alten Wohnung. Mit dem Fuß stieß Lemmi eine leere Bierflasche beiseite. Sein öder Blick verfolgte ihre kullernde Bahn zwischen den Tischbeinen hindurch, während er einen großen Schluck aus der Pulle nahm. Die Kohlensäure nötigte ihm einen lauten Rülpser ab.

»Bist du bescheuert?«, fragte er sich. »Hängst hier wie eine Lusche ab? Keine Frau ist es wert, sich als Heulsuse aufzuspielen! Scheiß Gefühlsduselei!«

Das Prickeln in seinem Magen schenkte ihm ein gutes Gefühl. Ein Gefühl, das nach Leben verlangte. Aber nicht nach irgendeinem beschissenen Leben, nicht nach dahinvegetieren. Es verlangte nach Spaß und Ablenkung.

Er blickte zur Uhr, 22.10 Uhr. Die richtige Zeit, den letzten Stunden des Tages den richtigen Kick zu geben. Er war es gewohnt, am nächsten Morgen mit Brummschädel seiner Arbeit nachzugehen. Besser gesagt zu fahren. Sein Job war es, Auto zu fahren. Und wenn gar nichts mehr half, gab es da noch Tranxilium. Die »Leckmichamarschtablette« ließ er sich bereits verschreiben, nachdem Babette ihn verlassen hatte und er, warum auch immer, an so einem blöden Weltschmerz litt. Der Arzt, den er ungern deswegen aufsuchte, diagnostizierte bereits nach fünf Minuten eine Depression und schwafelte irgendwas von Kindheit, womit Lemmi aber nichts anzufangen wusste. Egal! Hauptsache, die Dinger halfen ihm. Dabei machte er sich keine großartigen Gedanken darüber, dass Alkohol und Tranxilium eine gewagte Mixtur war.

*

Zu Fuß war es nicht weit bis zu seiner Stammkneipe. Als er an der Schrebergartensiedlung vorbeikam, verzog sich sein Mund zu einem abfälligen Grinsen. Vor einigen Wochen hatte er sich auf dem Nachhauseweg von Werners Pinte dort zwischen Gestrüpp, rostigen Regentonnen und aufgehäuften Laubbergen verirrt. Was eine Abkürzung sein sollte, wurde zum reinsten Hindernislauf, weil er über zig Zäune klettern musste, da er in seinem besoffenen Kopf nicht mehr wusste, wo er sich befand. Gegen Morgen schaffte er es endlich, wieder auf die Straße zu gelangen. Dort wäre er beinahe von einem heranbrausenden Taxi überfahren worden. Vielleicht wäre es besser gewesen, es hätte ihn erwischt. Diese Anwandlung ging ihm durch den Kopf, als er an der Hecke eines Grundstücks sein Wasser abschlug. Im ersten Stock des dahinter liegenden Hauses wurde ein Fenster aufgerissen. Den Ruf »Verschwinde, du alte Sau!« quittierte Lemmi mit zwei erhobenen Mittelfingern.

*

»Hey Lemmi, hat man dir gestern Nacht auf die Hand getreten, als du von hier nach Hause gegangen bist?« Werner, der Wirt, goss gerade eine Batterie Steinhäger ein, als Lemmi die Kneipe betrat. Und aus der Musikbox tönte Howard mit seinem Hello again.

»Hä? Was meinste? Ach so, wegen der verbundenen Klaue.« Lemmi winkte ab. »Nur ein Kratzer!«

»Na, dann pass dat nächste Mal besser auf, wenne 'ne Muschi streichelst!« Werner konnte sich über seinen eigenen flachen Witz gar nicht wieder einkriegen.

»Dat wird dem nich' widder passieren, dem laufen doch de Muschis weg, vielleicht füttert er se nich' gut genuch«, rief der einbeinige Horst, der reichlich besoffen in der hintersten Ecke der Gaststätte hinter einer trüben Wand aus Zigarettenqualm saß.

»Wenn du alter Stänkerer nicht sofort die Schnauze hältst, nehme ich dir deine Krücken weg. Dann kannste sehen, wie du heimkommst«, konterte Lemmi.

»Wat willst du? Pass auf, dat ich dir nich' innen Arsch trete!«

Bei der Vorstellung, wie der einbeinige Invalide ohne Krücken dieses Kunststück vollführen würde, sahen sich Werner und Lemmi mit großen Augen an. Dann brachen beide in lautes Gelächter aus.

Horst knurrte nur und gab Ruhe.

»Ich hab Hunger.« Lemmi strich sich über den Bauch.

»Dem kann abgeholfen werden«, sagte Werner gönnerhaft. »Ich hab heute ein »Mangbrot« geschlachtet, da kannste feine Frickas von mir haben, aber lass mich erst den Klaren wegbringen.« Und schon verschwand er mit dem Tablett zu dem großen Tisch am Fenster, wo sich die »Nachtschwalben«, wie jeden Abend, ihre Krampfaderbeine und unterkühlten Leiber wärmten, bevor sie wieder unter den Laternen auf dem Strich balancieren.

»Junge, Junge, die würd' ich nich' mit der Kneifzange anpacken«, stöhnte Werner, als er mit dem leeren Tablett zurückkam.

»Die Singer, die ist weltbekannt, die letzten Stiche mit der Hand«, gackerte Lemmi vergnügt. Werner nickte bedeutungsvoll, während er mit beiden Händen in den Büffetschrank griff und vier Frikadellen gleichzeitig hervorholte. Sich die Lippen leckend legte er sie auf einen Teller und schob diesen über den Tresen zu Lemmi hin.

»Hey, dafür hättest du ruhig 'ne Zange nehmen können«, sagte der.

Werner winkte nur ab. »Senf?«

»Nee, lass ma' stecken. Neulich habe ich beobachtet, wie eine von den Nutten in den Senftopf gerotzt hat. Da verliert ja sogar der Senf seine Schärfe.«

»Wenne wat Scharfes brauchst, nimm den.« Unaufgefordert schüttete Werner einen doppelten Klaren ein, den Lemmi sofort hinunterspülte. Er hustete und verzog das Gesicht. »Scharf, ja, aber trocken. Mach mir noch 'n großes Bier, der staubt ja in der Kehle.«

Als er die Frikadellen verdrückt hatte, wischte er sich mit dem Verband den Mund ab.

»Mensch Werner, der Metzger kann bei dir aber auch nicht reich werden.«

Werner grinste wie ein Honigkuchenpferd. »Die schmecken, wa?«

Lemmi steckte sich eine Zigarette an, und während er den Rauch ausstieß, meinte er: »Wenn rauskommt, was da drin ist, biste drin und kommst nicht mehr raus.« Dabei hielt er sich die gespreizten Finger seiner linken Hand vor die Augen.

»Gestorben ist davon noch keiner«, motzte Werner. »Aber von wegen drin und raus, im Automaten sind keine Camel mehr drin, die sind raus. Musste morgen gleich auffüllen, oder soll ich inne Firma anrufen?«

»Nee, lass mal, ist so gut wie erledigt. Aber du kannst mir mal die Luft aus'm Glas lassen.«

Während Werner den Zapfhahn erneut in Gang setzte, schlich Lemmi zur Musikbox und legte eine Platte von Elvis auf. Nach einem kurzen Surren und Klacken erklang Suspicious Minds. Mit kreisender Hüfte und schäkerndem Blick ging er an dem Tisch der Damen vorüber.

»Hey Kleiner«, rief ihm Faltenrock-Rita zu, die den ollen Kaiser Wilhelm nicht nur vom Hörensagen her kannte. »Scheiß Musik, soll ich dir mal 'n Marsch blasen?«

»Aber nur, wenn du die Zähne rausnimmst«, konterte Lemmi, dann steckte er sich demonstrativ den Finger in den Hals und tat so, als wolle er wegrennen.

Fast wäre er mit Buckels Karl zusammengestoßen, der gerade zur Tür reinkam.

»Mensch Lemmi, haste keine Augen im Kopp oder biste blind?«, schimpfte der los.

Lemmi steckte seine Zigarette in den Mund und klopfte ihm auf die Schulter. »Wieso blind?«, lachte er. »Ich hätte dich doch gut getroffen!«

»'n Abend Karl«, rief Werner. »'n Bier un' 'nen Underberg wie immer? Aber setz dich erst mal, du hast bestimmt wieder 'n ordentlichen Gepäckmarsch hinter dir. Sag mal, wat haste eigentlich in dem Buckel drin?«

In diesem Moment guckten alle den Karl an. Der schaute sich in der Kneipe um, wobei sein Kopf eine gefährlich rote Farbe annahm. Und als alle schon glaubten, er würde sich mit dem Bier und dem Underberg zufriedengeben, blökte er los: »Da is 'ne Wendeltreppe drin, da kannste mal runter geh'n, un' wenne unten bist, kannste mich am Arsch lecken.«

Peng, das saß! Die Gäste brachen in Heiterkeit aus. Der Einbeinige massierte sich vor Freude den Oberschenkelstumpf. Nur Rita beschwerte sich, dass das doch sehr ordinär wäre.

Lemmi schlug mit der flachen Hand auf den Tresen. »Ich sach mal tschö mit ö, hier ist es ja wie aufm Nordfriedhof, nur doppelt so tot. Schreib die Frickas und den Rest auf'n Deckel, morgen füll ich eh den Kippenkasten auf.«

*

Ratlos stand Lemmi in der Dunkelheit. Hinter den hellen Fenstern der Kneipe hoben sich Werners Gäste wie Scherenschnitte ab. Nein, nach Hause wollte er noch nicht gehen. Da er keinem Menschen begegnen wollte, verließ er die beleuchteten Straßen und nahm den Weg in den Grüngürtel der Stadt. Und so schlenderte er, ohne ein direktes Ziel vor Augen zu haben und ohne jegliches Zeitgefühl, in der Gegend umher. Die Kühle und die Stille taten ihm gut.

Am Ausflugslokal Im Hollerbach angekommen, waren dort bereits alle Lichter aus. Dunkel lag das Fachwerkhaus von hohen Bäumen umgeben in der Finsternis. Von irgendwoher klagte ein Käuzchen. Hier und da raschelte es am Straßenrand in einem Gebüsch. Lemmi blieb stehen. Er stierte zum Graben hin, der den Asphalt begrenzte. Und während er grübelte, sang plötzlich Fats Dominio in seinem Kopf.

»I found my thrill, on Blueberry Hill, on Blueberry Hill. When I found you, the moon stood still, on Blueberry Hill. And lingered until my dream came true. The wind in the willow played, Love's sweet melody, but all of those vows you made, were never to be. Though we're apart, you're part of me still. For you were my thrill, on Blueberry Hill.«

Ja, dieses scheiß Lied, wie er sich sagte, narrte ihn.

*

Und dann sah er alles wieder vor sich, ohne dass er sich dagegen wehren konnte.

Im Graben lag Monique, und aus dem Lokal rannten Kerle auf ihn zu, die ihm an den Kragen wollten. Lemmi begann zu rennen, so schnell ihn seine Füße im besoffenen Kopf trugen. Immer schneller wurde er. Erst als ihm der Spurt die Luft im Hals zuschnürte, blieb er abrupt stehen. Er drehte sich um und ging schreiend auf die Burschen zu. »Was wollt ihr von mir? Kommt her, wenn ihr nicht zu feige seid!« Er hob ihnen drohend die Fäuste entgegen und war im Begriff, nun ihnen entgegenzustürmen. Die Schritte seiner Verfolger wurden langsamer. Etwa zehn Meter vor ihm blieben sie stehen. Lemmi machte kehrt, und ohne sich noch einmal umzudrehen, zog er davon. Im Rücken hörte er die Stimmen der anderen. »Sie rührt sich nicht mehr!«

Ganz deutlich hörte er wieder das Geschrei, als wäre die Zeit wahrhaftig zurückgedreht worden. Darüber war er so erschrocken, dass er nur noch von dieser Stelle wegwollte. Wie einst begann er, so gut es ging, zu laufen.

An einer Bushaltestelle setzte er sich japsend auf die Bank. Im Zwielicht der Nacht besah er sich seinen durchgebluteten Verband.

»Mal wieder Scheiße gebaut, du Blödmann. Immer baust du nur Scheiße. Der verdammte scheiß Alk macht dir alles kaputt. Du bist doch selbst schuld, dass Monique dich verlassen hat.«

Wie irre brummelte er vor sich hin, weil er damit auch die Erinnerung an jenen Zwischenfall verdrängen wollte. Doch die Vergangenheit schien sich rächen zu wollen.

Es war etwa vor einem Jahr gewesen, als er mit Monique an jenem Samstag, einem herrlichen Sommerabend, nach einem Spaziergang durch die Felder am Stadtrand auf ein Bier im Hollerbach einkehrte. Ihr helles, dünnes Sommerkleid hatte am Po Grasflecke bekommen, und an seiner weißen Jeans waren die Knie ebenfalls grün. Auf einer von Büschen eingefriedeten Wiese hatten sie sich kurz vorher auf Teufel komm raus geliebt, dass das Gras ganz platt gedrückt war, als sie gingen. Wäre doch bloß der Idiot nicht im Hollerbach gewesen, der sich ans Klavier setzte und »Blueberry Hill« spielte. Mit dem Bierglas in der Hand war Monique aufgestanden. Sie stellte sich eine Spur zu aufreizend neben ihn und sang mit ihm im Duett.

Es waren die Blicke der beiden, die sie sich zuwarfen, die Lemmi zur Weißglut brachten. Da war sie wieder, die verdammte Eifersucht. Voller Zorn sprang er auf, knallte dem Wirt das Geld für das Bier auf den Tresen, und ohne ein Wort zu sagen, packte er nach Moniques Handgelenk, um sie mit sich nach draußen zu ziehen. Widerstrebend und verwirrt ließ sie es geschehen.

»Habt ihr das gesehen?«, schrie der Klavierspieler in den Raum. Und als mehrere Gäste kurz darauf aus dem Lokal stürmten, ließ Lemmi Monique los und stieß sie heftiger von sich weg, als er wollte, worauf sie stolperte und in den Graben fiel.

»Der ist was passiert! Sie rührt sich nicht mehr!«, brüllten die Verfolger.

Monique war nichts passiert. Der Schreck und Lemmis Zorn hatten sie gelähmt.

In dieser Nacht kam sie nicht nach Hause. Sie wollte Lemmi nicht unter die Augen treten. Sie wollte ihn nie, also nie-nie-nie mehr wiedersehen. Doch ihr Vorsatz hielt nur wenige Stunden. Schließlich waren sie verheiratet. Als sie zum Nachmittag des nächsten Tages mit hilflosem Blick im Türrahmen stand, war er weinend und eine Entschuldigung flehend vor ihr auf die Knie gefallen. Ja, und sie verzieh ihm.

Alles sah Lemmi wieder genau vor sich. Vor Wut über sich selbst hätte er kotzen können. Als er fröstelnd die Bushaltestelle verließ, begann ganz in der Nähe eine Amsel zu singen, und in der nahen Siedlung leuchteten bereits einige Fenster in der Dämmerung. Jetzt, da sein Rausch ein wenig nachließ, spürte er den Schmerz in seiner verletzen Hand pochen. Ihm graute davor, in wenigen Stunden in seinen Firmenwagen steigen zu müssen, um die Kundschaft zu kontaktieren. Dann würde ihm nichts anderes übrig bleiben als seine freundliche Vertretermaske aufzusetzen, obwohl er am liebsten die ganze Welt anschreien würde. Eine Welt, in der er sich so verloren vorkam.

*

Eine halbe Stunde später saß er am Küchentisch. Erschöpft lag sein Kopf auf den ausgebreiteten Armen. Die Müdigkeit hatte ihn übermannt. Auf dem Gasherd brutzelten derweil drei Spiegeleier in der Pfanne. Doch die Übermüdung war plötzlich größer geworden als der Hunger, der sich unterwegs so heftig bemerkbar gemacht hatte. Viel hätte nicht gefehlt, und die ganze Hütte wäre abgebrannt. Gott sei Dank stieg ihm noch in allerletzter Minute der beißende Qualm vom verbrannten Fett in die Nase. Ein Hustenanfall riss ihn vom Stuhl hoch. Im ersten Moment wusste er gar nicht, was los war. Eine innere Stimme gab ihm letztendlich Befehl, schnellstens dies und das zu tun, dann torkelte er ins Schlafzimmer.

Die Sonne weckte ihn schon bald wieder. Er lag quer über dem Bett. Die Hose hatte er nicht mal mehr über die Schuhe bekommen, sie hing ihm nun um die Fußknöchel. Erschrocken fuhr er hoch. Das Kissen war total blutig. Allmählich begriff er. Blut war aus dem Verband gesickert. Schöne Sauerei! Mit zusammengekniffenen Augen spähte er durchs Fenster auf die sonnenbeschienen Blätter der Linde, die viel zu lebenslustig im Wind tanzten. Es brauchte eine Weile, um mit allen Sinnen im Augenblick anzukommen. Waren es dreißig Jahre oder drei Stunden gewesen, die er geschlafen hatte?

Im Sitzen streifte er mit einiger Mühe die Schuhe ab. Die Hose schmiss er fluchend auf den Boden. Der Schädel brummte ihm, und der Magen zog sich krampfartig zusammen. »So ein Mist!«, jammerte er. Wie viel Schwüre hatte er schon in der Vergangenheit auf der Bettkante sitzend in den Himmel geschickt: Nie wieder! Nie wieder säufst du dir den Arsch voll!

Ein Blick auf den Wecker zeigte ihm an, dass es höchste Zeit wurde, in die Gänge zu kommen, wenn er sein Tagespensum schaffen wollte. Aber wollte er das überhaupt?

»Ach was soll's, es nützt ja nix!« Schwankend trottete er ins Bad.

»Ich kenn dich zwar nicht, aber ich putz dir jetzt die Zähne und rasier dich«, scherzte er grimmig mit seinem Spiegelbild. Bevor er unter die Dusche stieg, entfernte er mit schmerzverzerrtem Mund vorsichtig den Verband. Da, wo das Blut angetrocknet war, wurde es verdammt qualvoll, den versifften Mull zu entfernen. Die Wunde selbst erwies sich als leicht entzündet.»Oh, oh! Was für ein Oschi«, entfuhr es ihm beim Begutachten des Schnittes. Um eine Ausbreitung des Entzündungsherdes zu unterbinden, schüttete er mutig Rasierwasser über die Hand, was ihm augenblicklich den Atem raubte. Nur ein Wort kam ihm über die Lippen:»VER-FLUCHT!« In Windeseile flogen ihm die restlichen Klamm-motten vom Leib, und ohne abzuwarten, bis das Wasser er-wärmt war, sprang er in die Duschkabine, worauf sich ein eiskalter Strahl über seinen Körper und über die malträtierte Hand ergoss, was den Schmerz augenblicklich etwas linderte, während um seine Füße blutgefärbtes Wasser spülte.

Frierend, aber einigermaßen erfrischt, verließ er bald da-rauf die Dusche. Gut, dass er noch Verbandszeug in der Schublade fand, mit dem er sich sorgfältig die Hand banda-gierte.

Allmählich wurde es wirklich Zeit, aber egal, wie spät es war, auf einen starken Kaffee in der Früh wollte er nicht ver-zichten, und der musste seiner Gewohnheit nach mit der Hand aufgebrüht werden. Die Plörre aus der Maschine schmeckte ihm nicht. Ungeduldig wartete er, bis das ko-chende Wasser den Kessel pfeifen ließ. Ein herrliches Aroma verbreitete sich, als Dampf aus der Kanne aufstieg, in die er zuvor mehr Kaffeemehl als nötig eingefüllt hatte. Alleine schon der Duft belebte seine Sinne. Bis sein Getränk trinkfähig war, zog er sich im Flur seine Jacke an. Die Schuhe machten ihm beim Anziehen Schwierigkeiten, weil sie noch zugeschnürt waren. Schwitzend vor Anstrengung setzte er sich an den Küchentisch.

Trinken tat er das tiefschwarze Gesöff aus einem Pott mit zwei Ohren, auf dem passenderweise »Arsch mit Ohren« stand. Dieses kitschige Monstrum hatte Monique ihm nach einem Streit geschenkt, und sie konnten später beide herzlich darüber lachen, wenn sie morgens zusammen am Frühstückstisch saßen und er ihr jene Hässlichkeit mit gespielt bösem Blick entgegenhielt. Gleich am nächsten Tag, nachdem Monique ihn verlassen hatte, wollte er den Pott in tausend Stücke zerschlagen. Den Hammer, der griffbereit in der Schublade lag, hielt er bereits in der Hand, aber eine Stimme in seinem Ohr flüsterte ihm zu, dass er wirklich ein Arsch mit Ohren wäre, wenn er das jetzt machte.

Bevor er nun endlich das Haus verließ, nahm er kritisch die Kochstelle unter die Lupe, ob er das Gas wirklich abgestellt hatte. Die beängstigenden Schwaden vom verbrannten Spiegelei in der Nacht spukten ihm immer noch im Kopf herum. Bloß nicht wegen einer blöden Nachlässigkeit den Herd anlassen.

II.

Der Sommer war fast vorübergegangen, ohne dass Lemmi etwas von Monique gehört, geschweige gesehen hätte. Hatte es sie überhaupt gegeben, fragte er sich an so manchem Tag. Um sich die Frage selbst zu beantworten, nahm er sich das einzige Foto von ihr zur Hand, das er nicht zerrissen hatte. Das Hochzeitsfoto. War die Hochzeit übereilt gewesen? Sie kannten sich doch kaum. Aber seine Sehnsucht nach ihr sprach eine andere Sprache. Ja, es war für ihn ein quälender Sommer ohne sie gewesen. Die vertrauten Wege, die er tagtäglich gehen musste, wurden für ihn zu einem regelrechten Spießrutenlauf, weil an jeder Ecke die Erinnerungen an sie auf ihn lauerten.

Manchmal aber zwang er sich sogar dazu, die guten Zeiten mit ihr in sein Gedächtnis zu rufen. Abseits vom Haus, im Garten des Hausherrn, inmitten der Dhalienbeete stand eine Bank, auf der er gerne saß, um ungestört seinen Gedanken nachgehen zu können.

Der vorige Sommer zum Beispiel, ihr letzter gemeinsamer Urlaub in den Dolomiten, an den dachte er besonders gerne. In prächtiger Bergkulisse sah er sich Hand in Hand mit ihr, dem Himmel nah, auf steilem Gipfel stehen, als wäre die höchste Stelle des Glücks erreicht. Am liebsten wäre er mit ihr durch die weißen Wölkchen direkt in den siebten Himmel aufgestiegen. Der Welt entrückt, einfach allem entschweben. Schon als sie am Tag des Reiseantritts wie aufgeregte Kinder in ihre Ente stiegen, hatte er das Gefühl gehabt, dem Alltag für immer zu entfliehen. Mit der Freiheit im

Gepäck würden sie nun auf unbestimmte Zeit die Zwänge der Kleinbürgerlichkeit hinter sich lassen, so kam es ihm jedenfalls damals vor. Und als er während der Fahrt auf der Autobahn, bei offenem Verdeck am Steuer stehend, den Kopf in den Fahrtwind hielt, schrie die Freude über sein Glück aus ihm heraus. Monique lachte ihm mit kindlichem Übermut zu, und ihr langes, braunes Haar wehte ihr dabei verführerisch über die nackte Schulter. Aber …

Tja, aber. Aber was war ihm geblieben? Fantasiebilder der Erinnerung! Vorüber, vorbei. Die Zwänge des Lebens hatten scheinbar gesiegt, Freiheit und Glück schienen sich nur auf den Augenblick zu beschränken, und je höher er im Taumel der Leidenschaft geflogen war, desto schmerzvoller kam die Ernüchterung, mit der er anschließend auf dem Boden der Tatsachen krachte.

*

5. *September 1972*

Froh, endlich wieder daheim zu sein, schloss Lemmi die Tür zu seiner Wohnung auf. Wieder war ein Tag vergangen. Ein Tag, an dem er sich einmal mehr wie ein Hamster im Rad fühlte, der von seinem Rennen darin ganz blöd im Kopf geworden war. Nachdem er kurz vor vier am Nachmittag, quasi auf die letzte Minute, seine Tageseinnahme abgezählt und in Säcken zu je tausend Mark in Münzen aus den Automaten verpackt über den Bankschaltertresen geschoben hatte, fuhr Lemmi diesmal – entgegen seiner Gewohnheit, bei Werner auf »ein Bier« vorbeizuschauen – auf direktem Weg heim. Sein unsolides Leben in der letzten Zeit zollte mehr und mehr ihren Tribut an seinem körperlichen sowie nervlichen Gesundheitszustand. Immer häufiger zitterten am Morgen seine Hände, und nicht selten hing die Klobrille wie ein Siegerkranz des Teufels um seinen Hals. Dazu überfiel ihn in immer kürzer werdenden Abständen wieder diese für ihn nicht erklärbare Angst. Um seinen Arbeitstag einigermaßen überstehen zu können, blieb ihm nichts anderes übrig, als wie ein Schauspieler zu agieren, dessen einzige Rolle es war, sich gegenüber seinen Kunden oder wem auch immer nicht anmerken zu lassen, wie dreckig es ihm wirklich ging. Dieses sich Verstellen nötigte ihm allmählich sehr viel Kraft ab.

Völlig ausgebrannt ließ er sich in den Sessel fallen. Obwohl er ein wenig stolz auf sich war, dass keine leeren Flaschen mehr herumstanden, schaute er sich kritisch in der Wohnung um. Es sollte auch mal wieder durchgelüftet und ordentlich geputzt werden, sinnierte er von sich selbst angewidert. Aber unfähig zu handeln stierte er die Wände an. Nach einer Weile ertappte er sich dabei, wie er seinem Atem lauschte. Davon erschrocken, kam ihm das Geräusch vor, als schreie ihm die Einsamkeit in die Ohren. In seiner Verzweiflung fiel sein Blick auf den Fernseher. Also beschloss er, ihn anzuschalten und ein wenig in die Kiste zu glotzen. In München fanden derzeit die Olympischen Spiele statt, und überall wurde davon gesprochen, dass es eine bunte und fröhliche Veranstaltung sei. Die Wettkämpfe würden ihn ablenken, so hoffte er. Mühsam erhob er sich, um auf den Einschaltknopf zu drücken. Es brauchte eine Weile, bis die Röhren des Gerätes warm wurden und zögerlich ein krisseliges Bild auf dem Schirm erschien. Fast wäre er dabei eingeschlafen.

Doch plötzlich war er hellwach. Anfangs hatte er Mühe, die Bilder, die er sah, einzuordnen. Auch was der Reporter mit bedrückter Stimme ins Mikrofon sprach, hatte so gar nichts mit dem zu tun, worauf er wartete. Völlig perplex sah er, wie maskierte und bewaffnete Männer auf Balkonen herumhuschten. Ein Hubschrauber landete zwischen den Häusern der Olympiaanlage. Immer wieder schwenkte die Kamera auf ein anderes Geschehen. Dürftig ausgerüstete Polizisten, die mit vorgehaltenen Waffen etwas orientierungslos umherliefen. Grüppchen von Menschen, die hilflos wirkend zu beratschlagen schienen. Dann wieder richtete sich das magische Auge des Aufnahmegerätes auf eine Anzahl von Reportern, die ihrerseits das unfassbare Geschehen durch die Linsen ihrer Kameras beobachteten, während die Stimme aus dem Fernsehgerät versuchte zu erklären, was für Lemmi in diesem Moment eigentlich unerklärlich war. Aufmerksam hörte er zu, wie gesagt wurde, dass am selben Tag, etwa gegen 04:35, mit Gewehren bewaffnete Geiselnehmer einer palästinensischen Terror-Organisation in das Appartement der israelischen Olympiamannschaft eingedrungen waren. Elf Sportler gerieten in Geiselhaft, wobei einige Israeliten aus dem Parterrefenster entkommen konnten.

Und während er vom Unheil fasziniert auf das unvorhergesehene Ereignis starrte, klingelte das Telefon. Zunächst reagierte er nicht darauf, weil das Klingeln in seiner dem Fernsehen geltenden Aufmerksamkeit unterging. Schließlich übertönte das schrille Geräusch dann alles andere. Genervt griff er zum Hörer, was gar nicht so einfach war, weil er sich weit über die Couchlehne recken musste.

»Ja«, rief er ungehalten in die Muschel, worauf am anderen Ende im gleichen Moment eine aufgeregte Männerstimme rief: »Ich will Monique sprechen!«

Erstaunt hielt sich Lemmi den Hörer vor die Augen, als könne er dadurch den Anrufer erkennen, während die metallisch klingende Stimme aus der Leitung unaufhörlich darauf drängte, Monique sprechen zu wollen.

Als Lemmi sich einigermaßen gefasst hatte, wusste er nicht mehr zu sagen als: »Wer sind Sie?«

»Hören Sie«, empörte sich der Anrufer, »ich will mit Ihnen kein Quiz veranstalten, sicherlich können Sie sich denken, wer ich bin. Also, was ist jetzt, rufen Sie Monique an den Apparat?«

Lemmi schlug das Herz bis zum Hals. Die Zeit ohne Monique schien ihm plötzlich wie ausgelöscht zu sein. Monique war in seiner Vorstellung auf einmal so präsent, als brauche er wirklich nur ins Nachbarzimmer hinein nach ihr zu rufen.

Bevor er antworten konnte, drängte sich wieder der Anrufer dazwischen. »Sie brauchen mir nichts vorzuspielen, ich weiß, dass Monique bei Ihnen ist.« Und leiser werdend fügte er noch hinzu: »Als ich eben nach Hause kam, habe ich eine Nachricht von ihr vorgefunden, dass sie, wenn ich die Zeilen lese, den nächsten Zug genommen hat und zu ihnen zurückgekehrt ist.«

Pause. Beiderseitiges Schweigen, nur der Kommentar des Reporters in der Flimmerkiste, dass es Verletzte und einen Toten gab, drang wie ein Menetekel in die Sprachlosigkeit. Lemmi dachte über den ulkigen Dialekt des Anrufers nach. Er sprach hessisch, das war unverkennbar. Daraus folgerte er, dass sich Monique irgendwo in dieser Gegend aufhielt.

Jetzt erst wurde ihm klar, dass Monique zurückkam. In seiner Vorstellung sah er bereits den heranbrausenden Zug, in dem sie saß, und im Takt der Gleisschwellen ratterten die vorher gesprochenen Worte des Anrufers in seinen Ohren. Monique kommt wieder, Monique kommt wieder, Monique kommt wieder …

Auf diesen Augenblick hatte er über Monate hinweg gewartet. Also hat sie es sich doch wieder anders überlegt. Sie liebt mich doch noch. Am liebsten hätte er seine Freude laut herausgeschrien. Blitzschnell erhob er sich von der Couch und warf den Hörer mit spitzen Fingern auf die Gabel des Telefons zurück, als würde er sich davor ekeln, weil er von der Stimme des Nebenbuhlers beschmutzt worden war. Schließlich handelte es sich um jenen Mann, der nachts neben Monique im Bett lag und ihr schöne Worte ins Ohr flüsterte. Der sie mit seinen Schmierpfoten betatschte.

»Beeil dich, fahr zum Bahnhof und hol sie ab!«, befahl ihm seine Kopfstimme. Die Müdigkeit war wie weggeblasen.

Mit Hausschuhen an den Füßen und nachlässig zugeknöpftem Hemd rannte er, ohne den Fernseher auszuschalten, die Treppe hinunter. Auf halbem Weg stoppte er, und ebenso schnell eilte er wieder nach oben, weil er den Autoschlüssel vergessen hatte.

Augenblicke später überfuhr er an der Kreuzung Tannenbergstraße sogar eine rote Ampel. Passanten riefen ihm wütend hinterher, einer drohte sogar mit der Faust, doch das alles interessierte Lemmi nicht. Er durfte nur eines nicht: Monique verpassen. Darum stellte er seinen Wagen auch im absoluten Halteverbot vor dem Bahnhof ab. Fast noch im Laufen riss er eine Handvoll Blumen aus dem mit Astern geschmückten Rondell am Vorplatz aus. In der Vorhalle angekommen, verriet ihm ein flüchtiger Blick auf die Anzeigetafel, dass der nächste Zug in etwa einer Viertelstunde auf Gleis 2 einfahren würde. Auf dem Gleis fahren die Züge aus südlicher Richtung ein, freute er sich. Genau daher erwartete er Monique.

Ohne die Rolltreppe zu benutzen, nahm er gleich zwei Stufen auf einmal nach oben, obwohl er noch ein wenig Zeit hatte. Der Bahnbedienstete, der ihm auf dem Bahnsteig begegnete, schüttelte mit einem skeptischen Ausdruck im Gesicht den Kopf, als sich Lemmi mit dem seltsamen Strauß abgehetzt und verschwitzt auf einer Bank niederließ. Wie gebannt starrte er über die Gleise hinweg in die Ferne, als könne er damit den Zug schneller herbeilocken.

Dann kam er wirklich. Schon als das Metall der Gleise leise zu summen begann, sprang er auf, und ganz nah stellte er sich an die Bahnsteigkante. Ihm wurde schwindelig vor Aufregung, als der Zug mit quietschenden Rädern zum Stehen kam. Unruhig suchten seine Augen die Abteile ab. Nur wenige Fahrgäste stiegen aus. Monique war nicht dabei. Enttäuscht verfolgten seine Augen das letzte Abteil des Zuges, der nach wenigen Augenblicken wieder in einer Linkskurve verschwand.

Tja, da stand er nun, und ihm war, als hätte Monique ihn zum zweiten Mal verlassen. Traurig warf er die Blumen ins Gleisbett. Wieder schaute der Bahnbedienstete, wobei sich seine Augenbrauen zusammenzogen. Dem ungeachtet lief Lemmi davon. Jetzt wäre der richtige Zeitpunkt, sich bis zum Stehkragen volllaufen zu lassen. Aber sollte er am Tresen stehend, von seinen Kumpanen umringt, ins Bierglas heulen? Nein, mit dieser Scheiße musste er alleine fertig werden.

*

Als er tief geknickt die Stufen zu seiner Wohnung hochstieg, nahm er bereits auf dem obersten Treppenabsatz das Klingeln des Telefons wahr. Er zögerte. Man kennt es – beeilt man sich, legt der Anrufer genau in dem Moment auf, wo man den Hörer abnimmt. Also zwang er sich dazu, nicht in Hektik zu geraten. Aber das Klingeln hörte keineswegs auf. Genervt betrat er das Wohnzimmer, um doch noch zu erfahren, wer so ungeduldig war. Möglicherweise wieder dieses hessische Arschloch, dachte er sich.

»Ja!«, rief er eine Spur zu laut in die Sprechmuschel, doch er erhielt nicht gleich eine Antwort. »Hör zu, du Pfeife, wenn du nichts Besseres zu tun hast, als andere Leute zu belästigen, dann kannst du mich am Arsch lecken!«

»Lemmi, halt, ich bitte dich, leg nicht auf!«

Ihm stockte der Atem. Es war Moniques Stimme. Ihre Stimme, nach all der Zeit. Das Herz pochte hinter seinen Augäpfeln.

»Du?«, fragte er unsinnigerweise zurück. »Ich denke … ich dachte … ich meine … ich war eben am Bahnhof und habe auf dich gewartet. Dieser Kerl hat mich angerufen, zu dem du …« Er fand spontan nicht die passenden Worte, also schluckte er hinunter, was ihm eigentlich auf der Zunge brannte. Er hörte sie laut und hastig atmen. Was würde sie ihm jetzt sagen? Hilflos und bis in die Haarwurzeln angespannt wartete er erneut auf ihre Stimme. Und dann endlich wurde er aus seiner Angespanntheit erlöst.

»Ich kann nicht … ich kann doch nicht zu dir zurückkommen, das ist mir unterwegs endgültig bewusst geworden. Und da bin ich in Köln wieder aus dem Zug gestiegen und zurückgefahren. Bernd, also ich meine der Mann, zu dem ich … er ist im Augenblick nicht da, deshalb kann ich mit dir sprechen. Es tut mir alles so leid, das kannst du mir glauben.«

»Leid, leid, leid!«, ärgerte sich Lemmi. »Warum hast du nicht mit mir gesprochen? Warum bist du einfach abgehauen und hast alles im Stich gelassen? Wir hätten doch über alles reden können. Vielleicht hätten wir zusammen einen Ausweg gefunden. Was habe ich dir denn getan, dass du mir nur einen schäbigen Zettel hinterlassen konntest? Monique … hörst du … kannst du mir darauf eine Antwort geben?«

»Nein Lemmi, so ging es mit uns nicht weiter, da hätte auch alles Reden nichts mehr genutzt. Deine Eifersucht und der Alkohol, du hattest dich in letzter Zeit zu sehr verändert. Du warst nicht mehr der Mann, den ich kennengelernt habe.« Für einen Augenblick trat Stille ein. Dann sagte sie noch: »Du sollst wissen, dass mein damaliger Verlobter ein Trinker war, der mich geschlagen hat, wenn er betrunken war. Lemmi, das alles wollte ich nicht noch einmal mitmachen. Verstehst du das? Du hast mich zum Schluss zu sehr an ihn erinnert.«

Aus Lemmi brach es heraus: »Monique, mein Liebling, nie, nie, nie, würde ich dir etwas antun. Ich liebe dich doch. Hörst du, ich liebe dich! Bitte, bitte komm zurück!«

»Lemmi … es geht nicht … Bernd ist ein wunderbarer Mann, er liebt mich und ich … ich liebe ihn auch.«

Daraufhin vernahm er ein Schluchzen.

Ihr Schweigen ließ ihn vermuten, dass sie an ihren Worten zweifelte. Also sagte er lauter und eindringlicher:»Monique, ich liebe dich, komm bitte wieder zu mir. Es wird alles gut werden, ich verspreche es dir.«

»Ich habe auch eine Bitte«, sagte sie daraufhin leise,»ich werde morgen um die Mittagszeit meine restlichen Sachen holen, und ich bitte dich sehr, dass du dann nicht da bist. Versprichst du mir das?«

Lemmi war zwischen Wut und Traurigkeit hin und her gerissen.

»Nein«, sagte er energisch,»das kann ich dir nicht versprechen! Außerdem, was soll das ganze Theater? Wir sind verheiratet, und du kannst nicht einfach tun und lassen, was du willst.« Im gleichen Moment hätte er sich ohrfeigen können, weil er wieder einmal lauter geworden war, als er wollte. Gespannt lauschte er, und zwischen dem Knistern in der Leitung vernahm er ein leises Klacken. Da wusste er, sie hatte aufgelegt.

*

Am nächsten Tag ging Lemmi natürlich nicht zur Arbeit. Gegen neun Uhr kam ein Kollege, um seine Tour zu fahren. Im Bademantel, mit zerzaustem Haar und umgebundenem Schal, öffnete er ihm mit zerknirschter Miene die Tür. Außerdem entschuldigte er sich mit verstellt heiserer Stimme dafür, dass er mit dieser Erkältung keinesfalls Kunden aufsuchen könne. Als der Kollege den Firmenwagen vom Hof steuerte, wusch Lemmi sich rasch und zog sich an. Er dachte, dass es besser wäre, aufzuräumen und zu lüften.

Am Fenster stehend schlürfte er Augenblicke später einen heißen Kaffee mit einem großen Schluck Rum darin. Der Alkohol sollte ihm die Portion Sicherheit bringen, wenn er Monique Auge in Auge gegenüberstehen würde. Gegen Mittag hatte sie gesagt, das war, etwa ab elf Uhr gerechnet, mindestens eine Spanne von drei Stunden. Aber die zu überbrücken würde für ihn ein Klacks werden, glaubte er, nachdem er Monate auf ein Zeichen von ihr gewartet hatte. Dennoch überfiel ihn bereits nach einer halben Stunde das quälende Gefühl, diese Warterei nicht mehr auszuhalten. Wie ein eingesperrtes Raubtier durchquerte er immer wieder das Wohnzimmer, wobei der allmählich wirkende Alkohol ihm böse Gedanken ins Hirn trieb, die er mit Anstrengung verdrängte, damit es nicht gleich zu einem Streit kam. Da das Haus, in dem er wohnte, eine Gärtnerei übrigens, ein wenig abseits von der Siedlung stand und direkt an Felder und einen Wald grenzte, passierte es nicht so häufig, dass Fahrzeuge am Wendehammer drehten. Deshalb zuckte er jedes Mal zusammen, wenn ein Auto an der Einfahrt vorbeifuhr. Dann aber tauchte ein blauer Mercedes mit Frankfurter Kennzeichen auf, der langsam den Weg zum Haus herunter passierte. Schnell schloss er das Fenster, woraufhin er die Nase an die Scheibe presste. Eindeutig, am Steuer saß Monique, und sie war alleine. Soweit er auf den ersten Blick erkennen konnte, trug sie die Haare anders. Das lange, dunkle Haar, das er so mochte, weil es ihre kindliche Weiblichkeit auf verführerische Weise unterstrich, war einem frechen Bubikopf gewichen. Von Weitem betrachtet sah sie für ihn fast wie Mireille Mathieu aus, die er aber nicht mochte. Er verspürte den Drang, auf der Stelle die Treppe hinunterzurennen, um sie draußen zu empfangen. Doch dann zögerte er. Zum einen wollte er seinen Vermietern kein Schauspiel bieten, die ihn ohnehin immer fragten, wo denn seine Frau abgeblieben war, und zum anderen musste er sich erst einmal innerlich sammeln, um ihr einigermaßen gefasst gegenüberzutreten. So entschloss er sich, Monique weiterhin vom Fenster aus zu beobachten, bis sie in der Haustür verschwand. Schließlich besaß sie noch ihren Schlüssel. Als er im Treppenhaus ihre Schritte hörte, musste er sich eingestehen, dass er plötzlich Angst vor ihr hatte, oder besser gesagt vor der Situation, die nun unweigerlich auf ihn zukam und die über so vieles entscheiden würde.

Fahrig fuhr er sich mit der Hand durchs Haar, um anschließend prüfend seinen Dreitagebart zu ertasten. Da öffnete sich auch schon die Tür zum Flur, der direkt auf das Wohnzimmer zuführte, wo er in angespannter Haltung stand.

»Du bist ja doch da«, stellte sie erstaunt fest.

»Darüber wunderst du dich?«, fragte er beinahe vorwurfsvoll zurück. »Glaubst du, ich würde dich erneut klammheimlich verschwinden lassen?«

Traurig, auch ein wenig enttäuscht sah sie aus, darüber war er verwundert, weil sie ihm dadurch sonderbar fremd vorkam. Er vermisste ihr Lächeln, die kleinen Fältchen um ihre Augen, die er am Anfang ihrer Beziehung auf sich selbst zurückführte, weil sie ein Ausdruck ihres Glücklichseins waren, wie er meinte.

»Du hast dich verändert, deine schönen Haare sind abgeschnitten. Wollte er das?« Sofort bereute er seine dämliche

Frage, denn sie stellte plötzlich dieses hessische Arschloch imaginär zwischen sie beide.

Sie ging nicht darauf ein, stattdessen kam sie auf ihn zu, gab ihm die Hand, und nach einem kurzen Zögern küsste sie ihn flüchtig auf die Wange. Als ihre Lippen seine Haut berührten, umklammerten seine Arme ihren Oberkörper. Sie roch vertraut. Nun hielt er Monique fest, als wolle er sie nie mehr loslassen und dabei suchten seine Lippen ihren Mund.

»Hör auf!«, bat sie energisch.

Verwirrt schaute er sie an. »Du gehörst zu mir!«

»Nein, Lemmi, so geht das nicht, ich bin nicht dein Eigentum! Nein, nein, versteh mich doch.« Und leise flüsterte sie: »Es hat keinen Zweck mehr.«

Mit großen Augen stieß er sie von sich weg. »Zweck«, hauchte er, »keinen Zweck mehr?« Er wandte sich von ihr ab und schlug fest mit der flachen Hand gegen die Tür. »Zweck, Zweck, ha, dass ich nicht lache! Du hast uns also als eine Zweckgemeinschaft angesehen?« Seine anfängliche Beherrschung und seine aufwallenden Empfindungen für sie waren lautstarken Vorwürfen gewichen. Seine Hände zitterten, und ihm war übel vor Aufregung. In dieser Verfassung verlor er vollends die Beherrschung. »Ich habe immer gewusst, dass du mich betrügst«, brüllte er. »Meinst du etwa, ich hätte es nicht mitgekriegt, wenn du jedem dahergelaufenen Schwanz schöne Augen gemacht hast? Aber gut, dass es so gekommen ist. Du hast mir die Augen geöffnet. Du hast mir gezeigt, dass man Frauen wie dich nicht heiratet, Frauen wie dich benutzt man, ja, benutzt man.« Den Zeigefinger streckte er weit in ihre Richtung. »Du kannst mir nicht wehtun, o nein, hörst du, du nicht!« Mit weiten Schritten eilte er ins Wohnzimmer.

Sie folgte ihm langsam und sah, wie er am Sideboard stehend direkt aus der Flasche seinen Lieblingslikör trank. Sie kannte diese Szenen nur zu gut. Szenen, die sich, bevor sie ihn vor Monaten verlassen hatte, zum Schluss immer öfter wiederholten. Sein wachsendes Misstrauen ihr gegenüber sorgte dafür, dass sich Liebesschwüre und Streit immer häufiger abwechselten. Sie konnte es einfach nicht mehr ertragen.

Während er sich den Mund abwischte und den Verschluss auf die Flasche drehte, schaute sie sich mit wehmütigem Blick im Wohnzimmer um. Sicher wäre sie am liebsten und auf der Stelle wieder gegangen, aber es hatte einen Grund, warum sie da war.

»Wenn du nichts dagegen hast, dann räume ich jetzt die Dinge zusammen, die ich gerne noch mitnehmen möchte. Bist du einverstanden damit?«, fragte sie vorsichtig.

Ohne direkt auf ihre Frage einzugehen, bemerkte er: »Warum hast du so lange damit gewartet? Also damit, deine Sachen abzuholen. Du kannst froh sein, dass sie nicht längst im Müll gelandet sind.«

»Mir fehlte die Kraft dazu.« Sie wurde leiser. »Außerdem habe ich mich gefürchtet, wie du reagieren würdest. Also habe ich in der Hoffnung abgewartet, du könntest es nach all der Zeit gelassener hinnehmen.«

Übertrieben großzügig breitete er seine Arme aus. »Nimm ruhig alles mit! Du kannst alles haben! Ich will und brauche kein Fitzelchen mehr, vor allem nichts von dir. Hier, die ach so gute Kristallschale von deiner Mutter, was soll ich damit … fang!« Er griff nach besagter Schale, die auf dem Sideboard stand, und warf sie in ihre Richtung. Eine Sekunde später landete das einstige Hochzeitsgeschenk auf dem

Boden und zersprang in mehrere Teile. »Oh, Verzeihung, tut mir leid«, bemerkte er zynisch, »du musst aber auch besser fangen!«

Ihr Gesicht verriet maßlose Enttäuschung. Schnaubend setzte er sich in den Sessel, der mit dem Rücken zu ihr stand, und zündete sich eine Zigarette an. Als er Geräusche aus dem Schlafzimmer hörte, drehte er sich um. Monique hatte damit begonnen, ihre Kleider und andere Sachen auf das ungemachte Bett zu werfen. Wohl oder übel musste sie auch noch einige Dinge aus dem Wohnzimmerschrank und dem Sideboard holen. Kleinigkeiten, die ihr ans Herz gewachsen waren und auf die sie, vielleicht auch zur Erinnerung an ihn, nicht verzichten wollte.

Auf alles gefasst, betrat sie achtsam das Zimmer. Lemmi saß, ihr den Rücken zugekehrt, immer noch im Sessel. Er regte sich nicht. Neugierig stellte sie sich so, dass sie ihn von der Seite sehen konnte. Ihr Gesichtsausdruck zeigte sich überrascht.

Lemmi weinte. Er weinte, ohne dass sich dabei seine Miene verzog. Still weinte er. Die Tränen tropften ihm die Wangen herunter. Er weinte wie jemand, dem die Augen vor Trauer zerplatzt waren. Er tat so, als würde er sie nicht bemerken.

Sie schlich sich aus der Wohnung, um zu ihrem Auto zu gehen. Als sie wieder mit zwei leeren Koffern und einer Reisetasche über der Schulter eintrat, machte sie den Eindruck, wesentlich gefasster zu sein. Er war inzwischen aufgestanden und stierte zum Fenster hinaus.

Monique machte sich daran, im Schlafzimmer ihre Sachen einzupacken. Nach etwa zehn Minuten begann sie, im

Wohnzimmer persönliche Papiere, und weiteren Krimskrams in der Reisetasche unterzubringen. Eine Zeit lang suchte sie nach Bildern, wo nur sie drauf zu sehen war, doch die fand sie nicht.

Sie beeilte sich, die Stille war ihr nicht geheuer. Vielleicht brütete er eine Gemeinheit aus? Vermutlich waren das ihre Gedanken?

Lemmi stand immer noch regungslos und schweigend am Fenster. Er beobachtete den Gärtner, der unten in den Beeten mit der Hacke und kräftigen Schlägen das Unkraut aus dem Boden hieb. Moniques Augen überflogen derweil die geöffneten Schubladen.

Sie erschrak, als er, ohne sie anzusehen, sagte: »Bist du bald fertig?«

»Einen Moment bitte noch«, antwortete sie ruhig.

Zwei Minuten später hörte er seinen Namen. »Lemmi!«

»Was ist?«

»Ich bin so weit. Würdest du mir beim Heruntertragen helfen?«

Langsam drehte er sich um. Monique konnte nicht entgangen sein, wie leidend und schlecht er aussah, als er sie fragte: »Es hat wohl keinen Sinn, dich noch einmal zu bitten zu bleiben?«

»Nein.« Ihr nein war mehr ein Hauchen.

»Also gut, bringen wir es hinter uns.« Energisch griff er nach dem Koffer, der auf dem Tisch lag.

»Warte!«, bat sie ihn.

Erstaunt blickte er sie an. »Was gibt es da noch zu warten?«

Sie zwang sich, freundlich zu schauen. »Ich möchte dir noch etwas ans Herz legen, bevor ich für immer gehe.«

»Tu dir keinen Zwang an.«

Sie rang mit sich, ob sie nicht doch schweigen sollte. Aber vielleicht wollte sie, dass ihre Trennung nicht endgültig im Streit endete. Mit dem Willen, ihn zu besänftigen, gab sie ihm einen wohlgemeinten Rat mit auf dem Weg. Ihre Haltung bewies die Aufrichtigkeit ihrer Worte. »Bevor ich nun gehe, möchte ich dir Folgendes sagen. Auch wenn unser gemeinsamer Traum zerplatzt ist, du wirst noch viele Träume haben, Lemmi. Und eines Tages wird dein schönster Traum auch für dich Realität werden. Aber eines möchte ich dir auch noch sagen. Man kann nicht nur über Liebe reden. Liebe ist mehr als Versprechungen, diese bittere Erfahrung musste ich leider machen. Darum gebe ich dir diesen gut gemeinten Rat: Wenn du nicht bald gegen deine Eifersucht angehst und deine Unbeherrschtheit bekämpfst, dann werden deine Träume Albträume bleiben.«

Völlig unerwartet fragte er sie: »Hast du mich eigentlich geliebt? Und wenn ja, warum verlässt du mich dann?«

Ihre Stimme wurde brüchig. »Ja Lemmi, ich habe dich geliebt. Ich habe vom ersten Augenblick an deine ganze Art gemocht. Du warst charmant, humorvoll und zärtlich. Glaubst du, dass ich dich sonst geheiratet hätte? Ich hatte fest an uns geglaubt. Nun habe ich mich mehr als einmal gefragt, warum du dich so verändert hast.« Bevor er antworten konnte, fuhr sie fort: »Ich weiß, ich weiß, was du jetzt sagen willst, aber gebe nicht immer anderen die Schuld.«

Ihre Worte hatten ihn getroffen, weil er insgeheim seine Schwächen kannte, aber nie die Kraft hatte, dagegen anzugehen.

»Wir beide sind noch jung, und ich möchte – das meine ich ehrlich –, dass du einmal eine Frau findest, mit der du glücklich wirst.«

Mit feuchten Augen sah sie ihn an, und er hatte große Mühe, sich zu beherrschen, damit sein Schmerz nicht aus ihm herausbrach. Überraschend fasste sie, wohl in der Absicht, ihn zu trösten, nach seiner Hand. »Ich danke dir, ich danke dir vor allem für die vielen schönen Stunden, die wir auch hatten. Und in meinem Herzen wird immer ein Teil von dir zurückbleiben. Glaube mir, es ist besser so. Es wird sicherlich der Tag kommen, wo wir in Ruhe über alles reden können.« Hastig wandte sie sich ab, bugsierte die Reisetasche über die Schulter und ging Richtung Flur.

Lemmi harrte wie eingefroren auf der Stelle. Erst ihr Ruf: »Kommst du?«, brachte wieder Leben in seinen Körper.

*

Abwartend am Wagen stehend, die Hände tief in den Hosentaschen vergraben, bemerkte er mit einem Seitenblick, wie seine Vermieter hinter der Gardine lauerten. Sie taten es wohl aus Neugierde, damit ihnen das Abschiedsdebakel nicht entging. Die Koffer und die Tasche waren bereits verstaut. Bevor Monique Anstalten machte, einzusteigen, wandte sie sich ihm zu. Beide sahen sich direkt in die Augen. Als sie ihn noch einmal in ihre Arme schließen wollte, drehte er sich von ihr weg. »Reisende soll man nicht aufhalten«, murrte er, und sie wirkte enttäuscht.

Ohne noch ein Wort zu sagen, setzte sie sich in den Mercedes und ließ den Motor an. Geschickt lenkte sie das Fahrzeug in einen Bogen, sodass sie vorwärts den leichten Hang der Ausfahrt nehmen konnte.

Regungslos verfolgte er das Auto, dabei blieb ihm nicht verborgen, dass Monique so lange in den Rückspiegel blickte, bis auch sie ihn nicht mehr sehen konnte.

Obwohl sie nur ein paar Sachen mitgenommen hatte, kam ihm die Wohnung nun noch leerer vor. In allen Ecken der Räume tat sich für ihn die Endgültigkeit wie ein großes schwarzes Loch auf. Unschlüssig stand er im Zimmer. Alles in ihm verengte sich. Etwas Unsichtbares schnürte einen imaginären Strick um seine Brust. Bevor ihn auch noch die Wände erdrückten, musste er raus. Bloß raus aus diesem Gefängnis schlechter Empfindungen.

Er blickte kurz zum Fenster hinaus. Der frühe Nachmittag präsentierte sich, trotzdem es etwas diesig war, recht schön. Da kam ihm eine Idee, für die es keine rationelle Erklärung gab.

Aus der Küchenschublade nahm er eine Plastiktüte, in die er die angebrochene Flasche Kräuterlikör steckte. So ausgerüstet verließ er mit seiner Lederjacke über dem Arm und dem Autoschlüssel in der Hand die Wohnung. Kurz darauf steuerte er seinen gelben BMW vom Hof auf die Straße. Eigentlich hätte er abwarten müssen, bis ihm der Firmenwagen zurückgebracht wurde, aber daran dachte er jetzt nicht mehr.

Nach einigen Abzweigungen brauste der BMW, den er sich vor einiger Zeit als eine Art Seelentröster angeschafft hatte über die Landstraße, vorbei an abgeernteten Feldern und Weiden, auf denen in einem Idyll der Friedlichkeit Kühe grasten, die er absurderweise beneidete. Bald schon bog der Wagen auf einen Waldparkplatz ein. Er zog sich die Lederjacke über, schnappte sich die Tüte, schloss das Fahrzeug ab, und mit der Illusion, er könne seinen Kummer mit den schönen Erinnerungen der Vergangenheit mildern, machte er sich in Richtung Waldweg auf. Er wollte Wege gehen, die er oft mit ihr gegangen war. Er wünschte sich so sehr, dass all die Erinnerungsbilder seine Trauer beschwichtigten.

Obwohl sich die Blätter der Bäume wegen der Trockenheit des zu Ende gehenden Sommers bereits in Herbstlaubstimmung verfärbten und das Blätterdach hier und da schon Lücken aufwies, führten ihn seine Schritte wie durch einen dunklen Tunnel, in dem die Einsamkeit zu wohnen schien. Weit und breit war niemand zu sehen.

Ein großer Schluck aus der Schnapsflasche gab ihm ein wenig Wohlbehagen. Im schemenhaften Licht sah er sich mit Monique den Waldweg entlangrennen. Sie lachten und scherzten. Wieder trank er einen großen Schluck. Nun sah er sie ganz deutlich vor sich. Ganz wirr wurde ihm dabei. Ausgelassen hüpfte und sprang er umher, wie er es einst mit ihr getan hatte. Und wenn ihnen danach war, blieben sie erhitzt stehen, umarmten sich, küssten sich voller Leidenschaft, bis ihnen der Atem versiegte.

Gänseschnattern riss ihn aus seinen Gedanken. Der düstere Wald war zu Ende. Gut Steinburg lag in hellem Licht.

Wenige Meter weiter zweigte ein schmaler Weg zum Gondelteich ab, dem folgte er zielstrebig. Im Gartenlokal saß nur ein junges Pärchen mit Kleinkind, und auf dem Teich ruderte ein älterer Herr mit einem bezopften Mädchen.

Lemmi nahm die Stufen zur Anlegestelle. Der Alte, der die Boote verwaltete, hockte mit lang gestreckten Beinen auf einem Gartenstuhl. Ohne großes Interesse guckte er kurz hoch. Er schien gedöst zu haben, wobei er geschickt den Zigarrenstummel zwischen die breiten Lippen klemmte. Doch dann straffte sich sein Oberkörper, den er in Richtung Gondelteich drehte. Die Hände an den Mund gelegt, rief er mit einer nicht zu erwartenden Lautstärke: »Zwölf!«, und wiederholte es noch einmal, wonach er wieder in sich zusammensackte. Der Mann im Boot hatte verstanden. Umgehend nahm das Boot Nummer 12 Kurs auf den Anlegeplatz zu.

»Meister, macht es Ihnen was aus, wenn ich mir für etwa eine Stunde eins Ihrer Boote ausleihe?«, sprach Lemmi den Bootsvermieter an.

Ohne zu antworten, stand der Angesprochene behäbig auf, schlurfte zum Boot Nummer 6, löste die Kette, mit dem es an einem Pflock angebunden war, und nuschelte dann: »Wenn ich Nummer sechs rufe, kommen Sie unverzüglich zurück!«

Als Lemmi in das wackelige Gefährt stieg, saß der »Herr über den Teich« schon wieder wie schlafend auf dem Stühlchen. Umgehend ruderte Lemmi mit mächtigen Schlägen los in Richtung einer kleinen, struppig bewachsenen Landzunge. Dieses Fleckchen war sein eigentliches Ziel. Dort hatten sich Monique und er zum ersten Mal geliebt. Kurz nachdem sie beschlossen hatten, zusammenzubleiben, hatte ihm ein wunderbarer Sommertag diese unvergessliche Erinnerung daran geschenkt. Damals hatte er die Idee zu dieser Bootsfahrt gehabt. Wie eine Hippiebraut sah sie in ihrem wallenden Kleid aus, und ihr Haar schmückte ein buntes Batiktuch. Ausgelassen und fröhlich war sie, wie meist. Immer wieder ließ sie ihre Hand ins Wasser gleiten und spritzte ihn nass. Da es sehr warm war, entblößte sie im Boot ihre schlanken Beine bis weit über die Schenkel. Als sie ihr Oberteil öffnete, um sich mit den nassen Händen das Dekolleté zu kühlen, bestätigte sich, was er bereits geahnt hatte: Sie trug keinen BH. Am liebsten wäre er auf der Stelle kopfüber in den Teich gesprungen, so sehr erhitzte ihn, was er sah. Stattdessen steuerte er vor freudiger Erwartung auf das besagte Inselchen zu. Als er aus dem Boot sprang und die Bootsspitze ein Stück weit auf den Uferbereich zog, fragte sie erstaunt, was er vorhabe. »Dich ins Paradies entführen«, entgegnete er ihr hintergründig lächelnd. Willig gab sie ihm ihre Hand, damit er ihr aus dem Boot helfen konnte. Wie zwei verirrte Abenteurer, die eine fremde, unbewohnte Insel erkunden wollen, zwängten sie sich kichernd durch das Gesträuch, bis sich vor ihnen eine mit wilden Blumen bewachsene Wiese auftat, von deren Blüten Schmetterlinge aufstiegen, als sich beide lachend Hand in Hand im Kreis drehten. Außer Atem sank sie schließlich nieder. Vor ihr kniend nahm er ihre Hände, und mit leidenschaftlichem Blick in ihre beinahe schwarzen Augen schwor er ihr, dass er sie liebe, dass er sie ewig lieben werde und dass, wenn auch sie ihn so lieben würde wie er sie, es nichts auf der Welt geben werde, was sie trennen könnte. Sie besiegelte seine Worte mit einem langen erregten Kuss. Überwältigt von ihrem Temperament drückte er sie ins Gras. Als sich seine Hand an ihrem Schenkel hochtastete, zuckte er kurz zusammen, weil sie unter ihrem Kleid nackt war. Alles um ihn herum versank in einem Taumel aus Glück und Geilheit. Stöhnend gab sie sich ihm bereitwillig hin.

Von da an waren sie alleine auf der Welt. Es gab nur noch sie. Nichts mehr war von dem Lachen der Gäste im Gartenlokal zu hören. Es gab keine Boote mehr, die ganz in der Nähe des Ufers ihr Fahrwasser zogen. Nicht die Sommerfrischler, die darin saßen und bei den seltsamen Geräuschen aus den nahen Büschen an irgendein Tier gedacht haben mochten.

All das wirbelte nun als Erinnerung durch seinen Kopf, während er sein verlorenes Paradies betrat. Schnell machte er das besagte Stück Wiese ausfindig.

Noch im Stehen sog er gierig den Schnaps aus dem Flaschenhals, um sich gleich darauf lang gestreckt auf dem Rücken ins Gras zu legen, in dem jetzt keine Blumen mehr blühten. Die Hitze des vergehenden Sommers hatte sie vertrocknen lassen. Er richtete seine Augen zum Himmel. Über ihm zerfetzten die Wolken, als würden unsichtbare Hände Watte zerreißen. Schon als Kind hatte er sich gerne ins duftende Gras gelegt, um den Himmel und die Wolken zu beobachten. Vor allem seit Großmutter ihm damals erzählt hatte, dass man aus den Luftgebilden die Zukunft herauslesen könne, wenn man sich nur mit all seinen Sinnen darauf einließe. Nein, das hatte er seinerzeit nicht geschafft, dafür entdeckte er meist skurril verformte Tiere oder Fantasiewesen. Nur die erhoffte Zukunft blieb in der unendlich blauen Weite ein Geheimnis. Ohne dass er sich dagegen hätte erwehren können, schlief Lemmi unter freiem Himmel ein.

Wie lange er dort gelegen hatte, konnte er im Nachhinein nur vermuten. Jedenfalls wurde sein Schlaf von heftigem Rütteln und mit energischen Worten jäh unterbrochen.

»Aufstehen! Hallo, Sie da, stehen Sie sofort auf!«

Ein uniformierter Polizist mit markigem Gesichtsausdruck und in die Hüften gestemmten Fäusten beugte sich zu ihm herunter. Sein Gehabe erweckte den Eindruck, keinen Widerspruch zu dulden.

Einigermaßen überrascht richtete Lemmi sich auf. Verdutzt schaute er in die Augen des Gesetzes. Wesentlich freundlicher fragte der Polizist ihn gleich darauf, ob es ihm gut gehe oder ob er medizinische Hilfe brauche. Lemmi winkte entrüstet ab. Daraufhin sagte der Polizist: »Nun sagen Sie, warum bringen Sie das Boot nicht pünktlich zurück? Der Bootsverleiher ist schon ganz heiser vom Schreien.«

»Und? Da hat er die Polizei gerufen?« Lemmi schüttelte vor Verwunderung den Kopf.

»Nein«, knurrte der Beamte, »ich bin routinemäßig meine Tour zum See gefahren, als er aufgeregt auf mich zugelaufen kam, um mir zu sagen, dass etwas passiert sein muss, weil Boot sechs überfällig ist.«

Lemmi wusste, dass an den Wochenenden Tanzveranstaltungen in der Gaststätte stattfanden, bei denen es nicht selten hoch herging und sich die Polizei deswegen ab und an sehen ließ.

»Haben Sie Drogen konsumiert?«, forschte der Uniformierte nun wieder in amtlichem Tonfall nach.

Lemmi verneinte empört.

»Dann erheben Sie sich jetzt mal, damit ich sehen kann, dass Sie auf Ihren Beinen stehen können!«, befahl ihm der Gesetzeshüter.

Ein wenig unsicher rappelte Lemmi sich auf.

Unversehens trat der Polizist dicht an ihn heran.»Pusten Sie mich mal an!«

»Das brauche ich nicht«, entgegnete Lemmi,»oder kann ich etwa wegen Trunkenheit am Ruder belangt werden?«

Der Polizist grinste verschmitzt, dann bückte er sich nach der Plastiktüte und hob sie mit spitzen Fingern auf, als habe er soeben einen schweren Fall gelöst.

»Gehört die Ihnen?«

Lemmi sah keinen Sinn darin, es abzustreiten.»Ja.«

»Sind Sie damit einverstanden, dass ich hineinschaue?«

»Ja.«

Wieder grinsend zog er die fast leere Likörflasche aus der Tüte.»War die voll?«

Lemmi zuckte mit den Schultern.»Irgendwann wird sie wohl voll gewesen sein, denke ich, Herr Jägermeister … ähm … Herr Wachtmeister meine ich natürlich.«

Der Polizist ging auf diesen Lapsus nicht ein.»Also hören Sie mir genau zu! Sollten Sie mit einem Auto oder sonst einem zum Straßenverkehr zugelassenen Fahrzeug hergekommen sein und nachher die Absicht haben, damit auch wieder nach Hause zu fahren, dann werde ich dafür sorgen, dass Sie eine ganze Zeit lang zu Fuß gehen. Ich habe Sie im Auge! Haben wir uns verstanden? Und nun marschieren wir beiden Hübschen umgehend zu den Booten und rudern zur Anlegestelle, damit der Alte nicht noch einen Herzinfarkt kriegt.«

Und so kam es, dass Lemmi, von einer Einmannpolizeieskorte begleitet, wenig später vom erbosten Bootsverleiher und etlichen neugierigen Zuschauern in Empfang genommen wurde.

*

Am Tresen der Ausflugsgaststätte trank Lemmi noch zwei oder drei Bier. Er trank hastig, weil er die Musik nicht ertragen konnte, die überlaut aus dem Saal schallte, wo eine mittelmäßige Amateurkapelle ausschließlich Lieder von den Flippers spielte. *Weine nicht kleine Eva …* Na, danach stand ihm nun wirklich nicht der Sinn.

Schnell trat er den Rückweg an. Zügig schritt er auf den Wald zu, dessen Wipfel von der glutrot versinkenden Sonne wie brennend aussahen. Auf dem dunklen Waldweg wurden ihm von der Eile und vom Alkohol die Beine schwer, und er war froh, als er endlich den Parkplatz erreichte. Ein Seufzer entfuhr ihm, als er sich erschöpft hinter das Steuer setzte. Im gleichen Moment, wo er die Zündung starten wollte, fielen ihm die Worte des Polizisten ein. »Ich habe Sie im Auge!«

So beschloss er, mit der Abfahrt noch zu warten. Das Letzte, was er gebrauchen konnte, war, seinen Führerschein zu verlieren. Dann könnte er sich auch gleich einen Strick nehmen. Also noch etwas abwarten.

Mit wenigen Handgriffen drehte er die Rückenlehne in Liegeposition. Sein Sturmfeuerzeug flammte auf und entzündete eine Zigarette. Nach mehrmaligem Drehen am Senderwahlknopf des Radios ertönten die Beatles. *Hello, Goodbye* sangen sie. Ihm lief es kalt den Rücken herunter. »*Du sagst tschüss und ich sag hallo, hallo hallo. Ich weiß nicht, warum du tschüss sagst, ich sag hallo, hallo, hallo. Ich weiß nicht, warum du tschüss sagst, ich sag hallo. Warum … warum … warum … warum … warum sagst du tschüss, tschüss, tschüss, tschüss …*« Ach nein!

Jetzt bloß nicht heulen. Monique und er mochten das Lied. Aus einer Laune heraus bestätigten sie sich einmal nach einer heißen Liebesnacht, dass es für sie nie ein Ende ihrer Liebe geben würde, wenn einer von ihnen immer wieder Hallo sagte. Am liebsten hätte er in diesem Augenblick die Seitenscheibe heruntergekurbelt und laut Hello in die hereingebrochene Dunkelheit geschrien. Nein, er tat es nicht. Er rauchte und lauschte dem Song. Fast wäre er dabei erneut eingeschlafen, wenn ihm nicht die Zigarettenglut beinahe ein Loch in die Hose gebrannt hätte. Außerdem schreckten ihn kurz darauf zwei Lichter eines Autos hoch, das ganz in seiner Nähe hielt. Dem Pärchen, das sich darin befand, schien es nichts auszumachen, von ihm beobachtet zu werden. Im Zwielicht sah Lemmi, wie sich die Frau gekonnt ihr Oberteil abstreifte und sich recht routiniert auf den Fahrer setzte, der inzwischen in der Waagerechten verschwunden war. Lemmi war bekannt, dass sich die Freier, sobald es dunkel wurde, auf diesem Parkplatz mit den Damen vom Straßenstrich amüsierten. Er selbst war früher, bevor er Monique kennenlernte, sogar mit Faltenrock-Rita hiergewesen, die ihn, kurz nachdem er den Führerschein in der Tasche hatte, im milchigen Schein einer Straßenlaterne mit anzüglich obszönen Gesten so richtig aufdrehte, dass er sie, von jugendlicher Neugierde getrieben, in sein Auto einsteigen ließ. Ihm wurde jetzt noch übel, als ihm der holprige Versuch, sich an der Alten zu befriedigen, ins Gedächtnis kam.

Mit einem scheelen Blick zu seinen Nachbarn startete er den Motor, schließlich wollte er nicht, dass sie ihn für einen Spanner hielten, obwohl ihm tatsächlich gefiel, was er zu sehen bekam, weil es ihn von seiner scheiß Stimmung ablenkte.

*

Anfangs raste er ziellos durch die abendliche Landschaft, ganz so, wie er es früher gemacht hatte. Mit seinem ersten Wagen war er nachts oft stundenlang durch die Gegend gefahren. Ihm machte es riesigen Spaß, auf diese Weise seine neu erworbene Freiheit zu spüren. Wenn zudem noch Santanas Samba Pa Ti gespielt wurde, drehte er das Radio bis zum Anschlag auf, weil er dann glaubte, auf den Klängen der Gitarre dahinzufliegen, dahin, wo sich in einem unbeschreiblich weiten Raum nichts mehr berühren konnte. Wo es niemanden gab, an dem man seine Gefühle und seine Energie verschwendete. Nein, diese Erkenntnis bestätigte ihm jetzt einmal mehr: Im Grunde brauchte er niemanden, vor allem keine Weiber, die ihm die Freiheit stahlen und ihm Ketten ihrer Egoismen umlegten, die sie mit Wimpernklimpern obendrein noch Liebe nannten, um ihm im nächstbesten Moment einen Arschtritt zu geben.

Er drehte das Seitenfenster herunter und schrie »Goodbye, goodbye Monique!« in die Nacht. Dabei wäre er aus Unachtsamkeit beinahe in den Straßengraben gefahren. Als kurz darauf das Scheinwerferlicht eines Motorrades im Rückspiegel sichtbar wurde, bekam er einen gehörigen Schreck. Schweiß trat ihm auf die Stirn.

Was, wenn es der Bulle vom Gondelteich war?

Wie brave Schüler es in der Schulbank tun, setzte er sich gerade hinter das Steuer und nahm den Fuß vom Gas. Bloß nicht auffallen. Mit hoher Geschwindigkeit brauste das Motorrad näher. »Ich habe Sie im Auge«, hörte er eine imaginäre Stimme in seinem Ohr.

Na, das war es dann ja wohl mit dem Lappen! »Scheiße, verfluchte scheiße!«, schimpfte er. Dann sah er nur noch das Rücklicht des Motorrads, das wie aus dem Nichts aufgetaucht war und jetzt wieder in der Ferne verschwand.

»Puh«, stöhnte Lemmi, »das ist ja gerade noch mal gut gegangen. Kein Bulle.« Mit dem Handrücken wischte er sich den Schweiß von der Stirn. Seine Leichtsinnigkeit kehrte zurück, und ohne groß darüber nachzudenken, steuerte er den Wagen Richtung Stadt. Ein Blick auf die Uhr verriet ihm, dass er rechtzeitig zur Spätvorstellung käme. Denn plötzlich hatte er Lust, sich noch einen Film anzusehen. Es gab jetzt diese Kinos, in denen nonstop Sexfilme liefen. Warum nicht? Deutschland war lange genug prüde gewesen, und nackte Frauen anzusehen war nicht das Schlechteste, wenn einem Zuhause die Decke auf den Kopf fiel.

*

Im Vorraum des 7-Theater-Palastes hielten sich nur wenige Nachtschwärmer auf. Ein kleines, etwas pummeliges Mädchen, dessen Alter er schwer einzuschätzen vermochte, fiel ihm wegen ihrer zur Schau gestellten Ungezwungenheit und ihres niedlichen Gesichts auf, das von einer Prinz-Eisenherz-Frisur neckisch gerahmt wurde. Sie hatte etwas Lolitahaftes an sich, wie sie mit kindlich geschürztem Mund an dem Strohhalm sog, der in einer Colaflasche steckte. Und genau in dem Moment, als er sie interessiert taxierte, lächelte sie ihn frech von der Seite an. Ihre strahlenden Augen, die sich fast hinter ihrem dichten Pony versteckten, berührten ihn wie eine direkte Anmache im Schritt. Was sollte er von ihrem

Blick halten? Trug sie ihr unschuldiges Mädchengesicht nur zur Schau? Er wusste es in diesem Augenblick nicht zu deuten. Aber er musste sich eingestehen, dass sie ihm gefiel, obwohl sie keineswegs als sein Beuteschema zu bezeichnen gewesen wäre.

Lemmi sah sich um, ob sie eventuell in Begleitung war. Doch nichts deutete darauf hin. Abwartend besah er sich zunächst die ausgestellten Szenenbilder der einzelnen Filme in der Vitrine. Lass jucken, Kumpel, den könnte man sich getrost anschauen, Titten, Ärsche und Lachen im Preis inbegriffen. Er schaute weiter. Immer Ärger mit Hochwürden, ne danke. Georg Thomalla ginge ja noch, aber Chris Roberts ... Grün ist die Heide, um Himmels willen, Roy Black. Da kräuseln sich mir die Zehennägel auf, sinnierte er. Oder doch in die Nonstop-Berieselung gehen?

So überlegte er hin und her. Dabei wäre ihm beinahe entgangen, dass sich das Mädchen bereits an der Kasse angestellt hatte. Egal, in welchen Film sie ging, er würde ihr folgen. Hinter ihr stand inzwischen ein Pärchen. Lemmi drängte sich so dicht wie möglich heran, um mitzubekommen, für welchen Film das Mädchen eine Karte löste. »Einmal Mary Poppins«, hörte er sie sagen.

Auch das noch, wäre es beinahe aus ihm herausgeplatzt.

*

Im Theater war gähnende Leere. Das Mädchen saß bereits, als er den Kinosaal betrat. Sie hatte sich einen Platz ziemlich in der Mitte von der Mitte ausgewählt. Lemmi empfand es als eine ziemlich doofe Situation, sich genau neben ihr zu setzen, obwohl es so gut wie überall freie Plätze gab. Aber der Restalkohol in seinem Blut verdrängte seine Bedenken.

»Da haben Sie aber Glück, das neben mir noch frei ist«, meinte sie ironisch lächelnd.

»Wollen Sie sich auch den Film ansehen?« Mehr fiel Lemmi in dem Moment nicht ein, und er war froh, als das Licht für die FOX' Tönendene Wochenschau und die anschließenden Werbespots gedimmt wurde. Und in ihr Kichern hinein bekamen sie auf der Leinwand die Bilder von dem Attentat in München zu sehen, das der Kommentator als Anschlag der Terrororganisation *Schwarzer September* bezeichnete. Da er im Halbdunkel intensiv die Oberweite des Mädchens betrachtete, hörte er nur mit halbem Ohr hin, dass die palästinensischen Terroristen neben der Freilassung inhaftierter Landsleute in Israel auch die der RAF-Mitglieder Andreas Baader und Ulrike Meinhof verlangten, die im Gefängnis Köln Ossendorf einsaßen und sich mit ihrem Hungerstreik mit der Aktion *Schwarzer September* solidarisierten. Aber was ging es ihn an? Er hatte genug damit zu tun, täglich das Hamsterrad zu treten, damit man, Spießer hin, Spießer her, seine ganz profanen Alltagswünsche befriedigen konnte, wie zum Beispiel ins Kino zu gehen und der jungen Dame, die mit dem Bauchladen aus der Seitentür erschien zuzuwinken, um sich eine Schachtel Eiskonfekt zu kaufen.

Lemmi hielt dem Mädchen die Schachtel hin. »Mögen Sie Eiskonfekt?« Wiederum kichernd nestelte sie mit ihren kurzen Moppelfingern in der Schachtel herum. Er musste schmunzeln, wie niedlich sie die Süßigkeit lutschte. So süß sah das aus, dass er ihr am liebsten mit seiner Zunge zwischen ihre kalten Lippen gefahren wäre. Mit ihrer naiven Art machte sie ihn tatsächlich heiß.

Eigentlich ganz putzig, die Kleine, dachte er, wenn sie bloß nicht immer so albern lachen würde. Den ganzen Film über lachte dieses Mädchen, auch wenn es aus seiner Sicht überhaupt nichts zu lachen gab. Sie lachte sogar weiter, als er seinen Arm um ihre Schulter legte und dabei mit der Hand ihre Brust berührte, die sich groß und weich anfühlte. Offensichtlich hatte sie nichts dagegen, im Gegenteil, sie legte völlig ungeniert ziemlich weit oben ihre Hand auf seinen Oberschenkel, was dazu führte, dass er auf seinem Sitz umherrutschte, weil mit einem Male seine Hose im Schritt klemmte. Am Ende des Films, im hell erleuchteten Vorraum, verrieten ihre erhitzten Gesichter, dass sie diese neckischen Spiele trotz der Eislutscherei nicht kalt gelassen hatten. Ein wenig verlegen standen sie sich nun gegenüber, und mit seiner Frage, ob sie mit ihm nach Hause fahren würde, bezweckte er eigentlich, ein Nein von ihr zu hören, damit die Sache auf der Stelle beendet wurde. Er fühlte sich in dieser Situation plötzlich unwohl, vor allem auch, weil er im hellen Licht, Auge in Auge sozusagen, nun genauer sah, wie jung sie noch war.

Verführung Minderjähriger, dieses Schlagwort traf ihn.

»Ja«, sagte sie schlicht.

»Was, ja?«, fragte Lemmi erstaunt zurück.

»Ja, ich fahre mit dir nach Hause!« Ihr Satz endete mit ihrem üblichen Kichern.

Lemmi musste schlucken, nein, damit hatte er nicht gerechnet.

Sie bemerkte sein Zögern, denn sie sagte fast schon ein wenig vorwurfsvoll: »Was ist, worauf wartest du?«

Er räusperte sich. »Du, hör mal, ich will dir ja nicht zu nahetreten, aber wie alt bist du eigentlich?«

»Neunzehn«, kam es wie aus der Pistole geschossen.

»Neunzehn, hm, und das soll ich dir glauben?«

»Sollst du nicht, brauchst du nicht, mir egal. Aber wer hat denn hier wen angemacht?« Zu allem entschlossen griff sie seine Hand und zog ihn auf die Straße. »Wo hast du ihn den stehen?« Sie lächelte raffiniert. »Ich meine natürlich dein Auto.« Was zur Folge hatte, dass sie wieder kicherte.

Lemmi verdrehte die Augen. »Gut, wenn wir schon beim du sind, kannst du mir einen Gefallen tun? Kannst du mit diesem albernen Gekicher aufhören? Das macht mich ganz nervös.«

Breit grinsend zuckte sie mit den Schultern und meinte keck: »Ist mir gar nicht aufgefallen, dass ich gekichert habe.«

*

Lemmi kamen erneut Bedenken, als er die Tür aufschloss und dem Mädchen den Vortritt ließ. Noch nie hatte er eine seiner kurzen Bekanntschaften mit in seine Wohnung genommen; es gab diese unsichtbare Grenze, die er nun übertrat. Nur gut, dass im Parterre kein Licht mehr brannte. Auf die neugierigen Fragen am nächsten Tag konnte er gut und gerne verzichten.

Das Mädchen sah sich alles genau an. »Wohnst du alleine hier?«, fragte sie staunend. »Was die Einrichtung betrifft,

fehlt es dir ja an nichts. Du bist sehr geschmackvoll einge-
richtet.«

»Ja, ich lebe alleine hier.« Damit hatte er nicht gelogen.

Sie nahm interessiert das Regal mit den Büchern in Au-
genschein, die Monique ihm hinterlassen hatte. »Du liest?«
Sie glitt mit dem Finger über die einzelnen Buchrücken. »Die
Titel habe ich noch nie gesehen«, gab sie zu. Dann freute sie
sich und zog einen heraus. »Oh, das kenne ich, das hat eine
Freundin von mir. Morgens um sieben ist die Welt noch in
Ordnung.«

Lemmi, der gerade dabei war, ein paar Sachen beiseite zu
räumen, drehte sich ruckartig herum. »Leg das Buch wieder
ins Regal!« Es klang wie ein Befehl.

Bevor sie seiner Aufforderung nachkam, blätterte sie
rasch noch darin herum, als ein Zettel aus den Seiten fiel. Es
war der Wisch, auf dem Monique ihre Abschiedsbotschaft
geschrieben hatte.

Doch das Mädchen kam nicht dazu, ihn zu lesen. Hastig
sprang Lemmi hinzu und entriss ihn ihrer Hand. »Das geht
dich nichts an.«

»Puh, du kannst ja richtig böse werden, muss ich Angst
vor dir haben?« Sie sah ihn ein wenig zweifelnd an.

»Ach quatsch«, winkte er ab. »Aber setz dich doch. Möchtest du was trinken? Bestimmt möchtest du was trinken, und
vielleicht hast du auch Hunger? Soll ich uns was zu essen machen?« Lemmi redete plötzlich wie aufgedreht, während sich
das Mädchen auf die Couch warf und auf und nieder hüp-
fend das Polster prüfte. »Sehr bequem«, stellte sie kichernd
fest. »Mach uns doch ein Wurstbrot, du hast doch Wurst da,
oder? Am liebsten wäre mir eine dicke Bockwurst«, meinte

sie anzüglich. Immer noch von allem beeindruckt suchte sie mit den Augen die Wohnung ab. »Hey, du hast aber einen tollen Plattenspieler, ist das Stereo? Hast du vielleicht die neue Platte von Mouth und MacNeal?«

»Du meinst Hello-A?«, rief Lemmi, der sich inzwischen nebenan in der Küche daran machte, Brote zu schmieren. »Nein, habe ich nicht, aber schau doch mal die Platten durch und leg auf, was dir gefällt. Ich bin gleich wieder da. Magst du ein Bier zum Brot?«

»Gerne«, kam es zurück.

Lemmi richtete alles auf einem Tablett an. Als er die Bierflasche öffnete, hörte er Christian Anders viel zu laut *Es fährt ein Zug nach nirgendwo* singen. Lemmi schnürte es den Hals zu. Warum ausgerechnet dieses beschissene Lied, das ihn schlagartig an die Situation erinnerte, als er auf dem Bahnsteig auf Monique gewartet hatte. Er ließ alles stehen und liegen und baute sich umgehend im Wohnzimmer auf. »Mach das leiser, du weckst ja das ganze Haus auf! Oder stell die Kiste wieder ganz aus.«

Das Mädchen verzog zickig den Mund. »Was ist das denn für eine Stimmung hier?«, maulte sie. »Am besten verschwinde ich wieder.«

Lemmi sah sie gequält lächelnd an. »Meinst du, ich habe die Brote alle für mich alleine geschmiert? Entschuldige, aber mein Vermieter kaut mir jedes Mal ein Ohr ab, wenn ich nachts zu laut Musik höre.«

Augenblicke später kam er mit dem angerichteten Tablett zurück. Das Mädchen hatte folgsam die Musik abgestellt. Beim Biereingießen fragte er sie: »Wie heißt du eigentlich?«

»Carolin«, antwortete sie ihm, während sie ins Brot biss.

»Carolin, darf ich nicht dein Boyfriend sein, Carolin, bitte, bitte sag nicht Nein …«, sang er ihr mit verstellter Stimme vor, und sie sah ihn mit großen Augen fragend an.

»Kennst du das Lied nicht? Das war ein Hit von Ted Herold.«

Unbeeindruckt von seinen Sangeskünsten schüttelte sie den Kopf und biss erneut ein Stück vom Brot ab. »Und du, wie heißt du?«, brabbelte sie während des Kauens.

»Lemmi, du kannst Lemmi zu mir sagen.«

»Lemmi? Was für ein verrückter Name.«

»Vielleicht bin ich verrückt?«, konterte er. »Vielleicht bin ich ja ein Frauenmörder. Ich wäre mir nicht so sicher, dass es wirklich Wurst ist, die du auf dem Brot hast.« Er verzog sein Gesicht zu einer Grimasse. Als er bemerkte, wie erschrocken sie aussah, beruhigte er sie. »War doch nur ein Scherz.« Er strich ihr zärtlich über die Wange und spürte, wie sie glühte. Sie sah auf seine Hand. »Oh, da hast du aber eine böse Verletzung gehabt, wie ist das passiert?«

»Halb so schlimm.« Er hielt ihr das Bierglas entgegen. »Prost, auf einen schönen Abend. Oder besser gesagt: auf eine schöne Nacht.«

Carolin trank zügig ihr Glas leer. »Du, was ich dich fragen wollte«, sagte sie nach einer Weile, »wo ist denn die Toilette?«

Lemmi erklärte ihr den Weg durch das Schlafzimmer.

Nun alleine im Raum dachte er nach. Es beschlich ihn das Gefühl, etwas falsch zu machen. Carolin kam ihm wie ein Fremdkörper vor, der nicht in diese Wohnung gehörte. Nicht in diese Wohnung, die einst ein Nest für ihn und

Monique gewesen war. Monique schien plötzlich anwesend zu sein.

Lächerlich, dachte er dann. Sie würde jetzt in den Armen dieses hessischen Arschlochs liegen und sich wenig Gedanken darüber machen, wie es ihm ging. Er stand auf, um im Kühlschrank nachzusehen, was es noch zu trinken gab. Er fand noch eine Flasche Sekt, ein Firmenpräsent. Er machte sich nicht viel aus Sekt, aber der Stimmung könnte er jetzt guttun, überlegte er. Sicherlich würde das Gesöff auch das Mädchen auf Touren bringen.

Was macht sie überhaupt so lange, fragte er sich verwundert.

In dem Moment, als er beschloss, nachzusehen, hörte er schon ihre Stimme. »Lemmi, wo bleibst du denn?«

Ins Schlafzimmer drang nur spärliches Licht, das durch die offenstehende Toilettentür fiel, und sie lag nackt im Doppelbett auf Moniques Seite. »Komm!«, gurrte sie, »zeig mir, dass du kein verrückter Mädchenmörder bist.«

Schlagartig waren all seine Bedenken wie ausgelöscht. Jetzt gab es nur noch ihn und dieses junge, nackte Ding, das sich unanständig auf seinen Laken rekelte. Im Nu flog ihm die Kleidung vom Körper. Erregt warf er sich über sie. Nun war es ihm völlig gleichgültig, dass ihre schrillen, spitzen Schreie den Hausherrn stören könnten. Er dachte nicht an Monique, er dachte nicht an das Mädchen, er dachte nur daran, seine Lust in ihrem warmen weichen Fleisch auszuleben. So lange tat er es, bis sie beide gleichzeitig von der Anspannung erlöst wurden.

Vorbei!

Erschöpft benetzte Carolin mit einem glücklichen Gesichtsausdruck seinen schweißigen Körper von oben bis unten mit ihren Lippen. Sanft drückte er ihren Kopf stöhnend in seine Lenden.

»Warte!«, hauchte er. Umständlich krabbelte er aus dem Bett.

»Wo gehst du hin?«, fragte sie ihn erstaunt.

»Ich hole uns etwas zu trinken.«

»Ja, das ist eine gute Idee.«

Gleich darauf war er schon wieder da. Die Flasche Sekt und zwei Gläser stellte er auf dem Flokati ab. »Schalt bitte mal die Nachttischlampe auf deiner Seite an.«

Er selbst schloss die Toilettentür. Ihr die Hand reichend, zog er sie aus dem Bett.

Sie ließ es willig geschehen. Sie setzten sich auf den Flokati direkt vor dem großen Schrankspiegel. Das reizvolle Bild ihrer Nacktheit, die sich darin spiegelte, erregte ihn erneut. Mit gespreizten Beinen saß sie da, den Kopf beim Trinken weit in den Nacken gelegt, dass sich ihm ihre festen großen Brüste prall und rund darboten. Nein, dieses Geschöpf mit dem Kleinmädchengesicht war sicherlich kein Kind mehr, sie war eine Frau in Vollendung. Von seiner Geilheit überwältigt, übergoss er ihre Brüste mit Sekt, um ihn wie ein Ertrinkender von ihren erregten Warzen zu lecken, während sie ihre Beine um seinen Rücken schlang, als wäre auch sie rettungslos verloren. In dieser Nacht liebten sie sich, als gäbe es kein Morgen mehr.

*

Das gesamte Wochenende wurde zu einem einzigen Liebestaumel, in dem sie nur das Nötigste aßen, dafür aber viel tranken. Doch dieser Taumel endete am Montagmorgen genau auf die Minute um vier Uhr, als Lemmi aufs Klo musste. Der Spiegel in der Toilette sprach in diesem Augenblick eine ganz andere Sprache als noch Stunden zuvor im Schlafzimmer. Dieser jetzt erinnerte ihn eindringlich daran, dass in drei Stunden der Alltag begann.

»Die Pflicht ruft, alter Junge!«, verspottete ihn die Visage, die um Jahre gealtert schien. »Sieh mal zu, wie du das wieder hinkriegst, dass du dich unter die Menschheit trauen kannst!«

Er hatte große Mühe, die Augen offenzuhalten, und in seinem Kopf summte und brummte es, als verstecke sich in seinem Schädel ein aufgescheuchter Bienenschwarm, der sogar das Schnarchen des Mädchens übertönte, das aus dem Schlafzimmer drang. Du lieber Himmel, jammerte er in sich hinein, da war dein Verstand mal wieder im Arsch gewesen. Er schaute um den Türrahmen herum zum zerwühlten Bett hin, wo auf dem Kissen nur ein Wuschelkopf zu sehen war. Ernüchtert fielen ihm all seine Sünden ein.

Hätte, wäre, wenn … dudelte wie ein Mantra in seinem Hirn herum. Tja, rückwärts nimmer, vorwärts immer. Also gehen wir es an.

Tranceartig öffnete er das Badezimmerschränkchen, aus dem er das Röhrchen mit dem Tranxilium entnahm. Einer dieser Glücksbringer kullerte auf seine Handfläche und verschwand mit Schwung im Mund. Kurz das Wasser laufen lassen, den Zahnputzbecher füllen und kaltes Wasser nachspülen. So würde es gehen, wusste er. Bald konnte er wieder einen klaren Gedanken fassen.

Die Klospülung weckte das Mädchen. »Komm ins Bett!«, rief sie heiser.

Als Lemmi wieder ins Bett stieg, lag sie mit entblößtem Hintern auf seiner Betthälfte und tat, als würde sie wieder schlafen. Er klatschte ihr mit der Hand auf die nackte Pobacke und sagte leicht genervt: »Jetzt nicht.«

Bevor er sich in die richtige Schlafposition drehte, stellte er den Wecker auf sieben Uhr.

*

»Beeil dich, ich muss los!« Zum soundsovielten Male schaute er auf seine Armbanduhr. »Hast du dich überhaupt schon frisch gemacht?«

Noch während er sprach, wurde Lemmi bewusst, dass sie ja überhaupt nichts mithatte.«

Das Mädchen aß immer noch genüsslich an ihrem Marmeladenbrot, während er mit den Fingerspitzen auf der Tischplatte trommelte.

»Ja, habe ich«, strahlte sie ihn an. »Dir macht es doch nichts aus, dass ich deine Zahnbürste benutzt habe?«

Bei der Vorstellung, wie sie sich mit seiner Zahnbürste den Belag von den Zähnen schrubbte, musste er angewidert schlucken. Mit verzerrtem Gesicht trank er von seinem Kaffee, der noch sehr heiß war.

»Ich denke du kannst dir deine Zeit selbst einteilen.«

»Ja, schon, aber irgendwie muss ich die Termine dann doch einhalten.«

Carolin sah ihn prüfend an.

»Was guckst du so?«, fragte Lemmi irritiert.

Als sie nicht gleich antwortete, wiederholte er seine Frage. »Was guckst du so?«

»Lemmi«, sagte sie mit einem leicht verklärten Gesichtsausdruck, »Lemmi, ich glaube, ich könnte dich lieben. Also ich meine so richtig lieben, mit Herz und so.«

Zunächst wusste er nichts darauf zu sagen. Schließlich versuchte er abzulenken. »Wo wohnst du eigentlich?«

»Bei den Zwergen, hinter den sieben Bergen«, kicherte sie vergnügt.

Lemmi, der keine Lust auf derartige Scherze am frühen Montagmorgen hatte, erwiderte anzüglich: »Dann bist du sicherlich das Schneeflittchen!«

Ihre Augen funkelten unter ihrem dichten Haar. »Spaß hat es dir aber gemacht, oder?«

»Nun sei mal nicht gleich beleidigt. Also, wo soll ich dich nachher absetzen?«

Als er keine Antwort von ihr erhielt, schaute er sie eindringlich an. »Ich habe dich was gefragt, Carolin, wo soll ich dich absetzen?«

»Nirgends, ich möchte bei dir bleiben.«

Ziemlich ratlos blickte er auf ihren breitgrinsenden Marmeladenmund. »Du willst was?«

»Ich mag dich, und ich würde gerne zusammen mit dir hier wohnen. Ist das ein Problem für dich? Ich denke nicht, nachdem wir so viel Spaß miteinander gehabt haben. Ich könnte dich jede Nacht verwöhnen.« Sie zwängte ihre Zunge durch die Lippen und leckte sie mit raffiniert verklärtem Augenaufschlag.

Um schleunigst aus der Nummer herauszukommen, sagte er: »Wir reden heute Abend darüber. Aber hier lasse ich dich heute nicht alleine, da musst du schon mit mir fahren.«

»O ja!«, freute sie sich.

*

Seine Montagstour verlief anfangs reibungslos. Die eingeworfene Tranxilium und der anschließende Alka-Seltzer-Cocktail hatten es geschafft, einen funktionierenden Menschen aus ihm zu machen. Er war bereit für den Tag, und immer, wenn er Kundengespräche führte oder in Gaststätten die Automaten füllte, blieb das Mädchen brav im Auto sitzen, ohne sich zu langweilen, wie sie beteuerte.

Gegen Mittag aßen sie im Industriegebiet an einer Pommesbude eine Kleinigkeit. Gegen 15 Uhr war Lemmi froh, nach dem übernächsten Kunden endlich zur Bank fahren zu können, um die Tageseinnahmen einzuzahlen. Dann brauchte er in der Firma nur noch den Wagen neu zu beladen und Feierabend machen. Sicher würden ihm dann auch die passenden Argumente einfallen, um Carolin dieses Hirngespinst auszureden. Das Letzte, was er zu diesem Zeitpunkt wollte, war eine feste Beziehung, obwohl die Nacht mit ihr schöne Bilder in ihm zurückgelassen hatten.

Nun ja, vielleicht ... wäre die Trennung von Monique nicht so frisch gewesen ...

*

Pfeifend und gut gelaunt kam er zum Auto zurück, das er etwas außerhalb der Stadtgrenze an der Hecke eines Gartenlokals geparkt hatte.

»Nur noch einen Termin, dann haben wir es geschafft«, sagte er erleichtert, als er die Wagentür öffnete. Doch der Beifahrersitz war leer. Verwundert schaute er sich um, das Mädchen war nicht zu sehen. Vielleicht hockt sie hinter der Hecke und pinkelt, dachte er. Aber als er ihren Namen rief, bekam er keine Antwort. Unruhig geworden lief er die Straße rauf und runter, rief, schaute dahin und dorthin, doch sie war wie vom Erdboden verschwunden.

Eine vage Ahnung traf ihn wie ein Keulenschlag. Er rannte zum Auto, riss die Beifahrertür auf und griff ins Handschuhfach, wo er seine Geldtasche mit den Scheinen aufbewahrte. Sie lag an ihrem Platz. Gott sei Dank! Er zog den Reißverschluss auf und sah sofort, dass Geld fehlte. Dafür zog er aber einen Fetzen Papier heraus, auf dem sie ihm in krakeliger Schrift eine Nachricht hinterlassen hatte. In seinem Zorn begannen die Buchstaben vor seinen Augen hin und her zu schwimmen. Es brauchte eine Weile, bis er das Geschriebene entziffern konnte: Sorry! An deiner Stelle würde ich nicht zur Polizei gehen, ich bin erst sechszehn. Tschüss und danke für alles!

»So ein Miststück!«, fluchte er. »So ein kleines, berechnendes Miststück. Sie wäre neunzehn, hat sie mich angelogen, und von Liebe gefaselt, diese verdammte Kröte. Sie ist genau wie alle Weiber verlogen und niederträchtig. »Ich hab die Schnauze voll von euch!«, brüllte er seine Wut hinaus.

Eine Frau, die in seiner Nähe einen Kinderwagen vor sich herschiebend an ihm vorüberging, blickte sich erschrocken um und eilte kopfschüttelnd weiter.

Lemmi konnte keinen klaren Gedanken fassen. Schweiß bildete sich in dicken Tropfen auf seine Stirn. Wie in Trance zählte er wieder und wieder die Scheine durch. Soweit er es überschlagen konnte, fehlten rund zweitausend Mark. Eines stand fest, das fehlende Geld musste heute noch eingezahlt werden, da kam er nicht drum herum. Gleich an Ort und Stelle machte er seine Abrechnung, ohne den letzten Kunden aufzusuchen. Es stellte sich heraus, dass es sogar zweitausendfünfhundert Mark waren, die fehlten. Oh, wie freundlich von ihr, dass sie nicht alles genommen hatte. Hätte er sie jetzt noch erwischt, er hätte sie … Ihm fehlten einfach die Worte. Jedenfalls würde er in nächster Zeit die Augen nach ihr offen halten, wenn er nach Feierabend unterwegs war. Und wehe dir, Mädel …

So schnell es der Stadtverkehr zuließ, raste er zur Bank, hob mit einer ordentlichen Portion Wut im Bauch sein letztes Erspartes ab und zahlte, wie er es jeden Tag tat, ordnungsgemäß seine Tageseinnahmen ein.

*

Die Jahre, die danach folgten, waren für Lemmi zwar einschneidend, was seinen unsoliden Lebenswandel insgesamt betraf, aber nicht so, dass das Schicksal ihn so heftig im Nacken geschüttelt hätte, dass er endlich zur Vernunft gekommen wäre. Zu einer festen Beziehung war er in dieser Zeit übrigens nicht fähig. Er trank noch mehr als früher, und die

Abstände, in denen er seine Nerven mit Medikamenten beruhigen musste, wurden immer kürzer. Viele, die ihn von früher her kannten, machten sich ernsthaft Sorgen um ihn. Lemmi würde noch in der Gosse landen, prophezeiten sie. Was seine sexuellen Bedürfnisse in dieser Zeit betrafen, war er derjenige, der ohne Skrupel nahm und verließ. Liebe hatte keinen Stellenwert mehr für ihn. Er sah die Liebe als verlogen an. Lemmi erkannte für sich, dass jeder, der Liebe bei einem anderen suchte, sich eigentlich nur nach Selbstbefriedigung sehnte. Jeder, der *Ich liebe dich* sagte, meine im Grunde nur: Ich liebe mich. Und wehe, die Liebe werde nicht in dem Maße erwidert ... Nein, diese Verlogenheit brauchte er nicht mehr. Und wenn er auf der Straße ein Pärchen sah, das sich an den Händen hielt oder sich umarmte, hätte er ihnen am liebsten Ihr Idioten zugerufen.

Doch dann gab es tatsächlich einen Tag, an dem das Schicksal, oder wer oder was auch immer, die Schnauze voll von Lemmi hatte.

III.

Und dazu benutzte das Schicksal, wie so oft, größere Ereignisse. Es war im Herbst 1977, als die RAF, also die Rote-Armee-Fraktion, den damaligen Arbeitgeberpräsidenten Hanns Martin Schleyer entführte. Was das mit Lemmi zu tun hatte? Oft erkannte man erst im Nachhinein, wie raffiniert das Schicksal vorging, um, im Großen wirkend, die Abläufe im Kleinen bei jedem Einzelnen zu bestimmen. So, wie eine Spinne ihr Netz spinnt.

Dem konnte auch Lemmi nicht entrinnen. Er verfing sich darin dermaßen, dass es für ihn kein Entrinnen gab. Davon wusste er natürlich noch nichts, als er mit seinem Firmenwagen immer wieder in Polizeikontrollen geriet, die nach den Entführern und Mitgliedern der Terroristen fahndeten. Bei dem Alkoholspiegel, den er täglich brauchte, wäre sein Führerschein natürlich weg gewesen, wenn man ihn tatsächlich angehalten hätte. Aber die »Spinne« spann noch ihre Fäden, bis das Netz endgültig fest und auch ein Lemmi nicht mehr in der Lage war, es zu zerreißen. Anfangs war er noch schweißgebadet, wenn er bei einer Polizeisperre durchgewunken wurde und er sich kurz darauf an einem geschützten Ort, mit dem Kopf auf dem Lenkrad liegend, von dem Schrecken erholte. Die Firma, bei der er arbeitete, war weit über die Stadtgrenzen hinaus bekannt, und die Firmenaufschrift auf seinem Fahrzeug war den Beamten wohl Indiz genug, darin keinen Attentäter zu vermuten. Anders erging es ihm allerdings an einem Abend, wo er, von seinem vermeintlichen Privileg leichtsinnig geworden, nach frohem Gelage bei

Werner in seinen BMW stieg, um noch eine Runde in der Stadt zu drehen. Es war nicht mehr weit bis zu seiner Wohnung, als er in stockfinsterer Nacht noch einmal richtig auf das Gaspedal trat. Ahnungslos, was gleich darauf geschehen würde, raste er mit quietschenden Reifen durch eine uneinsehbare Rechtskurve, nach der dann Blaulicht, Taschenlampen, eine beleuchtete Straßensperre und eine Kelle in seinem Blickfeld erschienen und ihn unmissverständlich aufforderten, rechts auf den Parkplatz zu fahren.

»Das war's!« Mehr zu denken war er nicht fähig.

Um das Fahrzeug herum versammelten sich augenblicklich Polizisten, die Maschinengewehre im Anschlag trugen. Ein großer, kräftiger Uniformierter mit übergezogener Sturmhaube befahl ihm grob, mit erhobenen Armen auszusteigen. Ziemlich kleinlaut und mit weichen Knien stand Lemmi vor seinem Auto.

Er hatte noch nicht einmal die Kraft, etwas zu sagen. Dafür redete der Beamte recht militärisch auf ihn ein. »Drehen Sie sich um, legen Sie die Arme aufs Autodach und machen Sie die Beine breit.«

Lemmi kam der Aufforderung, so schnell wie er konnte, nach. Daraufhin wurde er recht unsanft von oben bis unten abgetastet. Aus dem Wirrwarr in seinem Kopf kristallisierte sich nun ein Wunsch, nämlich in seinem Bett zu liegen und zu träumen, er wäre von der Polizei umzingelt. Nein, es war kein Traum. Allerdings entlarvte man ihn auch nicht als gesuchten Terroristen. Die Beamten wurden mit einem Male sogar recht freundlich, nachdem sie seinen Führerschein kontrolliert hatten. Und einer der Polizisten, der vom Einsatzfahrzeug hinzukam, zeigte Lemmi sogar einen Vogel, was wohl so viel bedeuten sollte wie: Blödmann, ich wusste immer, dass wir dich mal erwischen. Vielleicht kannte er ihn von Werner her? Er war es dann auch, der Lemmi wegen einer Blutprobe zum Polizeirevier fuhr. Doch zuvor stand der obligatorische Pustetest an. Gleichzeitig durchwühlte der Abtaster Lemmis Fahrzeug. Sicher war sicher! Woraufhin man ihm sagte, er solle sein Fahrzeug mit einem Warndreieck sichern und es abschließen.

Auf der Fahrt zur Wache, die ziemlich flott vonstattenging, kam er sich wie ein Schwerverbrecher vor. Der bescheuerte Satz *Wenn das meine Mutter wüsste, ihr Herz würde ihr zerspringen* fiel ihm blödsinnigerweise ein.

Vor der Polizeiwache in der Nähe der Hauptverkehrsstraße blieben einige Nachtschwärmer schaulustig stehen, als Lemmi aus dem Streifenwagen stieg.

Was mögen die sich denken, fragte er sich. Hoffentlich erkannte ihn keiner!

Obwohl er in der Dienststube kurzzeitig wie ein Häufchen Elend auf einem unbequemen Holzstuhl kauerte, war er froh, in einem geschützten Raum zu sein. Nachdem sich der untersetzte Wachtmeister an der Schreibmaschine in aller Ruhe Kaffee aus der Thermoskanne in seinen Becher gefüllt und einen Schluck daraus genommen hatte, gab er Lemmi durch Kopfnicken ein Zeichen, aufzustehen.

Bis der Doktor eintraf, der die Blutentnahme durchführen sollte, gab es erst einmal die übliche Gymnastik. Zunächst stellte man Lemmi die Aufgabe, bei geschlossenen Augen mit den Zeigefingern die Nasenspitze zu treffen. Dabei hätte er sich beinahe mit dem Finger ins Auge gestochen. Auch das Balllancieren auf einer imaginären Linie gelang ihm

suboptimal. Da war es bei der Schriftprobe schon vorauszu-
sehen, dass er die Buchstaben ziemlich wackelig aufs Papier
brachte, obwohl er sich vornahm, hierbei besonders konzentriert zu sein.

Der Schreibstubenhengst setzte sich sichtlich zufrieden
wieder an seinen Kaffeebecher und packte sich eine Käsestulle aus. Lemmi, der wieder direkt vor ihm saß, fand seinen Job gar nicht verkehrt. Der war jedenfalls auf der siche-
ren Seite. Der wurde nachts bestimmt nicht angehalten.

Der schon etwas ältere Arzt mit dem unrasierten Stoppel-
bart sah sehr zerknirscht aus, als er mit abstehenden Haaren
und schlecht sitzender Krawatte in das Wachzimmer eintrat.
Vergnügen schien ihm der nächtliche Ausflug in die Welt der
Ausschweifung und des Lasters jedenfalls nicht zu bereiten.
Vermutlich hatte man ihn aus den warmen Federn geholt.
Mürrisch und ziemlich mitleidslos stach er die Nadel in
Lemmis Handvene.

»Euch Brüder habe ich besonders gerne«, murmelte er dabei, »saufen und andere Menschen in Gefahr bringen, das
sind mir die Liebsten.«

Erstaunlich allerdings war, dass Lemmi ihm innerlich
recht geben musste, was das »andere Menschen in Gefahr
bringen« betraf. Nein, so besoffen war er nicht, um das nicht
zu verstehen. Sein schlechtes Gewissen vermischte sich mit
der Wut auf sich selbst, erwischt worden zu sein, und der
Furcht davor, wie es nun beruflich weitergehen würde.

»Gute Nacht, Herr Doktor!«, rief der Uniformierte dem
Arzt zu, der sich nach getaner Arbeit wieder rasch aus dem
Staub machte. Und beinahe fürsorglich klingend wandte sich
der Polizist an Lemmi: »Ich denke, wir können Sie zu Fuß

nach Hause laufen lassen, oder sind Sie mit dem Auto gefahren, weil Sie nicht mehr laufen können?« Er hielt sich vor Lachen den Bauch.

Obwohl Lemmi den Scherz verstand, sagte er dennoch zerknirscht: »Ja, ja, geht schon. Das heißt ... ich kann schon gehen.«

»Na gut, dann wollen wir Sie hier aber nicht mehr sehen, ja? Lassen Sie die Finger vom Alkohol, wenn Sie Auto fahren wollen. Das heißt, besser Sie lassen die Finger ganz davon. Leute wie Sie sind hier nämlich Dauergast.«

Am liebsten hätte Lemmi dem Fettsack gesagt, er solle sich lieber um das Mädchen kümmern, das ihn bestohlen hatte. Aber er kam nicht dazu. Durch die Frage: »Was arbeiten Sie überhaupt?«, wurde er abgelenkt.

»Ich arbeite in einer Gärtnerei«, log Lemmi ihm vor und freute sich über die spontane Ausrede. Der Bulle brauchte nun wirklich nicht zu wissen, was ihm noch an Ärger bevorstand, wenn er seinem Chef beichten musste, dass er keine Fahrerlaubnis mehr hat.

»Na, dann ist ja alles klar. Für die Gießkanne brauchen Sie keinen Führerschein.« Wieder lachte er herzhaft über seinen Witz.

Lemmi wollte gerade einen Einwand loswerden, da schleifte man das nächste Blutprobenopfer zur Tür herein, der kaum noch auf den eigenen Beinen stehen konnte.

Lemmi befiel eine gewisse Schadenfreude, als er an den Arzt dachte, der sich sicherlich auf sein Bett freute.

*

Der Weg zog sich endlos, und seine Beine wurden immer schwächer. Hunger und Durst quälten ihn, als er an den duftenden Kaffee und die Käsestulle des Beamten denken musste. Dann fing es auch noch zu regnen an.

»Scheiße!«, schrie er in die Nacht, »verdammte Scheiße!«

Er beneidete die Menschen, die jetzt hinter ihren dunklen Fenstern in ihren warmen, trocknen Betten schliefen. Da war sicherlich keiner dabei, der so eine Scheiße wie er am Bein hatte, dachte er voller Selbstmitleid.

Nach etwa ein einhalb Stunden, die er mehr oder weniger zügig gelaufen war, erreichte er abgekämpft wie nach einem Marathon die Abzweigung zu seiner Wohnung. Geradeaus, vielleicht zwei Kilometer weiter, stand sein Auto mutterseelenallein in der Dunkelheit. Womöglich brach man es noch auf und klaute das schöne neue Radio mit dem Kassettenrekorder? Nein, man sollte diese Verbrecher nicht noch in Verführung bringen. Also beschloss er, das Auto zu holen, um es dann sicher auf seinen angestammten Platz vor dem Haus abzustellen.

Als er die Wagentür aufschloss, hatte er das eigenartige Gefühl, sein eigenes Auto zu stehlen. Was soll's, Motor an und weg!

∗

Was dann folgte, ist schnell berichtet. Lemmi hatte natürlich keinem davon erzählt, dass er seinen Führerschein abgeben musste. Auch nicht seinem Chef, was ihn aber nicht davon abhielt, weiter mit dem Firmenwagen seine Touren zu fahren. Nur den BMW, den ließ er stehen.

»Ist der kaputt?«, fragte ihn sein Vermieter nach geraumer Zeit. »So, wie der auf seinem Platz steht, hat er sich seit Wochen keinen Zentimeter gerührt. Hören Sie, ein Abstellplatz für Schrottautos ist das aber nicht hier.«

»Schon klar, Herr Kaul. Nein, der ist nicht kaputt. Aber ich sitze den ganzen Tag hinterm Steuer, da will ich abends was für die Gesundheit tun. Sie sehen ja selbst.« Mit den Händen fasste sich Lemmi an den Bauch. Und mit dem Hinweis auf seinen beginnenden Rettungsring setzte er sich fortan auf sein Rennrad, mit dem er auch seine Eltern besuchte, die sich nur noch über ihren Sohn wunderten, weil er sogar bei Schneeregen mit dem Rad unterwegs war. Zu Werners Pinte ging er natürlich zu Fuß, die hätten dort gleich geschnallt, was los war, wenn er mit dem Drahtesel aufgekreuzt wäre. Was wirklich los war, erfuhr Lemmi bald schon durch ein Gerichtsurteil: Neun Monate Fahrverbot!

Tagelang grübelte er darüber nach, wie er aus der Zwickmühle herauskam, niemandem davon zu erzählen, dass ihm der Lappen für so lange Zeit eingezogen worden war, und er gleichzeitig seiner Arbeit nachgehen konnte. Zwickmühle hin, Zwickmühle her, was blieb ihm anderes übrig, als weiterhin mit dem Mut der Verzweiflung seinen Job zu verrichten. So schwer es ihm auch fiel, er verzichtete von nun an sogar darauf, die angebotenen Bierchen anzunehmen, die ihm die Wirte üblicherweise hinstellten, wenn er den Automaten gefüllt hatte.

»Lemmi ist jetzt bei den Blaukreuzlern eingetreten«, rief Werner einmal ins Lokal, als Lemmi ihn bat, ihm eine Cola zu geben.

»An jeder Ecke steht die grüne Minna rum«, entschuldigte sich Lemmi. »Solange die RAF so eine Scheiße baut, halte ich mich lieber zurück.« Abends jedoch trank Lemmi wie gewohnt weiter. Wenn er dann nachts trotz seines Rausches wach im Bett lag, kam er sich wie ein Kind vor, das sich ungerecht bestraft fühlte. Nicht nur, weil er das Nachtlicht ausgelassen hatte, wurde es während seines Grübelns dunkler und dunkler in seinem Gemüt, sondern auch weil er sich wie so oft von der ganzen Welt verstoßen fühlte. Wie hatte der Arzt zu ihm gesagt? Wir kriegen Ihre Depression schon in den Griff. Aber noch spürte Lemmi nichts davon. Für ihn hieß Depression Wehleidigkeit, und diese verdammte Wehleidigkeit hasste er wie der Teufel das Weihwasser. Er bemerkte, wie seine Augen nass wurden, und auch das hasste er, weil sein Vater ihm früher eingetrichtert hat, dass Männer nicht weinen. Ja, er schämte sich dafür, wenn ihm bei einem traurigen Film heimlich die Tränen kamen oder ihn eine traurige Geschichte tief berührte. Es war zum Beispiel noch gar nicht so lange her, da lag er nachts stundenlang weinend im Bett, weil der Nachrichtensprecher im Radio gesagt hatte: »Elvis Presley, der King of Rock and Roll, ist tot. Man fand ihn leblos im Badezimmer seines Anwesens Graceland in Memphis im US-Bundesstaat Tennessee.«

Oh, wie hatten ihn diese Worte erschüttert. Mit zweiundvierzig Jahren starb man doch noch nicht, vor allem nicht, wenn man reich und berühmt war. Er konnte damals nicht verstehen, dass ein noch so junger Mensch einfach von der Welt verschwand, den er zwar nicht persönlich gekannt hatte, der aber dennoch zu seinem Leben gehörte, seitdem er das erste Mal seine Stimme im Radio gehört hatte. Lemmi war überzeugt davon, dass das auch so eine Art von Liebe war, nur mit dem Unterschied, dass diese Liebe ihn nie enttäuschen würde. Daraus schlussfolgerte er, dass Nähe nicht unbedingt die Liebe stärkte und Liebe sogar viel mächtiger werden konnte, wenn sie über eine räumliche Weite nur von der Sehnsucht genährt wurde. Und da gestand er sich ein, dass die Liebe zu Monique deshalb so heftig in ihm brannte, weil sie nun für ihn unerreichbar war.

*

Der kalte, düstergraue Winter, der beinahe über Nacht hereinbrach, trug nicht gerade dazu bei, um Lemmis Stimmung zu heben. Im Gegenteil, er suhlte sich regelrecht in seinem Kummer. Wie jemand, der an Borderline leidet und sich selbst Schmerzen zufügt, legte er in den Nächten, in denen ihn die Depressionen peinigten, Platten auf, deren Musik ihn an die Zeit mit Monique erinnerte. Danach, wenn er sich so richtig mies fühlte, nahm er sich vor, sie zu suchen – und wenn er bis ans Ende der Welt laufen müsste, um sie zu finden. Nur einmal noch wollte er ihr ins Gesicht sagen, dass er sie liebte, mehr liebte als sein eigenes Leben. Entschuldigen wollte er sich bei ihr für sein eifersüchtiges Verhalten, für seinen unkontrollierten Zorn und für die verletzenden Worte, mit denen er versucht hatte, ihr gegenüber seine eigene Schwäche zu kaschieren. Am nächsten Morgen jedoch, wenn er mit dickem Brummschädel erwachte, dann wurde ihm klar, dass sie für ihn genauso verstorben war wie Elvis. Und in diesen Momenten wünschte er sich sogar das böse Mädchen herbei, obwohl ihm dieses kleine Luder so tief in die

Kasse gegriffen und ihm dafür eine dreckige Unterhose hinterlassen hatte, die er Wochen später unter dem Bett fand, nachdem er sich nach langer Zeit endlich dazu aufraffte, die Wohnung auf Vordermann zu bringen. Wie ein Banner der Sünde hing die beschmutzte Leibwäsche am Staubsaugerrohr. Aber wie auch immer, als er mit ihr schlief, hätte ihn dieser Fetzen auch nicht gestört.

*

Voller Vorfreude schlug Lemmi mit der Faust kräftig auf das Lenkrad. Nun waren es nur noch vier Wochen, bis er seinen Führerschein zurückbekommen würde. An jedem neuen Tag, der diesen Termin näherbrachte, wurde er euphorischer, und das nicht nur wegen der Pharmazie. Schlimme Monate lagen hinter ihm. Immer wieder diese zermürbende Angst, erwischt zu werden. Alleine die Schleierfahndung machte es ihm nicht einfach, beinahe kam er sich selbst wie ein Terrorist vor. »Wenn alles vorbei ist, dann wird es wieder aufwärtsgehen mit dir, alter Junge. Lass dich bloß nicht unterkriegen.« Mit diesen Worten redete er sich selbst Mut zu.

Das Radio volle Pulle aufgedreht, fuhr er in Richtung Düsseldorf. Die Sonne schien, und die Luft war bereits am Morgen mild. Er mochte die Mittwochstour in Düsseldorf. Nette Kunden erwarteten ihn, und meist war er schon kurz nach Mittag fertig mit seiner Arbeit.

Als der Radiomoderator wegen einer Verkehrsmeldung in Daddy Cool von Boney M. quatschte, schimpfte Lemmi wie ein Rohrspatz. Ihm machte es nichts aus, dass der Fahrer des vorüberfahrenden Wagens verwundert zu ihm herübersah. Die zweispurige Straße, die geradewegs in die Düsseldorfer Innenstadt führte, war zu dieser Stunde recht verkehrsreich, und er war froh, bald schon nach rechts abzubiegen, um am Stadtrand den ersten Kunden anzusteuern.

»Mensch, komm zum Ende mit deiner Quatscherei, ich will Musik hören!«, tönte Lemmi, als könne ihn der Radiosprecher hören. Natürlich konnte er das nicht, aber dennoch brauchte er auf die Erfüllung seines Wunsches nicht lange zu warten.

Doch dann verdrehte er die Augen. »Oh, nicht so eine Schnulze«, schimpfte er. Obwohl er Howard Carpendale und seine Lieder eigentlich mochte, beugte er sich verärgert nach vorne, um einen anderen Sender einzustellen. Genau in diesem Moment drangen Textfetzen in seine Ohren.

Die Wohnung sieht so aus, als wär' sie lang verlassen. Ungewaschene Teller türmen sich und Tassen. Die Aschenbecher voll, was kümmert's mich, denn was bin ich ohne dich. Ordnung scheint in meine Welt nicht mehr zu passen.

Hellhörig geworden sagte er: »Das hat auch mit mir zu tun. Howard singt das, was mich betrifft.« Wie elektrisiert lauschte er weiter.

> »Und darum nimm den nächsten Zug und komm
> zurück zu mir.
> Ich hab jetzt ein andres Bild von dir.
> Was du wirklich willst und wie du wirklich fühlst:
> Jetzt weiß ich's!
> O nimm den nächsten Zug,
> ich lauf schon jetzt zur Bahn,
> kommst du auch erst in fünf Stunden an.

Mach dich nicht erst schön und schmink nicht
dein Gesicht,
ich lieb dich, ob ich will oder nicht!
Ich hab dich vielleicht nicht ernst genug genommen.
Und so ist es zwischen uns zum Bruch gekommen.
Ich hab dich behandelt wie ein Kind,
wo wir uns so nah sind.
All das hab ich jetzt zu versteh'n bekommen.
Und darum nimm den nächsten Zug und komm
zurück zu mir ...«

Das Herz zwickte ihm und der Magen drückte. Tief berührt
empfand er wie damals, als er zum Zug gerannt war, um Monique in die Arme zu schließen.

»Das sind genau die Worte, die ich ihr gesagt hätte, wenn
sie gekommen wäre. Verdammt, hört das denn nie auf?« Der
Kloß in seinem Hals ließ sich nicht herunterschlucken. Für
Augenblicke wusste er gar nicht mehr, wo er sich befand.
Und so kam es, dass ihm im letzten Moment einfiel, abzubiegen. Wenn er die Abfahrt verpasste, musste er für den anste-
henden Umweg etliche vergeudete Zeit in Kauf nehmen. Danach stand ihm nun wirklich nicht der Sinn. Also jetzt konzentrieren!

Etwa fünfhundert Meter blieben ihm, von links auf die
rechte Fahrspur zu wechseln. Er setzte den Fahrtrichtungs-
anzeiger und gab Gas, um sich in die Lücke einzufädeln, die
der Wagen neben ihn ihm anscheinend ließ.

»Mensch, was macht der Idiot, warum wird der nicht
langsamer? Der Gehirnamputierte sieht doch, dass ich rüber

will.« Lemmi geriet wieder in Hochform. Mit beiden Händen drückte er auf die Hupe, was den Nebenmann offenbar nur dazu reizte, wieder schneller zu werden.

»Nicht mit mir, du Blödmann!« Wütend trat Lemmi das Gaspedal bis zum Bodenblech durch. Was dann geschah, passierte im Bruchteil einer Sekunde.

Ohne Vorankündigung und ohne, dass Lemmi es in seiner Rage bemerkte, kam die Fahrzeugkolonne vor ihm zum Stehen. Es blieb ihm keine Möglichkeit mehr, nach rechts einzuscheren. Den Kleinlastwagen mit der offenen Ladefläche, von der Eisenträger weit herausragten, hielt bereits vor ihm. Trotz roter Fahne am Ende einer der Stahlstangen kam das Hindernis für Lemmi überraschend und viel zu schnell. Um jetzt noch reagieren zu können, war es zu spät. Blech knirschte und Glas splitterte. Geistesgegenwärtig warf sich Lemmi nach links, als sich der Stahl mit berstendem Geräusch in seinen Fahrgastraum schob.

Mit voller Wucht wurde er in den Sicherheitsgurt gepresst, sodass es einen heftigen Ruck im Nacken gab. In seinem Gesicht stach es wie tausend Nadelstiche, und seine Zunge schmeckte Blut. Die Handgelenke taten ihm weh, weil er sich instinktiv mit den Händen auf der Armatur abstützte. Plötzlich war es totenstill.

Jetzt ist wirklich alles aus!, schoss es ihm durch den Kopf.

Benommen sah er nach draußen. Durch das noch intakte Seitenfenster glotzten ihn Leute an. Einer rief: »Der blutet.«

Lemmi wischte sich mit der Hand durchs Gesicht, und tatsächlich, sie war blutig. Zögerlich blickte er in den Innenspiegel. An den Wangen und an der Stirn tropfte aus kleinen Wunden etwas Blut heraus. Die Verletzungen sahen aber nicht allzu schlimm aus. Womöglich waren feine Glassplitter in die Haut eingedrungen. Heftiger blutete seine Lippe. Allem Anschein nach hatte er sich beim Aufprall draufgebissen. Unfähig zu handeln starrte er durch die scheibenlose Front.

Wie durch einen Schleier sah er nun den Fahrer aus dem Kleinlaster steigen, der sich in verrenkter Haltung den Nacken hielt. »Kann mal jemand die Polizei rufen!«, bat dieser lautstark in die Menge.

O lieber Gott, mach, dass er nicht verletzt ist, flehte Lemmi, denn ihm wurde klar, dass er für alles aufkommen musste, sollten bei dem Unfallopfer gesundheitliche Folgeschäden eintreten. Fahren ohne Führerschein, da sprang keine Versicherung helfend ein.

Inzwischen bildete sich ein großer Stau, und weiter hinten wurde drängend gehupt. Lemmi verspürte den inneren Wunsch, wegzulaufen. Weit weg!

»Ist mit Ihnen alles in Ordnung?« Ein junger Mann hatte mit Mühe die Fahrertür aufbekommen. Prüfend sah er Lemmi an.

»Ich denke schon«, antwortete dieser, selbst nicht ganz sicher, ob es wirklich stimmte. Er bewegte Beine und Arme, was ihm ohne Schwierigkeiten gelang.

»Sie bluten aber. Lassen Sie mich das mal anschauen.« Der junge Mann beugte sich weit nach vorne und sah Lemmi besorgt ins Gesicht. »Wenn nicht mehr ist, dann haben Sie großes Glück gehabt. Es scheinen nur kleine Kratzer zu sein«, beruhigte er.

Glück gehabt? Fast hätte Lemmi Idiot zu ihm gesagt. Glück gehabt, was für ein Schwachsinn. In der Scheiße saß er, aber ganz tief in der dicken Scheiße.

Inzwischen war der Fahrer des Kleinkraftwagens hinzugekommen. Lemmi und er sahen sich an, als würden sie denken, das war nicht nötig, das hat mir gerade noch gefehlt. Vom Gehweg rief jemand: »Ich habe von der Telefonzelle da hinten die Polizei angerufen!«

*

Kurz darauf setzte sich die Kolonne rechts von ihm langsam wieder in Bewegung. Lemmi kam sich wie ein Weltwunder vor, als man neugierig und kopfschüttelnd an ihm vorüberfuhr. Auch der Kleinlastwagen war inzwischen ein Stück vorwärtsgefahren, um sich dann rechts einzufädeln, wo ihn der Fahrer schließlich zur Hälfte auf dem Gehweg abstellte. Lemmi erschrak tüchtig, als zu Beginn dieses Manövers die Eisenträger beim Losfahren über das verbogene Blech des eingeschlagenen Frontfensters kratzten. Nun versuchte auch er, seinen Bully in Gang zu bringen; das erwies sich allerdings als zwecklos, weil die Lenkung blockierte. Bedacht stieg er aus. Obwohl sich seine Knie wie Butter anfühlten, konnte er ohne Schmerzen stehen. Der junge Mann ergriff eifrig seinen Arm und führte ihn über die Straße auf den Gehweg, wo ihn ein Rudel diskutierender Augenzeugen empfing. Von wo die plötzlich alle herkamen, blieb ihm ein Rätsel. Jeder wollte etwas anderes gesehen haben. Während er das Gespräch mit dem Fahrer des Kleinlastwagens suchte, fiel ihm ein Stein vom Herzen, da dieser wohl nicht ernstlich verletzt war.

In der Ferne ertönte die Sirene des Streifenwagens. Lemmi war übel vor Aufregung. In wenigen Minuten würde sein Leben eine unkalkulierbare Wendung nehmen.

Die beiden Polizisten schafften sich schnell und rigoros eine Gasse durch die Umstehenden. »Wer sind die Fahrer der beiden Unfallfahrzeuge?«, fragte einer der Beamten sogleich. Der Fahrer des Kleinlastwagens und Lemmi hoben die Hände.

Den Blick auf Lemmi gerichtet fragte der Uniformierte: »Brauchen Sie einen Krankenwagen?«

»Nein«, sagte Lemmi, »das sind nur Kratzer.«

»Na gut, dann möchte ich von Ihnen beiden die Fahrzeugpapiere und die Führerscheine sehen«, bat nun der ältere Beamte freundlich routiniert. Dann sagte er noch zu seinem Kollegen: »Jochen, regel doch mal den Verkehr, damit das hier keine Großveranstaltung wird, und frag mal rum, ob jemand was Genaues zu dem Unfallhergang sagen kann.« Und direkt an die Umstehenden gerichtet meinte er: »Und alle die, die meinen, hier gäbe es etwas zu sehen, gehen bitte weiter.«

Als der Polizist sich an Lemmi wandte, um dessen Führerschein in Empfang zu nehmen, sah Lemmi mit dem Mut der Verzweiflung den Augenblick gekommen, endlich einmal den Satz loszuwerden, den man in Werners Pinte zum Gaudi aller schon so oft in die Runde geworfen hatte, nämlich: »Meinen Führerschein wollen Sie haben, Herr Wachtmeister? Den haben Sie doch schon lange.«

Mit großen Augen sah der Polizist Lemmi an. Ein leichtes Zucken konnte Lemmi im Gesicht der Staatsgewalt ausmachen, das vom rechten Auge bis zum Mundwinkel reichte. »Na, endlich mal wieder ein Spaßvogel. Sie haben doch nichts getrunken, oder?« Das Gesicht des Polizisten wurde ernster, und der Unfallgegner schlug sich irgendwie verzweifelt die Hand vor die Stirn. Nachdem der Polizist sich daranmachte, aus dem Streifenwagen die Blasetüte zu holen, raunte er Lemmi zu: »Mann, warum haben Sie mir das denn nicht vorher gesagt, dass Sie keinen Führerschein haben, dann hätten wir das doch unter uns regeln können.«

Zu spät, der Polizist war schon wieder zurück. Zur Freude weniger, die sich nicht einfach so vertreiben ließen, blies Lemmi mit dicken Backen in die Tüte, die sich nicht verfärbte.

»Glück gehabt«, sagte der Beamte.

Kurze Zeit später saß Lemmi im Abschleppwagen, und hinter ihm am Haken hing sein zerbeulter Bully. Wie auf heißen Kohlen wartete er anschließend in der Kfz-Werkstatt darauf, dass man ihn mit einem Ersatzwagen abholte, schließlich musste die Ladung umgeladen werden.

Es war eine saublöde Situation für ihn, als ein Kollege von ihm breitgrinsend die Werkstatt betrat und er gleich darauf erfuhr, dass der Chef nicht so gute Laune hatte. Was folgte, war der reinste Spießrutenlauf.

*

In der Hoffnung, schnell einschlafen zu können, um so der Realität zu entfliehen, legte Lemmi sich am gleichen Abend schon recht früh zu Bett. Doch es wollte ihm nicht gelingen, zu viel geisterte ihm durch den Kopf. Böse Existenzängste plagten ihn und sogar die Furcht, ins Gefängnis zu müssen. Schließlich war das Fahren ohne Führerschein kein Kavaliersdelikt, ganz abgesehen davon, dass er einen Unfall verschuldet hatte. Alles in allem sah sein augenblickliches

Resümee nicht gerade berauschend aus. Frau weggelaufen, Schulden, Führerscheinentzug wegen Trunkenheit, fahren ohne Führerschein und nicht zuletzt ein kaputtes Firmenauto, wobei der LKW ebenfalls einen, wenn auch geringfügigen, Schaden hatte, der natürlich repariert werden musste. Und was so was kostete, wusste man ja. Hinzu kam seine allgemeine schlechte körperliche Verfassung.

Längst war es stockfinster im Zimmer geworden. Schon seit Stunden stierte er regungslos an die Decke. Ihm war, als würde er sich mit der Dunkelheit auflösen. Er spürte seinen Körper nicht mehr, er war nur doch Gedanke. Wenn er jetzt sterben würde, wäre das gar nicht so schlimm, dachte er. Es wäre sogar schön, es gäbe keine Sorgen mehr, und alle, die ihm wehgetan hatten, könnten ihn zum Abschied am Arsch lecken. Oh, da gäbe es eine lange Liste von Namen, die er nach diesem Vergnügen abhaken könnte. Alleine wenn er an den nächsten Tag dachte, drehte sich ihm schon der Magen um. Überhaupt quälte ihn sein Magen in letzter Zeit.

Er stand auf und tastete sich in die Küche. Er bereute es sofort, den Lichtschalter betätigt zu haben, denn das grelle Licht der Deckenlampe blendete ihn. Rasch holte er sich aus dem Regal eine volle Flasche von seinem geliebten Wermut. Auf ein Glas verzichtete er. Licht aus und zurück ins Bett. Mit einem Blick zum Fenster, wo vor dem Haus die Linde kräftig vom Sturm gebeutelt wurde, fühlte er sich unter der Zudecke geborgen. Und als ihm der Wermut direkt aus der Flasche durch die Kehle rann, empfand er sogar ein Wohlgefühl. Vor wenigen Tagen noch wäre er allein wegen dieses Wohlbefindens umgehend aufgestanden und zu Werner gerannt. Doch an diesem Abend wollte er nicht versacken. Nein, er wollte in diesen Minuten nur noch Gedanke sein.

Der Gedanke, der sich um den Tod rankte, ließ ihn nicht mehr los. Dann traf ihn wie ein Blitz die Überlegung, wer eigentlich traurig darüber wäre, wenn er jetzt sterben würde. Sicher, seine Eltern wären sehr traurig. Da erschrak er, weil ihm niemand sonst einfiel, der seinen Abgang von der Welt bedauern würde. Was für ein beschissenes Fazit: Sechsundzwanzig Jahre tippelte er nun schon auf der Welt umher, und dennoch fühlte er sich wie ein Säugling, der nichts als seine Eltern hatte. Wo zum Beispiel waren alle seine Liebschaften hin, die einmal zu ihm gesagt hatten: »Ich liebe dich.« Sie waren weg, verschwunden. Sie alle hatten seine Träume mitgenommen. Er wollte aber nicht mehr träumen, er wollte eine Frau aus Fleisch und Blut neben sich haben, zu der er sagen konnte: »Ich liebe dich.«

Wieder nahm er einen großen Schluck. Langsam dämmerte er dahin. Als der Alkohol vollends Besitz von seinem Körper ergriff, trug ihn sein Geist an jenen Ort zurück, wo er zusammen mit Monique wohl die schönsten Stunden seines bisherigen Lebens erfahren durfte. Es war der erste gemeinsame Urlaub auf Lanzarote gewesen. Und alles sah er wieder vor seinem geistigen Auge, als würde er es in diesem Moment erleben.

*

Nach dem Abendessen im Hotel gingen sie Hand in Hand zum menschenleeren Strand, immer der untergehenden Sonne entgegen, die feurig im Meer zu versinken schien. Der

Rotwein, den sie zuvor getrunken hatten, dessen Trauben auf dem stets erhitzten Lavastein der Insel eine schwere Süße in die Flaschen brachte, sorgte bei beiden für ein losgelöstes Gefühl unbegrenzter Freiheit und innerlicher Leichtigkeit. Während er sich in den warmen Sand legte, zog Monique, im Stil einer verruchten Stripteasetänzerin, ihr Kleid und ihr Höschen aus. Mit einem spitzen Aufschrei drehte sie sich völlig enthemmt mit ausgebreiteten Armen im Kreis. Lachend sprang er auf. Rasch entledigte auch er sich seiner Kleidung und tat es ihr nach. Warm umwehte eine laue Brise ihre nackten Körper. Im schimmernden Kleid des glutroten Sonnenlichtes tanzte sich Monique verzückt in eine Art Ekstase. Er klatschte anfeuernd in die Hände. In diesem Treiben vergaßen beide alle Sorgen des Alltags, die sie zu Hause zurückgelassen hatten. Jetzt verlangte ihr Leben nach Sinneslust und Begierde. Woraufhin sie sich mit gespreizten Beinen rücklings in den Sand warf. Aus der Ferne, dort wo sich die Feuerberge wie mit Tusche skizziert vom Licht des verlöschenden Tages abhoben, dröhnte der Motor eines Flugzeuges. Kurz wurde er daran erinnert, dass es dieses Flugzeug sein würde, das in wenigen Tagen diesen Traum auf der Insel wieder zerstörte, wenn sie einsteigen mussten, um wieder zurückzufliegen.

»Komm!«, hörte er sie flüstern und gehorchte. Als sie sich aus ihrer Umklammerung lösten, schmeckten sie Salz auf ihren Lippen. In ihrem Liebestaumel waren sie ins Meer gerollt.

»Ich liebe dich.«

Über die Brücke der Erinnerung hörte er ihre dahingehauchten Worte. Ihre nassen Haare fielen in ihr erhitztes

Gesicht. Sein Mund suchte erneut ihren halb geöffneten Lippen, und sie küssten sich, bis auch das Meer ihnen die Luft zum Atmen raubte. Minuten später saßen sie in ihrer Blöße neben ihrer Kleidung und rauchten Zigaretten. Aus einem kleinen Fischerdorf hörten sie fröhliches Lachen. Sie sah in Richtung Arrecife. Die hereingebrochene Nacht gab der Stadt und ihrem Treiben Schutz. Unternehmungslustig drückte sie die Zigarette in den Sand.

»Lass uns feiern gehen«, bat sie ihn. »Ich möchte, dass dieser Tag und diese Nacht nie zu Ende gehen!« Schon stand sie auf, wischte sich den Sand von der Haut und zog sich ihr Kleid über. Er schaute fasziniert, wie sich ihre erregten Brustwarzen durch den dünnen Stoff drückten. Bewundernd beobachtete er, wie sie mit geschickten Griffen ihr Haar zu einem hübschen Dutt knotete. Das Schnipsen ihrer Finger und ihr Wimpernaufschlag wurden ihm zum Befehl. Ja, so war Monique. Mit ihrem bezaubernden Hintern und ihren niedlichen Brüsten, den braunen Augen und ihrem wachen Verstand hatte sie längst Macht über ihn gewonnen. Sie konnte bei ihm alles erreichen.

Auch er nahm einen letzten Zug von seiner Zigarette, stieg in seine Jeans und zog sein Hemd über.

»Los, ich bin so weit, machen wir Arrecife unsicher!«

Dann rannten sie, bis sie von der Dunkelheit verschluckt wurden.

*

Die Dunkelheit war es auch, die er sah, als er wieder die Augen öffnete. Und aus dieser Dunkelheit heraus blickte ihn plötzlich das lachende Gesicht eines kleinen Jungen an. Und als er genau hinsah, wurde ihm klar, dass es sein Ebenbild aus früherer Zeit war, in der er noch nichts vom Liebesschmerz wusste.

Völlig verstört sah er dem Knaben zu, wie er mit einem bunten Ball über eine blühende Blumenwiese hüpfte und ihn unter den mit dicken, roten Äpfeln behangenen Ästen spielerisch in die Luft warf.

Tränen rannen Lemmi über das Gesicht, weil ihn der Anblick so sehr im Herz berührte. Der Wunsch nach Frieden, Liebe und Geborgenheit füllte sein Inneres aus.

Aber was war das? Sprach da nicht jemand zu ihm? Hochkonzentriert vernahm er tatsächlich menschliche Laute. Aber diesmal war es nicht Moniques Stimme. Der Knabe schien es zu sein, der ihm zuraunte, dass es viel schöner wäre, tot zu sein. »Komm!«, rief er lockend.

Da stand Lemmi mit wackeligen Beinen auf. Beinahe fremdgesteuert holte er aus dem Badezimmerschrank die Packung mit den Tranxilium-Tabletten. Immer noch schluchzend setzte er sich auf die Bettkante, und ohne groß darüber nachzudenken, drückte er alle noch in der Packung befindlichen Tabletten auf seine Handfläche, um sie umgehend im Mund verschwinden zu lassen. Mit dem Rest Wermut spülte er alles hinunter. Mechanisch ließ er sich auf den Rücken fallen, hob die Beine ins Bett und wartete er auf das, was kommen sollte.

Schon recht bald sah er viele bunte Farben, die mehr und mehr aussahen, als würden sie aus züngelndem Feuer bestehen. Aber anstatt Hitze machte sich Kälte in seinem Körper breit, der zunehmend schwerer wurde. Er konnte sich nicht gegen die Bilder wehren, die sich in der Finsternis gespenstig auf seiner Netzhaut bildeten. Auf den unsichtbaren Wegen seiner Fiktionen verließ er erneut das Zimmer, und gleich darauf fand er sich am Steuer seines Bullys wieder, mit dem er nun aus dem Zimmer fuhr.

*

Wieso saß er plötzlich in seinem kaputten Bully? Die Frontscheibe war zersplittert, aber weit und breit war niemand zu erkennen. Die Scheinwerfer fraßen helle Löcher in die Nacht. Dort, wo das Licht auftraf, erkannte er unwegsames Gelände. Durch die zerstörte Windschutzscheibe wehte ihn eisiger Wind an, der Schnee und Graupel vor sich herjagte.

Ihm fiel es nicht leicht, das Fahrzeug bei diesen widrigen Umständen unter Kontrolle zu halten. Diese Gegend war der Feind jeglichen Lebens. Weder Baum noch Strauch, der die öde Landschaft freundlicher erscheinen ließ.

Wo bin ich und wie komme ich hierher?, fragte er sich verwundert. Unruhig rutschte er auf dem Sitz hin und her. Niemals zuvor in seinem Leben war er in dieser oder einer ähnlichen Gegend gewesen. Der Erinnerungsfaden an die verlassene Welt war gerissen. Das Letzte, an das er sich erinnerte, war, dass vor ihm unvermittelt ein LKW angehalten hatte. So sehr er sich auch anstrengte, er fand nicht die Zusammenhänge zu seiner augenblicklichen Situation. Er hielt an. Vorsichtig stieg er aus. Suchend blickte er umher. So sehr er sich bemühte, er fand keine Erklärung für die Umstände, in denen er sich befand.

Frierend rieb er sich die Hände. »Reiß dich zusammen!«, stöhnte er. Aber was sollte er tun? Es gab nur eine treffende Entscheidung, und die hieß weiterfahren, weg von hier. Irgendwann musste er auf Zivilisation stoßen. Also zurück ins Auto. Der Motor jaulte auf, und mit durchdrehenden Rädern gab er Gas. Immer geradeaus, auch wenn er sich an nichts orientieren konnte. Er hatte den Eindruck, in einem nicht mehr enden wollenden Tunnel zu fahren. Dabei verlor er gänzlich das Gefühl dafür, wie lange er schon gefahren war. Die Zeit hatte ihre Existenz verloren. Müdigkeit überkam ihn, sehr große Müdigkeit. Der Sekundenschlaf ließ ihn jedes Mal das Steuer verreißen. Er musste sich irgendwie wachhalten. Wenn er jetzt einen Unfall baute, war er für immer verloren! Entsetzliche Bilder kamen ihm in den Sinn. Er sah sich blutüberströmt im rot gefärbten Schnee umherirren, und in seinen Ohren wollte das schrille Zerbersten von Blech nicht verstummen. In seiner Panik fuhr er immer schneller. Die Hände verkrampften sich am Lenkrad. Doch dann! Wie aus dem Nichts erschien eine Gestalt, und schon gab es einen heftigen Schlag, dabei drehte sich das Auto einmal um seine eigene Achse und kam schließlich zum Stehen. Es hatte ihn mächtig hin und her geschüttelt. Ein schneidender Schmerz durchfuhr seinen Brustkorb.

»Um Himmels willen! Da stand jemand ... direkt vor der Motorhaube!«, schrie er. Zögernd verließ er das Fahrzeug. Feine Hagelkörner peitschten in sein Gesicht. Er hatte das Gefühl, dass das Toben des Sturmes ihm gänzlich den Sauerstoff zum Atmen raubte. Angst kroch wie ein Untier an seinem Körper hoch. Niemals im Leben hat er sich so verlassen gefühlt, so hilflos. Ihm war, als habe ihn das Schicksal wie einen Dieb am Kragen gepackt und in dieses nasse, kalte Verlies geworfen. Regungslos starrte er in das schwarze Einerlei und lauschte angestrengt in das Brausen des Unwetters.

War da ein Rufen?

Außer dem Wind konnte er nichts Derartiges vernehmen! Aber nein, er hatte sich das nicht eingebildet. Deutlich hatte er einen Mann vor seinem Auto gesehen, der einen dunklen Umhang mit Kapuze trug, die nur sein helles Gesicht freigab. Er wollte Gewissheit. Er wollte sich beweisen, dass er nicht halluzinierte. Die Neugier war größer als die Furcht.

Er schlich sich einige Meter zurück. Aber an der Stelle, wo er vermutete, den Fremden überfahren zu haben, war nichts. Absolut nichts.

»Hallo! Hallo! Ist hier jemand? Hallo!« Lemmi erschrak, als seine Stimme aus allen Richtungen zurückhallte. Mit den Füßen tastete er sich behutsam voran. Jeden Augenblick damit rechnend, einen am Boden liegenden Körper zu berühren. Allmählich glaubte er, dass seine überstrapazierten Sinne ihn tatsächlich zum Narren hielten. Mit beiden Händen hielt er sich die Ohren zu, denn seine Stimme und sein Rufen wollten nicht mehr verklingen. Wie Geisterstimmen schallte sein Echo weiterhin durch den unendlichen Raum. Als er einige Schritte ins Ungewisse weiter ging, fuhr er entsetzt zurück.

Sein Fuß hatte ins Leere getreten. Im gleichen Moment legte sich der Sturm, und mit ihm flohen Regen, Schnee, Graupel – und völlige Stille trat ein. Vor ihm tat sich ein Abgrund auf, aus dem Eiseskälte emporstieg. Auf allen vieren kroch er an dessen Rand. In schauriger Tiefe meinte er, helles

Funkeln zu sehen. An einen klirrendkalten Winterabend dachte er, an dem der wolkenlose Himmel das Universum mit seinen unzähligen Sternen offenbarte. Ihm schauderte bei dem Gedanken daran, dass er die ganze Zeit so nahe am Abgrund gefahren war. Die Schlucht hätte ihn auf Nimmerwiedersehen geschluckt.

Weg! Hier hatte er nichts mehr verloren. Es drängte ihn, wieder zu seinem Auto zu gelangen. Die Nacht war nun klar. Die letzten Meter nahm er im Laufschritt. Abgehetzt öffnete er die Tür.

»Um Gottes willen!« Steif vor Schrecken prallte er zurück. Auf dem Beifahrersitz saß eine Gestalt. Das helle Gesicht eines uralten Mannes, dessen Körper mit einem dunklen Umhang bedeckt war, sah direkt zu ihm hinüber.

»Wer in aller Welt sind Sie, wie kommen Sie hierher?«

»Komm, setz dich zu mir, Lemmi!« Die Worte des Fremden klangen bestimmend, aber freundlich.

»Woher kennen Sie meinen Namen? Sind Sie verletzt? Habe ich Sie mit meinem Auto angefahren?«

»Lemmi, beruhige dich! Nun setz dich endlich! Ich bin ein alter Mann, du brauchst keine Angst vor mir zu haben.«

Zaudernd nahm Lemmi auf dem Fahrersitz platz. Ein Bein hielt er vorsichtshalber fluchtbereit aus der noch geöffneten Wagentür.

»Lass den Unsinn, schließ die Tür und fahr los, wir müssen weiter.«

»Hören Sie, wer immer Sie sind, ich lasse mir von Ihnen keine Befehle erteilen! Außerdem können Sie von Glück reden, wenn ich Sie überhaupt mitnehme, und sagen Sie mir endlich, woher Sie meinen Namen kennen!«

Während Lemmi sich selbst sprechen hörte, gewann er wieder etwas Selbstsicherheit. Und der Alte machte ja nun wirklich nicht den Eindruck, ihm gefährlich werden zu können.

»Ich habe dich erwartet, Lemmi. Sechsundzwanzig Jahre habe ich genau hier an dieser Stelle auf dich gewartet.«

»Sind Sie verrückt, Mann? Was soll der Unfug? Verschwinden Sie!«

Lemmi sprang aus dem Wagen, rannte um das Auto herum, riss die Beifahrertür auf. Wütend wollte er den lästigen Eindringling aus dem Auto zerren. Doch entsetzt spürte er, wie seine Hände ins Leere griffen. Da war nichts! Er konnte den Alten nicht packen. Jedes Mal, wenn er nach ihm greifen wollte, war es so, als jage er einen Schatten.

Von höhnischem Gelächter begleitet sank Lemmi verzweifelt in die Knie. Nun war er sich sicher, dass er irregeworden war. Er schlug die Hände vor das Gesicht und weinte hemmungslos. Da spürte er, wie ihm behutsam über das Haar gestrichen wurde. Die Hand, die ihn berührte, verströmte eine seltsame Energie. Ohne dass er sich dieser Kraft entziehen konnte, zog ihn der Alte nach oben. Nun standen sie sich genau gegenüber.

»Wer bist du, bist du ein Geist, bist du Illusion oder doch ein Mensch?«

»Wer weiß, vielleicht bin ich dein Gewissen.« Der Alte sagte es lächelnd.

»Ich verstehe nicht, was redest du da?« Mit einem Ruck befreite sich Lemmi von der Umklammerung des Alten. Jetzt wird mir alles klar, überlegte er, das hier ist ein Horrortrip. »Ich will endlich nach Hause!«, schrie er den Alten an. »Ich will nach Hause zu Monique. Du kannst mir sicher den Weg zeigen. Das ist doch bestimmt eine Kleinigkeit für dich.«

»Du wirst nie mehr zurückgehen, Lemmi! Nie mehr dahin zurück, von wo du gekommen bist!«

»Bitte?« Zweifel stand Lemmi ins Gesicht geschrieben. »Ich hör wohl nicht richtig. Wer sollte mich daran hindern, du etwa?«

»Ja!« Der Alte beugte sich bedrohlich nahe vor. Fest packte er Lemmi an den Schultern.

»Es gibt kein Zurück mehr für dich. Hör mir zu, hör mir jetzt gut zu! Es war dein Wille gewesen, dass du hier bist. Du wolltest dich einfach so aus der Welt stehlen. Dazu hattest du aber kein Recht, weil ich es bin, der über Tod und Leben bestimmt.«

»Was? Ich begreife nicht ganz. Heißt das etwa, dass du, ich meine, dass du … der Tod bist?«

»So ist es.«

»Nein, nein, das darf nicht wahr sein!«, winselte Lemmi. »Das habe ich nicht gewollt. Ich bin doch noch so jung. In sechzig Jahren vielleicht, aber doch nicht jetzt. Nicht jetzt! Ich will, dass alles wieder wie früher wird.« Und dann schrie er aus Leibeskräften nach Monique!

»Lemmi, Lemmi, ruhig, beruhige dich. Dein Schreien wird diesen Raum nicht verlassen. Jovial legte der Tod seinen Arm um ihn. »Aber nun komm endlich, lass uns weiterfahren, ich habe dir noch etwas zu zeigen.«

Kurz darauf fuhren sie los, bis sie in eine Gegend kamen, wo es ein mit Bäumen und Sträuchern eingefriedetes Grundstück gab. Sie hielten an, stiegen aus und betraten durch ein schmiedeeisernes Tor dieses eigentümliche Fleckchen Erde, das in der Öde ringsum wie eine Oase der Trauer aussah. An den altersschiefen Grabsteinen erkannte Lemmi schnell, dass sie sich auf einen Friedhof befanden. Der Geruch von Moder und nasser Erde hüllte sie ein.

»Was soll ich hier?«, fragte Lemmi verwundert.

Ohne eine Antwort zu geben, ging der Tod weiter. Lemmi folgte ihm nur zögerlich um eine Wegbiegung. Um so größer war sein Erstaunen, als er unmittelbar vor einem geöffneten Grab stand, an dessen Rändern ein Mann und eine ältere Frau standen. Die Frau stützte sich in großem Leid auf die Schulter des Mannes. Sie weinte, und immer wieder tupfte sie sich mit einem Taschentuch die Augen ab. Auch der Mann sah tief betrübt auf den bereits in die Grube herabgelassenen Sarg.

»Schau genau hin«, riet ihm der Tod, »du bist es, der dort im Sarg liegt, und die beiden verzweifelten Menschen sind deine Frau und dein Sohn.«

Lemmi lächelte gequält. »Dann kann ich es nicht sein, du musst dich geirrt haben. Denn ich habe keine Frau, geschweige einen Sohn.«

Der Tod sah ihn eindringlich an. »In meiner Welt sind Gegenwart, Vergangenheit und Zukunft eins. Ich sehe die gesamte Zeit, und somit gewähre ich dir einen Blick in das, was du die Zukunft nennst, in der diese zwei Menschen da hinten zu deinem Leben gehört hätten, wenn du dein Leben nicht wegwerfen würdest. Der Mann, der da im Sarg liegt, wäre sehr alt geworden, weil er ab einem bestimmten Zeitpunkt ein gutes und solides Leben geführt hätte. Du jedoch hast dich dafür entschieden zu sterben.«

Von alledem überwältigt, sank Lemmi wortlos zu Boden. Flehend sah er zum Tod hoch, und dann brüllte er seinen Schmerz von der Seele. »Ich will leben! Hör zu, Tod, ich will leben. Schenk mir das Leben, das der Mann im Sarg führen durfte. Ich bitte dich … ich will leben!«

IV.

»Er lebt!«

Lemmi erkannte die Stimme nicht, die irgendwie beiläufig diese Worte sagte. Dafür spürte er, wie ihm ein Gegenstand durch die Speiseröhre gezogen wurde, als hinge der Magen noch daran. Als er vorsichtig die Augen öffnete, rechnete er damit, erneut dem Tod ins Angesicht zu sehen. Aber da stand nicht der blasse, knöchrige Alte mit dem schwarzen Umhang vor ihm. Er blickte in ein rundes, freundliches Frauengesicht, dessen Wangen frisch und rosig leuchteten. Nein, das war auch nicht die dunkle Gegend, in der er sich eben noch befand. Hell war es um ihn herum. Die Helligkeit ließ die weiß gekachelten Wände glänzen.

»Da kann er von Glück sagen, dass man ihn früh genug gefunden hat.«

Lemmi stierte dem runden Gesicht erstaunt auf die Lippen, aus denen die Worte kamen. Außerdem befand sich noch ein recht junger Mann im Raum, der wie die Frau ganz in Weiß gekleidet war. Beide trugen verschmutzte Gummischürzen über ihren Kitteln. Im Gegensatz zu der gelassen wirkenden Frau bewegte sich der junge Mann recht hektisch, wie Lemmi durch seinen verschleierten Blick feststellte.

»Das ist schon der Dritte seit meinem Wochenenddienst, der meint, er müsse sein Leben wegwerfen«, murrte der junge Mann wütend. »Den nächsten Spritkopf, der hier auftaucht, werde ich eigenhändig mit einem Schlauch abspritzen, aus dem eiskaltes, aber wirklich eiskaltes Wasser kommt.«

»Tun Sie sich keinen Zwang an, Herr Doktor«, witzelte die Dicke.

Allmählich dämmerte ihm, dass er sich im Badezimmer eines Krankenhauses befand und sich nicht rühren konnte, da man seine Hände an der Trage festgebunden hatte, auf der er lag. Unter ihm stand ein Eimer, der mit einer undefinierbaren Flüssigkeit gefüllt war, die verdächtig nach Kotze stank.

*

Als Lemmi den Aufenthaltsraum betrat, zündete er sich gedankenverloren eine Zigarette an. Er tat es, obwohl ihm immer noch der Schädel brummte. Zudem hatte er augenblicklich das Gefühl, sein Magen würde sich vom Tabakgeschmack vor Übelkeit auf der Stelle umkrempeln.

»Hallo, würden Sie bitte die Zigarette ausmachen? Oder gehen Sie doch auf den Balkon, wenn Sie unbedingt rauchen müssen.«

Verwundert drehte er sich um. Hinter einer monströsen Zimmerpalme entdeckte er eine zierliche Frau, die hüstelnd in einem Buch las.

Neugierig ging er auf sie zu, weil ihre Stimme, trotz der Zurechtweisung, sehr sympathisch in seinen Ohren klang. Sie war nicht mehr ganz jung und zudem ungeschminkt, aber mit ihrem blonden Haar und den mädchenhaften Gesichtszügen sah sie sehr attraktiv aus. Er schalt sich umgehend wegen seines Gedankens, der ihm zuflüsterte, dass sie als junges Mädchen bestimmt wie eines dieser hinreißenden schwedischen Nacktmodelle ausgesehen haben mochte, die er sich als Jugendlicher so gerne mit glühenden Wangen in diversen Magazinen angeschaut hatte. Während sie ihn gleichermaßen interessiert von oben bis unten taxierte, legte sie das Buch zur Seite. Die Tränen in ihren Augen bemerkte er erst, als sie sich mit einem Taschentuch über die Wimpern tupfte.

Warum tränen ihr die Augen?, fragte er sich. Es kann doch nicht der spärliche Rauch von der Zigarette gewesen sein.

»Verzeihen Sie.« Rasch drückte er die Zigarette mit der Glut in die feucht schimmelige Erde des großen Blumentopfes. Angewidert besah er sich daraufhin seinen beschmutzten Finger. Sich den Dreck am Hosenbein abstreifend setzte er sich zu ihr an den Tisch. »Tut mir leid, aber ich konnte ja nicht wissen, dass Sie so empfindlich gegen Zigarettenrauch reagieren.« Er ließ seinen Blick nicht von ihr ab. »Oder ist es gar nicht wegen dem Rauch?« Er zeigte mit dem Finger auf seine Augen. Sie schnäuzte sich die Nase. Betrübt wirkte sie. Er versuchte, entspannt zu sein, was ihm schwerfiel.

Erneut erkundigte er sich besorgt: »Geht es Ihnen nicht gut? Ich meine, weil es für mich so aussieht, als hätten Sie geweint. Haben Sie Schmerzen, soll ich der Schwester Bescheid geben?« Nun sah er auch den Gehstock, der neben ihr auf dem Boden lag. Ach, sie ist es, dachte er sich. Sie war ihm bereits vage aufgefallen, als sie, schwerfällig auf dem Stock abgestützt, gerade in dem Moment an der offenstehenden Türe des Untersuchungszimmers stehen blieb, wo er so entwürdigend auf der Trage lag, nachdem man ihm den Magen ausgepumpt hatte. Er wurde verlegen, als ihm der Gedanke kam, ob sie das Spektakel eventuell beobachtet hat.

Möglich, dass sie seine Verlegenheit bemerkte, denn auf einmal lächelte sie.

»O nein, mit mir ist alles in Ordnung«, beantwortete sie seine Frage. »Es ist nur ...«, sie tippte mit dem Finger auf den Buchdeckel. »Das Buch habe ich hier in der Krankenhausbibliothek gefunden. Es hat mich an etwas erinnert, und ich bin so nah am Wasser gebaut.«

Lemmi nickte ihr verstehend zu, als würde es bei ihm ähnlich sein.

»Geht es Ihnen denn besser?«, hörte er sie in seine Gedanken hinein fragen.

»Bitte?«

»Ich fragte, ob es Ihnen heute besser geht. Denn vor drei Tagen sah es ganz danach aus, als wären Sie in großen Schwierigkeiten gewesen.« Als sie erkannte, dass Lemmi nach Worten rang, sagte sie rasch: »Ich wollte nicht indiskret sein, aber die Tür stand offen. Und da ich nicht so schnell zu Fuß bin, konnte ich es nicht vermeiden, unbeteiligt an der Tür vorbeizugehen. Außerdem ist der Mensch so gestrickt, hinschauen zu müssen, wenn etwas Außergewöhnliches passiert«, bemerkte sie fast entschuldigend. »Und es machte für mich wirklich den Eindruck, etwas Außergewöhnliches zu sehen.«

»Wirklich? Und was haben Sie da gesehen?«, fragte er etwas provozierend zurück.

»Nur so viel, dass es Ihnen wohl ziemlich schlecht ging. Für mich sah es jedenfalls so aus, als hätte man Ihnen den Magen ausgepumpt. Hatten Sie etwas Schlechtes gegessen? Vor vielen Jahren hatte ich einmal eine Fischvergiftung, da haben die Ärzte mich auch auf diese Weise erleichtert.«

Also doch, sie hatte ihn in dieser beschissenen Lage gesehen. Warum auch hatte die blöde Schwester die Tür aufgelassen? Er brauchte bei dieser Sauerei jedenfalls keine Zuschauer.

Wie nackt und bloßgestellt fühlte er sich jetzt plötzlich. Was soll sie bloß von mir denken? Er wunderte sich, warum es ihn überhaupt stören würde, wenn sie eine schlechte Meinung von ihm bekäme. Gerne hätte er sie seinerseits gefragt, warum sie im Krankenhaus war. Aber er tat es zum einen nicht, weil er es als zu aufdringlich empfand, und zum anderen sperrte sich etwas in ihm dagegen, eventuell hören zu müssen, dass sie eine ernsthafte Krankheit haben könnte. Früher, als er noch ein Kind war, da glaubte er, dass schöne Frauen überhaupt nicht krank werden könnten. Das wäre beinahe so, als würde Gott oder die Natur oder wer auch immer sich selbst bestrafen, wenn sich die Schönheit ins Hässliche kehrte. Und es war ja wohl unbestritten, dass Krankheit der höchste Ausdruck von Hässlichkeit gegenüber dem Leben war. Deshalb wollte er rasch das Thema wechseln.

Unwillkürlich fasste er sich an den Kopf und sagte: »Ja, ja, jetzt ist alles in Ordnung. Also mit mir ist alles wieder in Ordnung.«

Ihr skeptischer Blick verriet, dass sie ihm nicht glaubte. Doch ohne weiter darauf einzugehen, erkundigte sie sich: »Lesen Sie auch gerne Bücher? Vielleicht möchten Sie einmal in dieses schauen? Ich überlasse es Ihnen gerne! Im Krankenhaus kann es sehr langweilig werden.«

»Ich lese keine Bücher«, gab er zu.

»Aber aus einigen Büchern kann man etwas für das Leben lernen«, erwiderte sie fast trotzig. »Ich jedenfalls lese

leidenschaftlich gerne. Ach, es gibt wunderbare, außerge-
wöhnliche Bücher.«

»Und … ist dies hier ein außergewöhnliches Buch?«

»Ich denke schon.« Bevor er ihr darauf erwidern konnte,
wurde ihr Gespräch von der jungen Lernschwester unterbrochen, die schon von der Tür aus den Namen der Frau rief.

»Frau Schniewind, Sie sollten sich doch pünktlich um
halb drei in der Radiologie melden. Die Abteilung hat schon
zweimal auf Station angerufen und nach Ihnen gefragt. Sind
Sie bereit? Falls Ihnen der Weg dorthin zu weit ist, kann ich
Sie auch mit dem Rollstuhl hinfahren.«

»Das ist lieb von Ihnen, aber ich werde zu Fuß gehen. Nun
kommt es wohl auch nicht mehr auf die Minute an.«

Lemmi bückte sich übereifrig nach dem Gehstock, als die
Frau sich bedächtig vom Stuhl erhob. Als sie ihn dankend
entgegennahm, berührten sich für einen kurzen Moment
seine und ihre Hand. Dabei durchfuhr es ihn wie bei einem
leichten Stromschlag. Beruhige dich, mahnte er sich, sie ist
ein bisschen zu alt für dich. Dennoch schaute er ihr bewundernd nach, als er sie in voller Größe sah. Von hinten hätte
man tatsächlich meinen können, diese Frau Schniewind wäre
ein junges Ding. Ihr langes, dichtes Haar fiel ihr wippend
über die breiten, sportlichen Schultern, die ihre Taille noch
schmäler wirken ließen. Atemberaubend war auch der kör-
perbetonte Hausanzug, der ebenfalls ihren wohlproportio-
nierten Po und die langen, schlanken Beine zur Geltung
brachten. Kurz bevor sie den Raum verließ, drehte sie sich
noch einmal freundlich lächelnd um. Kokett winkend rief sie
ihm zu: »Man sieht sich!«

*

Es brauchte eine Weile, bis Lemmi bemerkte, dass er geistesabwesend guckte. Da sie nicht die Tür geschlossen hatte, beobachtete er eine Zeit lang völlig unbewusst die Betriebsamkeit auf dem Stationsflur. Mittlerweile zeigte die Wanduhr zehn nach vier an. In etwa einer Stunde würde es Abendbrot geben. Er beschloss, bis dahin im Aufenthaltsraum sitzen zu bleiben. Vielleicht würde sie bald schon wiederkommen?

Da er nun alleine war, zündete er sich ohne Bedenken eine Zigarette an. Nachdenklich beobachtete er, wie der Rauch zur Decke stieg. Komisch kam es ihm vor, als ihn seine innere Stimme damit neckte, sein Leben wäre bis jetzt auch wie der Rauch vergangen. Glut, Qualm – weg. Wieder ein Jahr älter geworden, stand er nach siebenundzwanzig Jahren im Grunde mit nichts da, wenn man die paar Möbel und das Auto, das er noch nicht einmal fahren durfte, außer acht ließ. Etliche seiner früheren Freunde waren bereits stolze Väter und wohnten mit ihren Frauen in eigenen Häusern oder Eigentumswohnungen.

Als ihm das Wort weg in den Sinn fuhr, erschrak er, weil sich dieses weg für ihn beinahe endgültig bewahrheitet hätte. Nur der Aufmerksamkeit seines Vermieters war es zu verdanken, dass er früh genug gefunden worden war. Diesmal hatte sich die Neugierde der beiden Spökenkieker als nützlich erwiesen. Ohne Herrn Kaul und seine Frau wäre er jetzt tot, so jedenfalls hatte man es ihm nach der Rettungsaktion ungeschminkt vor die Nase gehalten. Sicher war es für die Sanitäter kein schöner Anblick gewesen, wie er da eingenässt und dem Ersticken nahe in seinem Bett gelegen hatte. Als ihm der Psychoklemptner in der ersten Therapiestunde Einzelheiten erzählte, wäre Lemmi vor lauter Scham am liebsten im Erdboden versunken.

Im Nachhinein versuchte er, die große Dummheit mit seinem Liebeskummer zu entschuldigen. Für einen Moment gefiel es ihm sogar, Monique die Schuld für sein törichtes Handeln zu geben, aber gleichzeitig erkannte er auch seine eigene Schwachheit dem Leben gegenüber. Wenn er tatsächlich jemandem die Schuld geben wollte oder musste, dann sich selbst, auch wenn es Frauen gab, die einen in den Wahnsinn treiben können. Als ihm gleichzeitig Frau Schniewind in den Sinn kam, war er überzeugt davon, dass sie keinen Mann betrügen würde. Sie strahlte so etwas Klares, Aufrichtiges aus. Ihre Augen verrieten kleinmädchenhafte Ehrlichkeit. Sie ist eine von den Frauen, die man unbedenklich heiraten kann, bestätigte er sich. Allerdings hatte er keinen Ehering an ihrem Finger gesehen. Sogleich spürte er wieder ihre Hand, die ihn vor wenigen Minuten berührte. Er freute sich sehr darauf, sie wiederzusehen.

Vor ihm lag das Buch, das sie in den Händen gehalten hat. Er griff danach. »Viola Fabergé, Wie viele Träume hat die Nacht«, las er laut.

Monique hatte ihm beim Abschied auch etwas von Träumen vorgefaselt. Wie sagte sie noch? Sie wünsche sich, dass sich auch seine schönsten Träume einmal erfüllen mögen.

Wie viele Träume hat die Nacht? So ein hirnverbrannter Quatsch, resümierte er abfällig. Natürlich gab es viele Träume, was sollte die blöde Frage? Auch er hatte schon viele Träume im Leben geträumt, doch die meisten hat er vergessen. Die lagen irgendwo in der Rumpelkammer seines jungen

Lebens begraben. Nur den einen Traum, der ihm zum Albtraum wurde, den würde er wohl sein ganzes Leben nicht vergessen, und dieser Alb hieß Monique.

Dennoch interessiert begann er die erste Seite des Buches aufzuschlagen.

Alleine das abgedroschene Vorwort »Träume nicht dein Leben, sondern lebe deinen Traum« erzeugte bei ihm eine Art von mentalem Brechreiz. Kalenderweisheiten waren ihm schon immer ein Gräuel gewesen, und er war sich sicher, dass das ganze Buch ein einziger Schmalzschmarrn sein musste. Kein Wunder, Viola Fabergé, wie das schon klang.

Auf der nächsten Seite kam es noch schlimmer, wie er urteilte. Dort stand nämlich in Fettdruck geschrieben: In der Dunkelheit der Nächte blühten seine Träume, in denen er die Liebe wie die Früchte eines Baumes nur zu pflücken brauchte. Doch als er sie in seinen Händen hielt, begannen sie zu welken.

Belustigt schlug er das Buch nun in der Mitte auseinander. Da ihn der Kopfschmerz immer noch plagte und er das Gefühl hatte, die Buchstaben würden aus diesem Grund auf dem Papier verschwimmen, hielt er den Schmöker dicht vor seine Augen. Gerade wollte er weiterlesen, da hörte er die Stimme der Schwester, die ihn unangenehm aufgeregt fragte, ob er denn kein Abendbrot essen wolle. »Ihr Tee wird kalt! Ich bin schon beim Geschirrabräumen. Meinen Sie, ich wollte keinen Feierabend machen?«

Ungehalten verschwand sie ebenso plötzlich, wie sie gekommen war.

Hunger hatte er nicht, aber Durst. Außerdem musste er sein Distraneurin einnehmen. Dieses Dreckzeug, wie er es nannte, stillte aber tatsächlich seinen Drang nach Alkohol und machte ihn wesentlich ruhiger, auch wenn er sich sicher war, dass seine Magen-Darmbeschwerden und auch seine Kopfschmerzen von eben diesem Dreckzeug herrührten. »Das müssen Sie nehmen«, hatte ihm der Arzt gleich am Tag seines Zusammenbruches gesagt. Und blöde grinsend fügte er an: »Bevor Sie weiße Mäuse sehen.«

*

Die labbrige Käseschnitte und die harte Scheibe Brot mit dem undefinierbaren Wurstbelag waren schnell hinuntergewürgt. Alles, auch die Tablette, spülte er hastig mit dem lauwarmen Kamillentee nach. Er hatte nur einen Wunsch: so rasch als möglich wieder in den Aufenthaltsraum zu kommen. Vielleicht traf er sie dort wieder an. Wie hieß sie? Er überlegte kurz. Schniewind! Er ließ ihren Namen wie eine Praline auf der Zunge zergehen. Was verlangte ihn eigentlich danach, in ihrer Nähe zu sein? Warum wollte er ihre Stimme hören? Es war ihre Ausstrahlung, die ihm ein gutes Gefühl schenkte, und ihre Stimme hatte für ihn etwas Beruhigendes, geradezu etwas Meditatives. Irgendetwas Geheimnisvolles zog ihn zu ihr hin. Ihm war vom ersten Augenblick an, als würde sich etwas in ihr verstecken, das nur ihm gehörte und wonach er sich schon viele Jahre sehnte. Aber anstatt sie zu treffen, saßen drei grauhaarige, bartstoppelige Kerle in ihren ausgewaschenen Bademänteln am Tisch und spielten angeregt Karten.

Der Raum war so vom Zigarettenqualm zugequarzt, dass man die Luft gut und gerne mit einer Heckenschere hätte zerschneiden können. Lag das Buch noch auf dem Tisch? Nein, das hatten wohl die Kartenspieler weggeräumt.

Ohne dass man auf ihn achtete, suchte Lemmi das Regal mit den Büchern ab, aber dort fand er es auch nicht. Also beschloss er, wieder auf sein Zimmer zu gehen. Gerne wäre er auf einen Sprung zur Frauenstation gelaufen, aber die Station war außerhalb der Besuchszeit mit einer Rauchglasscheibe abgetrennt. Außerdem wollte er auch nicht der kräftigen Stationsschwester begegnen, die dort waltete und schaltete, denn er traute ihr mehr als üble Worte zu, wenn jemand außerhalb der Besuchszeit ihren Dunstkreis störte.

*

Sein Bettnachbar schien einer der Kartenspieler zu sein, denn das Bett war leer und die Zudecke unordentlich zurückgeschlagen. Das dritte Bett war noch nicht belegt.

Angezogen mit seiner beigefarbenen Lieblingscordhose und dem roten Rollkragenpullover, den er von Monique bei einem jener Stadtbummel geschenkt bekommen hatte, bei denen sie sich aus lauter Übermut gegenseitig eine Freude machten, legte er sich mit verschränkten Armen aufs Bett. Nur gut, dass Fred ihm die Klamotten gebracht und ihm außerdem noch Geld geliehen hatte. Fred war ein netter, freundlicher Kollege, dem er vertrauen konnte. Er war ihm sehr dankbar, dass er das Theater mit dem ollen Kaul auf sich genommen hatte. Der wollte ihm nämlich nicht den Ersatzschlüssel für die Wohnung rausgeben.

»Nein, wie komm ich denn dazu, Sie in eine fremde Wohnung zu lassen. Das müssen Sie mir erst einmal beweisen, dass mein Mieter Sie geschickt hat.« So blieb Fred nichts anderes übrig, als noch einmal zum Krankenhaus zu fahren, um sich von Lemmi eine Vollmacht schreiben zu lassen. Einfacher wäre es gewesen, seiner Mutter Bescheid zu sagen, aber die wollte er keinesfalls damit belästigen. Sie sollte überhaupt nichts von seinem Absturz mitbekommen. Im Foyer des Krankenhauses stand eine Telefonzelle, von der aus hatte er sie angerufen. »Hallo Mama, ich hab total verschwitzt, dir zu sagen, dass ich für vier Wochen in Urlaub gefahren bin. Bitte? Ja, ich brauche diese Auszeit. Du weißt, welchen Ärger ich mit Monique hatte. Nein, sie hat sich nicht mehr gemeldet. Also, ich lasse von mir hören, wenn ich zurück bin. Bitte? Ja, es ist wunderschön hier. Karte? Och, bitte nicht, ich mag keine Karten aus dem Urlaub schicken. Tschüss Mama, grüß Vater von mir. Wenn ich zurück bin, komme ich vorbei, dann quatschen wir ein bisschen.«

»Hör mal Junge …« Am anderen Ende der Leitung entstand Stille.

»Mutter, bist du noch da? Sag doch was!«

»Vater will dich momentan nicht sehen«, brach es schluchzend aus ihr heraus.

»Er will mich nicht sehen? Warum?« Obwohl Lemmi sich über diese Nachricht sehr gekränkt fühlte, war er eigentlich froh darüber, ihm nicht unter die Augen treten zu müssen. Irgendwie konnte er ihn verstehen, welcher Vater war schon stolz auf einen alkoholkranken Sohn? Anderseits wäre es auch ein Zeichen von Zuneigung gewesen, wenn er ihn trotz allem in die Arme genommen hätte. Vielleicht war es genau das, was Lemmi all die Jahre vermisste. Wahrscheinlich hätte es ihm schon als Kind die Kraft gegeben, um sich heute besser im Griff zu haben. Früher hatte er seinen Vater nicht selten dafür gehasst, wenn er von ihm wegen jeder Kleinigkeit Dresche bekam. Später jedoch, es war noch gar nicht so lange her, da machte sich hin und wieder Verständnis für ihn breit, wenn ihm in den Sinn kam, dass sein Vater keinen Vater gehabt hatte, da dieser im Ersten Weltkrieg noch sehr jung gefallen war. Wie also konnte sein Vater wissen, was es bedeutete, Vater zu sein? Was es bedeutete, als Kind an dem Mann Halt zu finden, der ihn nicht nur zeugte und ins Leben setzte, sondern der in allen Belangen als Vorbild galt? Und Mutter? Er wusste zwar nicht, wo die Bezeichnung »Heimchen am Herd« herkam und was sie bedeutete, aber auf Mutter traf sie mit Sicherheit zu. Sie war ein Heimchen am Herd. Kein Wunder, weil sie in einer Zeit aufgewachsen war, in der man dem Führer Deutschlands glaubte, das es als Frau das höchste Ziel sei, ihm, dem Führer und dem deutschen Volk, Kinder zu schenken, um als stets sorgende Mutter am Herd der Allgemeinheit zu dienen. Ach, was solls, es war eben ihr Weltbild gewesen. Er hatte jedenfalls keins und das bedauerte er. Wie schön wäre es, im Inneren ein wertvolles Weltbild zu haben, dem er nacheifern könnte. Aber der Maler seines Lebens musste ein betrunkener Hurenbock gewesen sein.

Lemmis beschissene Lage machte ihn wieder einmal schwermütig, und die Regenrinnsale an den großen Fensterscheiben trugen nicht gerade dazu bei, seine Stimmung zu erhellen. Er zwang sich dazu, nicht mehr an seine Eltern zu denken. Dafür klammerten sich seine Gedanken erneut an die attraktive blonde Frau und an das Gespräch mit ihr am Nachmittag. Darüber schlief er dann endlich ein.

*

Zwei Wochen waren vergangen. Zwei Wochen, in denen Lemmi täglich mit Frau Schniewind, die er schon bald mit Rotraud ansprechen durfte, zusammensaß und voller Vertraulichkeit tiefsinnige Gespräche über den Sinn des Lebens und auch über die Liebe führte. Sie wurde ihm in gewisser Weise so eine Art mentale Lehrmeisterin, die versuchte, ihm mit Worten zu erklären, dass Liebe mehr war als Gefühlsduselei. Eines Tages fragte Lemmi sie geradeheraus, ob sie verheiratet wäre. Völlig irritiert schaute sie ihn mit ihren großen, blauen Augen an. Nach anfänglichem Zögern sagte sie: »Ja … das heißt, ich war verheiratet.«

In dem Moment wich er ihrem Blick verlegen aus. Sofort bereute er seine Frage, weil er vermutete, dass ihr Mann schon früh verstorben war, da kein Mann der Welt diese Frau verlassen würde.

»Es tut mir leid«, gestand er ihr.

»Was tut Ihnen leid?«

»Ich meine, also … ich denke …« Ihm kam das Wort tot nicht über die Lippen.

Sie erlöste ihn mit den Worten: »Mein Mann hat mich verlassen!«

Nun war es an ihm, groß zu schauen. Zum ersten Mal sah er Röte in ihre ansonsten blassen Wangen aufsteigen. Obwohl er bemerkte, dass es für sie ein heikles Thema zu sein schien, fragte er unnötigerweise nach: »Sie verlassen? Wie kann man eine Frau wie Sie verlassen?«

Frau Schniewind versuchte, nachsichtig zu sein, als sie ihm entgegnete: »Wie können Sie so etwas sagen, Sie kennen mich doch gar nicht?«

Ohne zu zögern sagte Lemmi: »Ich denke, ich kann mir inzwischen ein recht gutes Bild von Ihnen machen, auch wenn Sie möglicherweise denken, dass ich dafür zu jung bin.« Kaum hatte er den Satz beendet, wurde ihm klar, dass er damit auch auf ihr Alter angespielt hatte. Doch bevor er sich weiter erklären konnte, war sie es, die ihn fragte, ob er verheiratet wäre. Sie habe sich nur gewundert, weil er nie Besuch von einer Frau bekäme.

»Nein«, schoss es aus ihm heraus.

»Dann ist das wohl ein Freundschaftsring, den Sie da tragen?«, lachte sie.

»Der Ring?« Lemmi prüfte seine Hand, als wäre er selbst überrascht, dort einen Ring zu sehen. Ihm war nicht bewusst gewesen, dass er ihn immer noch trug. Der Ring war für ihn so etwas wie ein neutrales Schmuckstück geworden. Oder doch nicht?

»Wissen Sie, mir ist gleich aufgefallen, dass Sie einen Ring tragen, weil Ihre schlecht verheilte Narbe an der Hand nicht zu übersehen war. Das muss ja eine böse Verletzung gewesen sein.«

»Es war nur ein Schnitt«, sagte er abwinkend. Allerdings beschlich ihn das Gefühl, ihr die Wahrheit sagen zu müssen. Es war ihr prüfender Blick, der ihn glauben ließ, sie könne tief in seine Seele schauen und dadurch sofort merken, wenn er sie belog. Er wollte sie nicht belügen, weil er spürte, dass sie es ehrlich mit ihm meinte. »Ich habe Ihnen nur die halbe

Wahrheit gesagt«, gestand er offen. »Ich bin zwar noch verheiratet, aber ich stehe kurz vor der Scheidung.«

»Oh, das tut mir leid.«

Er lachte ein wenig hilflos. Für ihn völlig überraschend griff sie nach seinen Händen. Erschrocken zuckte er zusammen. Lag so etwas wie mütterliche Sorge auf ihrer Miene, oder war es mehr, was aus ihrem Blick sprach? Er jedenfalls fühlte eine wohltuende Wärme, die sich in ihm ausbreitete. Ihm war, als müsse er aufspringen, sie in die Arme nehmen, um ihr noch näher zu sein.

Mitten in ihre Zweisamkeit traten die Kartenspieler in den Aufenthaltsraum. Paul, Lemmis Bettnachbar, zog eine Flasche Korn aus seinem Bademantel.

»Lust auf ein Spielchen?«, rief er ihm breit grinsend zu. Doch Lemmi winkte nur ab. Frau Schniewind deutete zum Fenster hin. »Haben Sie Lust, mit mir ein Stück durch den Park zu gehen? Vielleicht finden wir eine freie Bank, auf der wir die letzten warmen Sonnenstrahlen des Jahres genießen können.«

*

Wenn jemand kurz darauf am Fenster gestanden hätte, dann wäre demjenigen bestimmt das etwas ungleiche Paar auf dem Parkweg aufgefallen. Ein junger Mann, der sich, eingehakt an der Seite einer am Stock gehenden Frau, angeregt mit dieser unterhielt. Ab und zu blieben die beiden stehen, und immer dann war es die Frau, die den jungen Mann an den Händen fasste. Sie gestand ihm ohne Umschweife, dass sie sich in Sorge um ihn Gedanken darüber machte, warum er an jenem

Tag in dieser schlimmen Situation auf der Trage eingeliefert worden war. Und sie deutete an, dass es wohl mehr als eine Magenverstimmung war.

Dieser Augenblick war für Lemmi so entwaffnend, dass er ihr die Wahrheit sagen musste. Er erzählte ihr ohne Umschweife, wie und warum es dazu gekommen war, dass er in der Klinik landete. Aber nicht nur er schüttete ihr sein Herz aus, auch sie deutete an, dass es in ihrem Leben ebenfalls nicht immer gerade lief. Schließlich, auf einer Bank sitzend, sprach sie davon, dass sie in fast aussichtslosen Lebensumständen und nach einem einschneidenden Erlebnis zum Glauben an Gott gekommen war.

»Sind das nicht nur fromme Kindergeschichten, was in der Bibel steht?«, fragte Lemmi sie schmunzelnd.

»Da haben Sie gar nicht so unrecht. Glauben ist keine Angelegenheit des Verstandes, den wir Erwachsene unbedingt brauchen, um in der Welt überleben zu können. Glauben ist, einfach ausgedrückt, ein Seelenkind zu sein, das vom Himmel geboren ist.« Sie nickte heftig. »Um glauben zu können, muss man ein Kind sein, das noch nichts Böses von der Welt kennt, das einzig in der Liebe lebt, durch die wir alle leben dürfen. Wenn Sie das können, werden Sie gegen alle Nöte gewappnet sein, weil Sie dann nicht mehr alleine sind.« Sie machte eine Pause, und Lemmi schwieg anstandshalber. Auf einmal wirkte sie ernst. »Ich will Sie nicht missionieren. Aber wenn es Sie tröstet, dann nehmen Sie das, was Sie erlebt haben, als eine Art Prüfung hin, aus der Sie nur lernen können, wenn Sie die richtigen Schlüsse daraus ziehen. Und ich bin davon überzeugt, dass Sie die richtigen Erkenntnisse gewinnen werden. Verzeihen Sie, wenn ich so ehrlich mit Ihnen spreche, aber ich fühle es, dass Sie im Herzen ein ganz anderer sind. Sie spielen eine Rolle, wie sie viele junge Männer spielen, um nach außen hin stark zu wirken. Aber glauben Sie mir, die wirkliche Stärke ist die Schwäche, weil erst aus ihr die Liebe erwachsen kann.«

Lemmi wusste ihren Worten nichts mehr zu entgegen, sie hallten in seinem Kopf nach, als wären sie laut in einer Kathedrale gesprochen worden. Früher hätte er derartige Argumente nicht geduldet, er hätte denjenigen ausgelacht, der ihm mit solchen WACHTURM-Sprüchen gekommen wäre. Religion und Politik hatten ihn schon immer zu bösartigen Ausbrüchen gereizt. Doch bei ihr war es irgendwie anders. Er nahm ihr ab, was sie sagte. Warum das so war, dafür hatte er keine Erklärung.

Noch während er darüber nachdachte, stand sie auf. »Mir ist etwas kalt geworden.«

Lemmi erhob sich fast gleichzeitig. Nun erst fiel ihm auf, wie müde und angestrengt sie aussah. Aber er bemerkte auch, dass hinter der Fassade der Krankheit immer noch ihre Jugendlichkeit durchbrach. Er sah auf die Uhr. Die untergehende Sonne schickte mit der letzten Kraft des Tages ihre Strahlen durch die dunkler werdenden Wolken.

»O ja, es wird wirklich Zeit. Das Abendbrot wird schon auf dem Tisch stehen.«

Der Rückweg ging langsamer vonstatten. Lemmi hatte den Eindruck, dass ihr das Gehen jetzt noch schwerer fiel. Trotzdem war er froh darüber, sie deswegen enger umfassen zu können. Der inzwischen leicht aufgekommene Wind wehte ihm bei jeder Böe ihr Haar an seine Wange, worüber sie beide lachen mussten. Ihm war dabei, als würden sie sich schon ewig kennen.

*

Auf der Station erlaubte sie ihm, dass er sie auf ihr Zimmer brachte. Sie hatte ein Einzelzimmer, und anhand der vielen persönlichen Dinge, die sich dort befanden, vermutete er, dass sie schon länger dort untergebracht war. Fürsorglich begleitete er sie bis zu dem bequem aussehenden Sessel, der sich neben einem Tisch am Fenster befand, auf dem frische Astern in der Vase standen. Sie lehnte den Gehstock an die Lehne des Sessels, richtete sich auf, und wortlos schaute sie ihn lange ins Gesicht, als suche sie darin Unstimmigkeiten.

Er wurde unsicher, weil er Traurigkeit in ihrem Gesicht las. Warum war sie plötzlich so betrübt? Eine Antwort konnte er sich nicht mehr geben, da spürte er ihren Kuss auf seiner Wange. Ohne groß zu überlegen, drückte er sie an sich. Als habe ihn der Teufel geritten, presste er seine Lippen auf ihren Mund, und sie ließ es widerstandslos geschehen. Lemmi hatte schon viele Mädchen geküsst, aber dieser Kuss war nicht mit all den anderen vergleichbar, wie er in diesem Augenblick empfand. Er war so etwas wie Heimkommen. Oder anders ausgedrückt: wie ankommen. Ja, er hatte den Eindruck, als wäre er sein ganzes Leben in die Irre gelaufen, um nun, in diesem Augenblick, das zu finden, wonach er immer gesucht hatte. Und dieser Augenblick war nicht geprägt von sexueller Begierde, dieser Augenblick verlangte danach, nie aufzuhören, wie er war.

Als sie sich voneinander lösten, sagte sie für seine Ohren etwas zu bestimmend: »Sie müssen jetzt gehen!« Und er gehorchte ihr wie ein braver Junge.

In der offenen Tür drehte er sich noch einmal um, und obwohl er sah, dass sie weinte, ging er.

Die ganze Nacht lag Lemmi wach. Der Nachmittag mit Rotraud ging ihm nicht mehr aus dem Sinn. Vor allem die Verabschiedung wirkte sehr bedrückend in ihm nach. Er verstand sich selbst nicht mehr. Es konnte doch nicht sein, dass er sich nach so kurzer Zeit so heftig verliebt hatte. Dabei war es nicht das Verliebtsein, das er kannte, wo es letztendlich immer darauf hinauslief, mit einer Eroberung so schnell wie möglich im Bett zu landen. Sicher, Rotraud war auch in diesem Sinne begehrenswert, und doch umgab sie so etwas wie ein Tabu. Etwas, was das auf der Stelle zerstören würde, was als Gefühl viel tiefer und inniger war als der Wunsch nach einem erotischen Abenteuer. Er empfand in erster Linie Sehnsucht nach ihrem Wesen, ihrer Stimme, ihrem Blick, ihrem Lächeln ...

*

Als er nach kurzem Schlaf am Morgen erwachte, freute er sich wie ein kleines Kind auf Weihnachten, sie nach dem Frühstück zu treffen. Paul und Gerd, das dritte Bett war inzwischen durch Gerd belegt worden, gaben ihm wohlwollend den Vortritt ins Bad. Jedoch klopfte Paul schon bald an die Tür, weil ihm Lemmis Reinigungsaktion wohl doch zu lange dauerte.

»Du siehst aus, als hättest du eine Verabredung«, witzelte er, nachdem Lemmi ihn geschniegelt und gespornt hereinließ.

Gerd meinte nur: »Der kleinen Schwester würde ich auch gerne rektal Fieber messen.« Worauf Paul, alte Sau, aus dem Bad rief. Und schon tauchte sein runder, bärtiger Kopf am Türrahmen auf. »Unser Lemmi steht auf reifere Semester! Da kann er noch was lernen.«

»Ach, haltet beide die Fresse!«, schimpfte Lemmi.

Bevor der Wortwechsel eskalierte, erschien die hübsche, kleine Lernschwester mit dem Frühstück. »Sie bekommen heute Morgen nichts zu essen«, sagte sie zu Lemmi. »Bei Ihnen steht nachher eine Magenspiegelung an.«

»Na dann Mahlzeit«, kommentierte Paul und goss sich schmunzelnd Kaffee ein.

Gerd beobachtete mit aus den Lippen gepresster Zunge jeden Handgriff der Schwester, die beim Bücken nach einem heruntergefallenen Löffel viel Oberschenkel zeigte. Sichtlich nervös geworden verließ sie nach getaner Arbeit mit geröteten Wangen das Zimmer. Sie hatte noch nicht die Tür hinter sich geschlossen, da scherzte Gerd: »Mein Thermometer wäre jetzt parat!«

*

Vor der Magenspiegelung erhielt Lemmi eine Spritze, die ihn sedierte, was von Vorteil war, da er von der Untersuchung nichts mitbekam, aber den Nachteil hatte, dass er danach bis zum frühen Nachmittag schlief. Da ihm der angetrocknete Klops mit dem Gemüsematsch keinen Appetit entlockte, verzichtete er nicht nur deswegen gerne auf das für ihn warmgehaltene Mittagsmahl. Er wollte Rotraud sehen!

Ein wenig wackelig auf den Beinen schlich er in der Hoffnung zum Aufenthaltsraum, sie dort anzutreffen. Nein, weder sie noch sonst jemand befand sich darin. Vermutlich hielt sie, wie die meisten Patienten, ein Mittagsschläfchen. Abwartend steckte er sich eine Zigarette an, die ihm aber nicht schmeckte. Widerwillig drückte er sie im Aschenbecher aus. Warten geht auch gut ohne Zigaretten, beschloss er. Nach etwa einer Stunde wurde er dann aber ungeduldig.

Da inzwischen ohnehin Besuchszeit war, wagte er sich auf die Frauenstation, auf der ihm auch gleich eine Schwester begegnete, die er fragte, ob Frau Schniewind in ihrem Zimmer wäre.

»Frau Schniewind ist heute Morgen entlassen worden«, gab sie ihm im Vorbeigehen zur Antwort. Doch dann blieb sie abrupt stehen. »Sind Sie Lemmi?«

»Ja«, antwortete er verwundert.

»Dann habe ich etwas für Sie. Warten Sie kurz, ich bin gleich wieder da!« Und schon verschwand sie im Stationszimmer. Ein Telefonanruf verzögerte ihre Rückkehr. Angespannt ging Lemmi auf dem langen Flur auf und ab. An der Tür zu ihrem ehemaligen Zimmer blieb er stehen. Hinter dieser Tür hatte er sie geküsst.

Mitten in seine Träumerei hinein hörte er die Stimme der Schwester.

»Hier!«, sagte sie und drückte ihm ein liebevoll gepacktes Päckchen in die Hand, dessen Schleife die Blüte einer Aster zierte. Unschlüssig, was er damit anstellen sollte, hielt er es in seinen Händen. Noch bevor er nachfragen konnte, erklärte ihm die Schwester, Frau Schniewind habe es ihr mit der Bitte übergeben, es ihm auszuhändigen. Sogleich drehte sie sich um und lief zu einem Zimmer, über dessen Eingang ein rotes Licht aufleuchtete.

Um jeglicher Fragerei seiner Zimmergenossen aus dem Weg zu gehen, stieg Lemmi die Treppe zur Empfangshalle runter. Dort aber war so viel Betrieb und Hektik, dass er sich dazu entschloss, in den Park zu gehen, obwohl ihn der Blick aus der Fensterfront vermuten ließ, dass es in dem aufkommenden Nebel draußen nicht gerade gemütlich war. Weil es ihn nach dem Aufwachen gefröstelt hatte, war er nun froh darüber, eine warme Jacke angezogen zu haben. Zielstrebig eilte er zu der Bank, auf der er mit Rotraud eine wunderschöne Stunde verbringen durfte. Da saß er nun in freudiger Erwartung mit einem Geschenk von ihr. Die Vorfreude auskostend starrte er eine Weile darauf. Dann riss er, ohne den Knoten zu lösen, das Band und das Papier ab. Sprachlos und ein wenig enttäuscht schaute er auf den Gegenstand, der sich als ein Buch entpuppte. Nicht irgendein Buch. Nein, es trug den Titel *Wie viele Träume hat die Nacht*. Wollte sie ihn ärgern oder sich über ihn lustig machen? Nach seinen nicht gerade zustimmenden Äußerungen zu verschiedenen Textstellen hätte sie doch ahnen können, wie skeptisch er zu dem Buch insgesamt stand. Nun machte sie ihn sogar zum Besitzer dieser Schwarte. Mit allem hätte er gerechnet, aber nicht damit. Er drehte und wendete es in seiner Hand. Komisch, dieses Buch konnte niemals aus der Krankenhausbibliothek stammen, dafür war es dem Aussehen nach neuwertig. Aber egal ob neu oder alt, was sollte er damit anfangen? Lesen bestimmt nicht!

Beinahe hätte er das Buch in den Abfalleimer geworfen, der sich direkt neben der Bank befand, als ein gefalteter Bogen Briefpapier aus den Seiten fiel. War das etwa wieder eine Nachricht, mit der man ihm mitteilte: Ich verlasse dich? Mit zittriger Hand faltete er das Blatt auseinander.

Lieber Lemmi,
sei mir bitte nicht böse, weil ich mich nicht persönlich von dir verabschiedet habe. Versteh mich, es hat seinen Grund, dass ich dir das, was ich dir zu sagen habe, lieber schreiben möchte. Wir haben lange Gespräche über die Liebe geführt, und du hast mir offen von deinem Leben berichtet, in dem dich die Enttäuschungen schließlich dazu gebracht haben, nicht mehr an die Liebe glauben zu können. Aber so, wie ich dich kennenlernen durfte, bin ich davon überzeugt, dass dich nur die Liebe retten kann. Die Liebe zu Dir selbst und die Liebe zu anderen. Deine Schilderungen haben mir sehr weh getan, als ich von dir hören musste, welche Irrwege du gegangen bist, um am Ende, an all deinen Zielen gescheitert, dein Leben wie einen allzu schweren Ballast wegwerfen zu wollen. Ich muss gestehen, dass ich deswegen viele Tränen geweint habe. Auch, weil ich erkannt habe, dass du im Grunde deines Herzens ein völlig anderer Mensch bist. Ein Mensch, der sich hinter einer gespielten Fassade versteckt. Ich habe natürlich auch bemerkt, dass ich Dir nicht gleichgültig bin. Auch ich mag Dich sehr. Aber noch befürchte ich, dass Du nach Deiner Entzugstherapie wieder von Deinem alten Umfeld verführt werden könntest. Wenn es wirklich so wäre, würde damit unsere Beziehung für immer zerstört werden, und auch das täte mir sehr, sehr weh. Darum möchte ich

Dir hiermit einen Vorschlag machen. Damit Du vielleicht auch meine Einstellung zum Leben verstehst, bitte ich Dich, das Buch, das Du nun in den Händen hältst, von vorne bis hinten zu lesen und Dir über den Inhalt gründlich Gedanken zu machen. Dann, aber bitte nur dann, würde ich mich sehr freuen, wenn Du mich besuchst.
Ich warte auf Dich,
in Liebe,
Rotraud

Viele Male las er die Zeilen, bis er ihren Wunsch in seiner ganzen Tiefe begriff. Aber nicht nur das, er erkannte ebenfalls ihr Vertrauen zu ihm, da sie ihre Adresse beigefügt hatte. Nun wäre es für ihn einfach gewesen, nach der Entlassung umgehend zu ihr hinzufahren. Doch diesen Gedanken verwarf er rasch, weil er ihr Vertrauen nicht enttäuschen wollte. Tja, dann musste er wohl oder übel in den sauren Apfel beißen und den Schmarrn lesen. Denn er wollte, nein, er musste sie wiedersehen, daran gab es für ihn keinen Zweifel, vor allem nicht, nachdem sie ihm auch ihre Zuneigung gestanden hatte.

Ich warte auf Dich,
in Liebe, Rotraud

Und als wäre es ein Zauberspruch, der sie wie bei einer Hexerei herbeizaubern könnte, wiederholte er ihn solange, bis er gleich an Ort und Stelle einen Blick ins Buch werfen wollte, obwohl er nun richtig fror, weil sich in der Dämmerung der kühle, feuchte Nebel unangenehm in seine Kleider fraß. Von einer Amsel argwöhnisch bestaunt, die ihn in geringer

Entfernung mit schief gelegtem Kopf beobachtete, schlug er sich den Jackenkragen hoch. Um ein wenig den Schein der Terrassenlaternen auszunutzen, setzte er sich etwas schräg. Indem er die Seiten durch seine Finger gleiten ließ, überließ er es dem Zufall, bei welchem Kapitel er stoppte.

[...] Voller innerer Unruhe setzte sich Ruth auf die vordere Kante des Stuhls. »Wie steht es um meine Tochter, Herr Doktor?«, fragte sie, fest entschlossen, jede Antwort anzunehmen.

Der junge Arzt wirkte unsicher. Er blätterte in einem Stapel von Berichten und Röntgenaufnahmen herum. »Es ist gut, dass Sie Ihre Tochter so schnell zu uns gebracht haben. Leider kann ich Ihnen noch keinen abschließenden Befund sagen, unsere Untersuchungen sind noch nicht abgeschlossen. Der Eisenmangel Ihrer Tochter kann viele Ursachen haben. Ich will Ihnen aber nichts vormachen. In dem besorgniserregenden Zustand, in dem Ihre Tochter augenblicklich ist, müssen wir mit allem rechnen.« Unverwandt sah er in die Augen der bestürzten Mutter.

Und da war sie wieder, diese entsetzliche Angst, die sie seit ihrem Fehltritt versuchte mit Alkohol und Selbstbetrug zu besänftigen. Ihr Beichtvater, mit dem sie damals in ihrer Not, kurz nachdem sie schwanger geworden war, über ihre Lebensangst sprach, sagte ihr salbungsvoll, dass die Angst eine Dienerin des Teufels wäre. Mit der Fessel Angst mache er seinen Besitzanspruch an das Fleisch deutlich. Und deswegen wäre die Angst Sünde, weil sie Gottes Liebe verleugne. Nichts von dem hatte sie verstanden. Doch die Angst schrie ihr erneut direkt ins Gesicht, das ihr Kind die Schuld dafür tragen muss, weil sie die Ehe gebrochen hatte.

»Sie meinen ...«, fragte Ruth verunsichert, »Sie meinen, dass mein Kind ... sie wird doch nicht ...« An dieser Stelle konnte sie nicht weiterreden.

Der Mediziner wirkte ratlos, er hatte noch keine Routine im Trösten, dem war auf der Universität keine Lehrstunde gewidmet worden. Nächstenliebe war kein Bestandteil seines Studiums gewesen. Auf den Universitäten gab es keinen Pschyrembel für die Liebe. Auch ihn schien nun plötzlich Furcht zu befallen, die Furcht, etwas Falsches zu sagen. Doch dann besann er sich seiner Argumente, die der Medizin. »Es wird eine Reihe von Schritten geben, die ich veranlasst habe. Ich möchte Ihnen kurz den Verlauf der Therapie schildern. Sind Sie in der Lage, mir zuzuhören?«

»Wie bitte? ... Ach so, ja ... natürlich ... entschuldigen Sie bitte!«

Was dann folgte, nahm Ruth gar nicht mehr wahr. Mit all den lateinischen Ausdrücken konnte sie nichts anfangen. Ihr kam es so vor, als ob das, was der Arzt ihr zu erklären versuchte, nichts mit ihr zu tun hätte. Mit glasigen Augen sah sie aus dem Fenster, wo hinter der Scheibe dunkle Wolken die Sonne verdeckten.

»Frau Kronenberg, wenn Sie etwas nicht verstehen, fragen Sie ruhig nach.« Wiederum heftete der Arzt einen durchdringenden Blick auf die in sich zusammengesunkene Frau. »Frau Kronenberg!«

Sie zuckte zusammen. »Nein, nein ... reden Sie bitte weiter!«

»Ja ... wo war ich stehen geblieben?« Er griff zum Telefon, legte den Hörer aber dann wieder in die Gabel. »Sollten die roten Blutkörperchen noch mehr absinken, dann ziehe ich in Erwägung, dass Sie oder Ihr Mann in einer Direktübertragung frisches Blut spenden. Natürlich nur, wenn es Ihre Blutgruppen es zulassen. Tja«, er zuckte mit den Schultern, »wir tun unser Menschenmöglichstes. Alles, was danach kommt, ist Schicksal.«

Dr. Groß stierte zum Hörer. Er wünschte sich wohl, dass ein Notruf das Gespräch beendete. Sein plötzliches Mitleid mit der schwer geprüften Frau verunsicherte ihn zusehends, was sich an seinen flattrigen Augenlidern zeigte.

»Wie lange hat sie noch zu leben«, entfuhr es Ruth so zaghaft, dass es in der Stille dennoch zu einem Schrei wurde.

»Ich weiß es nicht«, sagte der Arzt kleinlaut. »Ich habe Ihnen unsere profunden therapeutischen Maßnahmen aufgezeichnet. Es kann aber trotz all dieser Schritte und angeordneten Prophylaxen zu nicht kalkulierbaren Zwischenfällen kommen. Alles Weitere«, und jetzt fiel ihm wohl das entscheidende Hintertürchen seiner beschränkten Möglichkeiten ein, »alles Weitere liegt in Gottes Hand.« Mochte er sich gedacht haben, dass Gott eine Instanz wäre, an der nicht zu rütteln war. Somit konnte er seine Hände in Unschuld waschen. Ein einfacher, dahingesagter Satz rettete sein Ansehen, sprach ihn des Versagens frei.

Hilflos sah er auf die schluchzende Mutter. Es kam ihm nicht in den Sinn, aufzustehen, sie in den Arm zu nehmen und ihr sein Bedauern auszusprechen. Er war einzig zum Verkünder, zum Überbringer der Botschaft degradiert. Das Weiß des Zimmers und das Weiß seines Kittels drängten ihn wohl in die Rolle der Neutralität.

»Gehen Sie, Frau Kronenberg, gehen Sie zu Ihrer Tochter. Geben Sie ihr Kraft durch Ihre Anwesenheit. Wenn irgendwelche Fragen sind, wenden Sie sich bitte an die Stationsschwester, sie wird mich benachrichtigen.« Er stand auf und reichte ihr in einer flüchtigen Geste die Hand. Dennoch ruhten ihre Blicke für eine kurze Zeit wie eine verschmolzene Einheit aufeinander. Die Grenzen waren für einige Sekunden fließend aufgehoben. Dadurch spürte der junge Arzt betroffen, dass er lernen musste, sich mehr zu schützen, bevor das Mitleid ihn eines Tages auffraß. Mitleid war gefräßig, lauernd, um das Selbstwertgefühl gierig zu vertilgen. Mitleid war zudem eine selbstquälende Form, die Fröhlichkeit zu verjagen, von der Leichtigkeit des Lebens Abschied zu nehmen.

Kurz darauf stand Ruth zögernd vor der Tür, auf deren Milchglasscheibe der Schriftzug »Intensivstation« wie ein Verbotsschild warnte. Achtung, Sie betreten Grenzland! Niemandsland! Die Grenzposten im grünen Kittel der Hoffnung liefen emsig hin und her.

Alles Weitere läge in Gottes Hand, hatte Dr. Groß gesagt – das kam Ruth wieder in den Sinn.

Natürlich, Gott trug für alles, einzig und entscheidend, die letzte Verantwortung.

»Alles Weitere liegt in Gottes Hand«, murmelte sie immer wieder. Doch dann machte sie zu allem entschlossen kehrt. Sie lief am Aufzug vorbei und hastete die Treppenstufen hinab. Etage für Etage mit bebendem Herzen. Man schüttelte der erhitzten Frau verwundert den Kopf nach, sprang überrascht zur Seite und rief gegebenenfalls »unerhört« hinter ihr her.

Als sie die Krankenanstalt verließ, schlug ihr die geballte Mittagshitze entgegen. Sie atmete schwer. Vom Sonnenlicht geblendet, suchte sie mit halb zugekniffenen Augen den kürzesten Weg zur Kirche. Stolz und erhaben ragten die gotischen Türme aus der Landschaft in den Himmel. Angetrieben von den Bildern ihrer Kindheit, als sie keinen Abend ohne Gebet einschlief, drängte sie jetzt der kindliche Wunsch, im Hause Gottes die Hände zu falten, um für ihre Tochter zu beten. Und wenn es ihn wirklich gab, so hoffte sie ... müsse ... nein, würde er ihr helfen, Yvonne zu retten ... sie zu heilen. Er war es doch, der Blinde sehen und Lahme laufen ließ und sogar Tote zum Leben erweckte, wie es in der Bibel stand. Er durfte nicht zulassen, dass der Tod ihr das geliebte Kind wegnahm. Dass er das kleine Mädchen wie eine grüne, unreife Frucht vom Baum des Lebens pflückte. Das Kind gehörte doch ihr. In ihrem Bauch war es gewachsen. Es hatte sich von ihrem Körper ernährt, es war eine Frucht ihres Leibes. Ihre eigene Zukunft war in dieses winzige Wesen projiziert.

Sie lief und lief, in ihrem Blickfeld veränderte sich mit jedem Schritt die Schönheit der Landschaft, verblassten all die bunten, fröhlichen Farben, die sie sonst so bewunderte. Ihre Angst senkte sich wie ein graues Tuch auf das rege Treiben um sie herum. Die Menschen, die sie anstarrten, als sie an ihnen vorbeilief, bekamen bleiche Gesichter, als zeichne sich auch ihr Verfall zusehends darin ab.

Endlich hatte sie ihr Ziel erreicht. Wie das kleine Mädchen von einst, das sich beim Spiel in der großen Welt verirrte und nun wie damals überglücklich und erleichtert heimgefunden hatte, so klammerte sich Ruth an den kupfernen Griff der Eichentür zum Eingang der Kirche. Beherzt trat sie ein. Erhitzt umschloss sie angenehm kühl die stille Einkehr. Begierig sog sie den Geruch von Weihrauch und glimmendem Talg ein. Die Höhe des steinernen Gewölbes hatte trotz des gedämpften Lichtes etwas Befreiendes für sie. Auch der leiseste Laut bekam Hall, verstärkte sich und flog voller Leichtigkeit nach oben in die Kuppel. Jeder zaghafte Tritt ihrer zitternden Beine in Richtung Altar kündigte ihr Kommen an.

Prüfend blickte sie sich um, ob sie alleine wäre. Sie sah niemanden. Das Leben fand draußen statt. Tonfetzen, Geräusche, Bruchstücke des Belanglosen drangen von außen durch die dicken Mauern. Sie war froh, dass sie unbeobachtet vor Gott treten durfte, der sie über dem Altar als Menschensohn mit ausgebreiteten Armen empfing. Er, der einzig die Liebe als Botschaft hatte und doch – oder deshalb – beleidigt, gedemütigt, verspottet, verraten, verleugnet und vom Hass des Bösen getötet worden war, schaute mit einer Dornenhaube auf dem Haupt, Arme und Beine mit Nägeln durchbohrt, den Blick seitlich gewandt, schmerzerfüllt und doch erhaben, von der Empore des Kirchenraumes auf sie herab.

Andächtig setzte sie sich in das Gestühl.

»Kommen Sie zu mir, setzen Sie sich neben mich!«

Woher kam die Stimme, die zu ihr sprach? Erschrocken schaute sie in die Richtung der Worte. Links saß in einer der vordersten Sitzreihen ein etwas zerlumpt wirkender Mann, den sie vorher nicht bemerkt hatte. Das Haar wellte sich strähnig grau auf seine Schultern. Der ebenso graue Bart ließ ihn vielleicht älter erscheinen, als er war. Sein verschmutzter heller Anzug und der zerbeulte Strohhut hatten schon bessere Tage erlebt. Unter den buschigen Brauen des Mannes funkelten kristallklare Augen mit der Unschuld eines Kindes.

Ruth sah ihn fassungslos an.

»Kommen Sie ruhig, ich beiße nicht, nur Mut.« Die feinen Fältchen um die Lider gaben seinem Gesicht eine weise, würdevolle Fröhlichkeit. Etwas ernster fügte er hinzu: »Sie sind noch nicht so weit, dass Sie vor den Herrn treten sollten.«

Diese persönliche Anrede machte Ruth neugierig. Vom Knacken und Knarren des Gestühls begleitet, zwängte sie sich durch die Reihe hin zu dem Fremden. Mit ein wenig Abstand setzte sie sich neben ihn. Sogleich rutschte er näher an sie heran. Aber es war ihr seltsamerweise nicht unangenehm, im Gegenteil, von diesem scheinbar ungepflegten Trunkenbold ging sogar ein wohlriechender Rosenduft aus. Unauffällig schielte sie aus den Augenwinkeln zu ihm hinüber. Der Blick des Mannes war fest und entschlossen, wie bei jemandem, der es gewohnt war zu beobachten.

»Es ist gut, dass Sie sich die Zeit genommen haben, hierher zu kommen«, flüsterte er nach einem Moment des Schweigens. »Die Menschen haben in ihrer Hektik verlernt, sich auf das Wesentliche zu besinnen«, philosophierte er. »Sie jagen der Zeit nach, um sie wie auf einem Bankkonto auf der Habenseite zinsträchtig zu verbuchen. Aber je mehr sie die scheinbar gewonnenen Stunden mit Geschäftigkeit füllen und horten, desto weniger Zeit bleibt ihnen übrig.« Er schaute ernst zu ihr hinüber. »Wenn die Zeit nicht mit dem Wesentlichen gefüllt wird, dann verrinnt sie in gleicher Hast, egal, ob man rennt oder rastet.« Er lächelte, nein, er lachte in sich hinein. »Jetzt mögen Sie mich fragen, was das Wesentliche ist. Das Wesentliche ist, an das Gute zu glauben, dass man nur durch die Liebe dessen sehen kann, der uns zuerst geliebt hat«, dabei zeigte er zum Kreuz hin.

Ruth war überrascht von der Kraft und Zuversicht, die die Worte und der Tonfall des Fremden auf sie ausübten. Ermutigt von seiner einnehmenden Freundlichkeit fragte sie, wie er das gemeint habe, dass sie noch nicht so weit wäre, vor den Herrn zu treten?

Wieder sah es so aus, als würde er lachen.

»Wer von uns ist je so weit, mit reinem Herzen vor den Erlöser zu treten?«, fragte er zurück. »Ich selbst wähle immer diesen Platz hier, rechts vom Altar, im Querschiff der Kirche. Es ist der Ort des Mörders, der neben dem Heiland auf Golgatha ans Kreuz gebunden wurde und der ihn bat: ›Jesus, gedenke an mich, wenn du in dein Reich kommst!‹ Und Jesus sprach zu ihm: ›Wahrlich, ich sage dir: Heute wirst du mit mir im Paradiese sein.‹ Ihn haben der Glaube und die Demut gerettet, dessen musst auch du dir erst bewusst werden.«

Nachdem der sonderbare Alte zu Ende gesprochen hatte, lief Ruth ein eiskalter Schauer den Rücken hinab. Seine Worte waren nun scharf, schneidend, aber nicht verletzend gewesen. Es war, als wolle er sie sanft in ihr Gewissen schnitzen.

»Siehst du«, sagte er zu ihr, »deshalb wollte ich erst mit dir sprechen. Das war der Grund, warum du dich zu mir setzen solltest. Auch du gehörst hier an diesen Platz. Bekenne erst deine Schuld. Es geht um nicht weniger als das ewige Leben in Christus oder dem ewigen Tod in Folter und Qual. Es gibt keinen Mittelweg. Doch die Entscheidung liegt bei dir.«

Als der Fremde nach ihrer Hand griff, zog sie diese nicht zurück. Sie sah sich um, ob sie immer noch alleine waren. Sie waren alleine, und obwohl es sie eigentlich ängstigen müsste, war sie erleichtert. Irgendwie war ihr bewusst, dass von dem Sonderling keinerlei Gefahr für sie ausging. Mit seinem Gesicht näherte er sich ganz nah an sie heran, und sein Atem roch nicht nach Alkohol. Sie sah ihm tief in die liebevollen Augen. Auch er erwiderte ihren Blick, als läse er in einem Buch des Lebens. Für sie völlig überraschend küsste er ihr Gesicht und strich ihr dabei zärtlich übers Haar.

Was geschieht hier mit mir? Mehr war sie nicht fähig zu denken. Sie schloss die Augen in der Zuversicht, dass dieser Augenblick nie mehr verging. Sie, die Frau, die gramgebeugt, zögernd und ängstlich das Haus Gottes betreten hatte, fühlte sich nun leicht und frei. Ihr Herz flatterte wild wie ein nach Freiheit strebender Vogel, dass sie hätte jauchzen mögen vor Beglückung. Als ihre Sinne in die Realität zurückkehrten, wühlte sie der Wunsch auf, ihn aus Dankbarkeit in die Arme zu schließen, weil er sie von schwerer Seelennot befreit hatte. Wie aus einem Schlaf erwacht, musste sie jedoch erkennen, dass er nicht mehr neben ihr saß. Aber wo war er? Sein Platz war leer! Er war verschwunden, wie vom Erdboden verschluckt.

Sie sah genauer auf den Platz, wo er eben noch gesessen hatte. Dort lag, wie zum Trost des Abschieds, eine Rose. Sie glich den Rosen, die in dem Strauß steckten, mit dem sie einst vor dem Traualtar getreten war. Und ein frischer Luftzug streifte ihre Stirn. Erstaunt stand sie auf und blickte sich suchend um. Aber anstatt den Sonderling noch einmal zu sehen, hörte sie deutlich seine Stimme, die aus allen Ecken des Kirchenschiffes zu kommen schien. »Deine Tochter wird leben!« Schwankend vor Ergriffenheit begab sie sich zum Altar und sank auf ihre Knie. Und während sie betete, fiel ein Lichtstrahl auf ihr Haar. Aus einem großen Fenster floss das Licht wie Taufwasser über sie. Und von da ab war sie sich sicher: Egal, was das Leben für sie bereithalten würde, von nun an wäre sie nicht mehr alleine. Sie war als ein Kind Gottes in der Gemeinschaft aufgenommen [...]

Nachdenklich stand Lemmi auf. Ohne auf die Menschen zu achten, ging er durch die Eingangshalle zurück in sein

Zimmer, wo er lauthals begrüßt wurde. Paul hielt ihm eine Flasche Schnaps entgegen.

»Ach leck mich am Arsch!«, raunzte Lemmi ihn an.

»Hey, hey, hey, welche Laus ist dir denn über die Leber gelaufen.«

»Ich glaube, das war keine Laus, das war zu viel Fusel, die er sich über die Leber geschüttet hat«, höhnte Gerd. »Komm, lass ihn doch, Paul.«

Gerd hielt ihm das Kartenspiel entgegen. »Die Flasche reicht eh nur für uns beide.«

Bevor sie das Zimmer verließen, blieb Paul noch einmal an der Tür stehen und ließ einen Furz. »Damit du weißt, warum ich dich nicht am Arsch lecke.« Daraufhin verzogen sie sich lachend.

Verärgert legte sich Lemmi aufs Bett. Blödmänner. Die beiden hatten ihm ganz schön die Stimmung versaut, und komischerweise wurde ihm plötzlich schwindelig und übel. Schweiß trat ihm auf die Stirn, und seine Hände zitterten. Er begriff gar nicht, was mit ihm geschah. Warum regte er sich so auf? War die Verlockung nach Schnaps zu groß gewesen oder hatte ihn Rotrauds Nachricht zu sehr mitgenommen? Anderseits, schon seit etwa zwei Tagen ging es ihm nicht sonderlich gut. Vielleicht war es doch nicht so clever gewesen, die verordneten Tabletten nicht einzunehmen. Aber er wollte nicht betäubt sein, wenn er mit Rotraud zusammen war.

Und während er darüber sinnierend auf den Nagel schaute, der gegenüber seines Bettes in der Wand stakte, begann sich dieser zu bewegen, als wäre er eine Spinne oder eine Fliege, die größer und größer wurde. Fürchterliche

Angst brach aus ihm heraus. Eine Angst, sich nicht mehr kontrollieren zu können. Er kannte diese Ängste, die ihn schon als Kind gequält und Aggressionen in ihm geschürt hatten. Erst hier in der Therapie erklärte ihm der Psychoklemptner, er würde unter Verlustängsten leiden, die aus einer negativen Erfahrung aus der Kindheit herrührten und die ihn über die Zeit hinweg in eine bipolare Störung getrieben hätten. Nun dachte er in starker Erregung an jenen Vormittag, als er dem Therapeuten eigentlich ungewollt weinend sein Herz ausschüttete. Den ganzen Seelenmist hatte er ihm wie eine emotionale Eruption verbal auf den Schreibtisch gekotzt. Und während er sich von der Last seiner Erlebnisse befreite, erschien wie aus einer finsteren Gruft sein Vater als junger Mann, um seinem kleinen Sohn zu sagen, dass er nicht mehr mit Mutter zusammenleben könnte. Die Hand hatte er ihm auf die Schulter gelegt und gesagt: »Ich verlasse euch, sei nicht traurig, mein Sohn. Wenn du einmal älter bist, wirst du mich verstehen.«

»Nein, ich will nicht älter werden, ich will es auch nicht verstehen, ich will, dass du bei mir bleibst!«, schrie er daraufhin aus Leibeskräften. Dann war er unter der Hand des Vaters abgetaucht und weggelaufen. Einen Tag und eine Nacht hatten sie ihn gesucht, bis ihn die Polizei schließlich im Wald in einem von Sträuchern überwachsenen Granattrichter fand. Als sie ihn endlich nach Hause brachten, hatte ihn sein Vater nur ausgelacht und ihm obendrein eine ordentliche Tracht Prügel verabreicht. Die Prügel hatte Lemmi klaglos hingenommen, die war er gewohnt, aber Vaters Androhung, zu gehen, hatte ihm einen tief sitzenden Schock versetzt. All das und mehr hatte er dem Psychoklemptner wie aus einem inneren Zwang heraus gebeichtet.

Er vermied es, auf den Nagel zu schauen. Um sich zu beruhigen, versuchte er an nichts zu denken, was zur Folge hatte, dass eine nicht zu unterdrückende Wut auf Paul in ihm hochstieg. Was fiel diesem Arschloch eigentlich ein, ihm den Fusel anzubieten, wo er genau wusste, dass er auf Entzug war!

Er kroch vom Bett herunter. Seinen Puls spürte er in der Halsschlagader pochen, und die Zunge klebte ihm vor Aufregung am Gaumen. Schneeweiß im Gesicht, und vom Stress bis in die Haarwurzeln aufgeputscht, ging er mit großen Schritten, ohne nach rechts und links zu schauen, zum Aufenthaltsraum.

Dort saßen wie erwartet Paul und Gerd. Gerd, der mit dem Gesicht zur Tür saß, erschrak, als Lemmi sie aufriss. Unvermittelt sprang er auf. Anscheinend spürte er, dass es gleich ein Donnerwetter geben würde. Paul hingegen blickte sich nur verwundert um. Alles andere wäre auch nicht möglich gewesen, denn schon griff Lemmi in seine große Bademanteltasche. Und mit einem wutverzerrten Gesicht zog er die Schnapsflasche heraus. Paul, der sie festhalten wollte, wurde samt Stuhl unsanft rücklings weggestoßen. So konnte er nur noch auf dem Rücken liegend zuschauen, wie Lemmi die Flasche mit voller Wucht an die Wand knallte, worauf sie in tausend Stücke zersplitterte. Unterdessen machte Gerd sich eilends davon, um die Schwester oder noch besser einen Pfleger zu holen. Demnach bekam er nicht mit, wie Lemmi den verdatterten Paul am Kragen aus seiner misslichen Lage hochzog und ihm einen derartigen Faustschlag aufs Auge versetzte, worauf dieses zusehends anschwoll.

»Bist du verrückt geworden, Kerl?«, brüllte Paul. Doch Lemmi ließ sich davon nicht beeindrucken. Nachdem er seinem Kontrahenten noch einen Hieb in den Magen versetzte, schnappte er sich den Stuhl, auf dem Paul gesessen hatte. Aber anstatt ihm diesen über den Kopf zu hauen, flog auch der Stuhl gegen die Wand. Schaum stand Lemmi vor dem Mund, und er heulte wie ein Wolf.

Wer weiß, was noch alles passiert wäre, wenn Gerd nicht mit gleich zwei Pflegern zurückgekommen wäre. Die Jungs, darin geübt, solchen Ausrastern auf ihre spezielle Weise zu begegnen, brauchten nur wenige Handgriffe, um Lemmi außer Gefecht zu setzen. Wehrlos schnaufend befand sich sein Kopf umgehend im Schwitzkasten des kräftigsten Pflegers. Als würde er einen störrischen Jungbullen abführen, schleifte er den sich immer noch wehrenden Lemmi ins Untersuchungszimmer, wo sein Kollege routiniert und flott eine Beruhigungsspritze aufzog. Vom Lärm alarmiert erschien nun auch der Stationsarzt, um dem Wütenden die Spritze ganz unkonventionell direkt durch die Hose in den Oberschenkel zu verabreichen.

*

Es brauchte eine Zeit lang, bis Lemmi vage die Umgebung in sich aufnahm, in der er sich befand. Dann erst wurde ihm klar, dass er angeschnallt in einem Gitterbett lag.

Der ganze Körper tat ihm weh, und vor allem Arme, Beine, Rippen und die Halsmuskulatur. Von irgendwoher kreischte eine blöde klingende Stimme, die schrill sein Trommelfell zu zerschneiden schien. »Ruhe!«, wollte er rufen, aber seine Zunge lag wie ein gelähmter Klumpen in seinem Mund.

Herzlich willkommen in der Hölle, schoss es ihm durch den Kopf. Es konnte nichts anderes als die Hölle sein, wo man so gequält wurde. Der Himmel war es jedenfalls nicht, auch wenn die schemenhaften Gestalten, die herumzuschweben schienen, ganz in Weiß gekleidet waren, so konnten sie mit ihren finsteren Gesichtern keine Engel sein.

»Hallo!«, quetschte Lemmi hervor, »wo bin ich?«

»Ach, der Herr Preisboxer ist wieder aus seinem K. o. erwacht«, witzelte eine der Gestalten.

»Mensch, mach keinen Quatsch und binde mich los, ich muss aufs Klo«, bettelte Lemmi mit schwerer Zunge.

»Ach, vielleicht möchte der Herr noch eine Tageszeitung und Kaffee?«, kam es aus einer Ecke zurück. Dennoch näherte sich bald darauf die Gestalt mit einem Toilettenstuhl. Sogleich machte sie sich daran, Lemmi loszubinden. Dann wurde das Gitter nach unten geklappt. Nun entpuppte sich die Gestalt als genau der Pfleger, der ihn in den Schwitzkasten genommen hatte. Wesentlich freundlicher half er Lemmi nun, damit er sich zunächst auf die Bettkante setzen konnte.

»Schön tief durchatmen, und wenn dir schwindelig wird, sagst du mir Bescheid. Verstanden?« Kaum hatte er seinen Satz beendet, saß Lemmi mit einem gekonnten Ruck auf dem Toilettenstuhl. »Feuer frei!«, grinste der Pfleger.

Lemmis Bettnachbar, dem man ansah, dass er nicht die hellste Kerze auf der Torte war, glotzte Lemmi debil an und gackerte dabei vor Freude wie ein Huhn, das gerade ein Ei legte.

»Was soll das?«, meuterte Lemmi, »ich kann doch bei all den Leuten hier nicht kacken, wenn man mir dabei zuschaut.«

»Immer noch besser, als ins Bett zu scheißen«, bekam er lapidar zur Antwort.

Lemmi verstand die Welt nicht mehr, wie ein neunzigjähriger Greis kam er sich vor. Aber allmählich belebte sein aufwallender Kreislauf den Rest seiner grauen Gehirnzellen, sodass seine Gedanken klarer wurden. Er befand sich in der geschlossenen Abteilung der dem Krankenhaus angeschlossenen Psychiatrie, so viel wusste er nun. Daran gab es nichts zu rütteln.

*

Drei Wochen nahmen sie ihn dort mit allerlei therapeutischen Maßnahmen in die Mangel. Drei Wochen, in denen ihm sein altes Leben mehr und mehr wie ein schlechter Film mit den miesesten Darstellern vorkam. Einzig Rotraud Schniewind, sie gehörte nicht dazu, ihr Name stand nicht im Abspann der Tragikomödie. Er musste sie so schnell wie möglich aufsuchen.

Sobald er wieder einigermaßen bei Verstand war, würde er sich intensiv um das Buch kümmern. Je schneller sein Grips in Ordnung kam, desto eher könnte er sein Versprechen einlösen, um sie endlich wiederzusehen. Natürlich wollte er nicht nur wegen ihr so rasch als möglich die Klapse verlassen. »Hier werde ich noch rammdösig«, gestand er seinem behandelnden Arzt. Mit nervösem Augenzucken kommentierte dieser Lemmis Einwand: »Prima, wenn Sie merken, nicht hierher zu gehören, dann sind wir schon einen großen Schritt weiter.«

Ob er es als Scherz meinte, blieb offen.

Tatsächlich ging es Lemmi täglich besser, und ihn störte es auch nicht sonderlich, als er noch für einige Tage auf die internistische Abteilung verlegt wurde. Der Chef der Psychiatrie, Doktor Kraushaar, der ulkigerweise mit einer spiegelglatten Glatze glänzte, entließ ihn mit einem Spruch auf die innere Abteilung, den Lemmi später noch einmal beim Straßenverkehrsamt zu hören bekommen sollte, als er sich seinen Führerschein abholen durfte, den von nun an ein Säuferbalken zierte: »Sie sehen wir hier bestimmt wieder!«

Auf der Internistischen wollte man sich bei einer erneuten Skopie noch einmal seinen Magen ansehen. Außerdem standen noch diverse Laboruntersuchungen und ein Belastungs-EKG an.

Froh war er darüber, dass Paul und Gerd inzwischen entlassen worden waren. Denen wollte er bestimmt nicht mehr begegnen. Pauls Androhung: Wir sehen uns vor Gericht wieder, reichte ihm völlig aus. Das Zimmer teilte er nun mit zwei bettlägerigen alten Männern, die den ganzen Tag genug Arbeit damit hatten, nach Luft zu schnappen. Erwin, einer der beiden, der noch etwas sprechen konnte, wenn er Luft bekam, warnte Lemmi eindringlich: »Lass bloß die Finger von den Kippen, Junge, du siehst ja selbst, wo das hinführt.« Was dann jedes Mal folgte, war ein rasselnder Husten, bei dem man befürchtete, er würde die Lunge gleich mit herauswürgen. Deshalb nutzte Lemmi jede Gelegenheit, sich im Aufenthaltsraum aufzuhalten, weit weg von den beiden Siechenden. Er ekelte sich schlichtweg vor ihnen. Außerdem standen bei den Greisen Spucknäpfe auf deren Nachtschränken, die nicht regelmäßig geleert wurden. Nee, da hätte er keinen Bissen runterbekommen. Da aß er lieber in dem Raum, in dem er Rotraud kennengelernt hatte. Und außerhalb der Mahlzeiten schaute er dort auch Fernsehen oder las stundenlang in der Zeitung.

Eines Morgens hätte ihn beim Schmökern des Stadtanzeigers bald der Schlag getroffen. Im Lokalteil war ein niedergebranntes Haus abgebildet, über dessen verkohlter Eingangstür noch einigermaßen die Schrift auf dem Schild zu entziffern war. Gaststätte zum Talblick. Und über dem Bild stand: »Alteingesessene Gaststätte war nicht mehr zu retten«. Immer wieder flog sein Blick über den darunter stehenden Text, als wolle er ihn auswendig lernen.

In den frühen Morgenstunden alarmierte eine aufmerksame Nachbarin des geschädigten Anwesens, die mit ihrem Hund unterwegs war, die Feuerwehr, weil aus dem Bereich der Gaststätte Rauch aus den Fenstern drang. Nach Eintreffen der Löschzüge stand das Haus bereits in Flammen. Die Bewohner, der 35-jährige Schankwirt Werner B. und dessen 74-jährige Mutter Heidegunde B., konnten sich gerade noch rechtzeitig retten, mussten aber mit einer Rauchvergiftung ins Krankenhaus eingeliefert werden.
Wie Feuerwehrhauptmann Florian Brandt kurz nach dem Einsatz unserem Reporter Walter Burdenski mit dem Vermerk mitteilte (Dat olle Zeugs brennt wie Zunder), war das 120-jährige Fachwerk nicht mehr zu retten gewesen. Anmerkung der Redaktion: Damit verliert die Stadt einmal mehr ein traditionsreiches Gebäude, an dessen Garderobenhaken nie mehr der

Mantel der Geschichte hängen wird. Denn dort kehrten seit der Entstehung dieses Gebäudes nicht nur die Honoratioren der Stadt, sondern in der Vergangenheit sogar der spätere Bundespräsident ein, der dort gerne einmal eine Runde Skat spielte. Heinz-Georg Schlotterbeck (Redakteur)

Immer wieder las Lemmi den Artikel staunend und gleichzeitig erschrocken durch. Haus Talblick war für viele Jahre sein zweites Zuhause gewesen. Und nun schien es, als wäre mehr als nur ein Mauerwerk eingestürzt. Ihm kam es plötzlich so vor, als wäre auch sein altes Leben in Rauch und Asche aufgegangen.

Aber wollte er das nicht? War sein augenblicklicher Aufenthalt im Krankenhaus nicht gleichbedeutend mit der Vernichtung seines alten Lebens?

Talblick! Wie viele ungezählte Stunden hatte er, um eine Metapher heranzuziehen, vom Tresen aus ins »dunkle Tal« geschaut, um schließlich selbst in den Nächten der Verirrungen in die Finsternis hinunter zu steigen. Trotzdem ergriff ihn Traurigkeit, weil auch viele schöne Stunden, die er dort noch hätte verbringen können, nicht mehr zu retten waren. Und was passiert nun mit den Stammgästen? Wo würden sie nun ihr Leben weiterführen?

Der Bucklige, der Einbeinige, der Blinde und natürlich Faltenrock-Rita und ihre Bordsteinschwalben? Und all die Jungs, deren Namen ihm jetzt wie eine abzuarbeitende Liste durch den Kopf gingen, mit denen er sich an den Wochenenden regelmäßig im Talblick traf. Samstags fuhren sie alle gemeinsam mit der Straßenbahn zum Fußballstadion, wo sie ihren Lieblingsverein anfeuerten. Nicht zu vergessen die anschließenden Feiern bei Werner, egal, ob sie gesiegt oder verloren hatten. Ach, was für eine schöne Zeit war das gewesen. Und Werner der Glücksdealer, der das Glück quasi aus einem nie versiegenden Füllhorn in die Gläser zapfte? Was war nun mit dem? Von der Rauchvergiftung, da war sich Lemmi sicher, würde Werner sich schnell wieder erholen. Wenn man es genau nahm, dann hatte er bei seinem Zigarettenverbrauch jeden Tag eine Rauchvergiftung. Ebenfalls seine Mutter, die mit ihm bis tief in die Nacht um die Wette quarzte. Ach, Heidegunde, sie machte den besten und leckersten Kartoffelsalat der Welt, der war jetzt auch passé. Genau wie der Spaß, den die Truppe allabendlich wegen jedem Blödsinn hatte.

Lemmi schreckte hoch, als eine Träne auf die Zeitung tropfte. Genau auf das Bild tropfte sie. Immerhin schmunzelte er dann doch, weil ihm die Einsicht kam, dass man dieses Feuer, also dieses Seelenfeuer, ebenso wenig mit Tränen löschen konnte wie das Haus mit Wasser.

Einzig die Einsicht war dazu in der Lage, Konsequenzen daraus zu ziehen, wenn das Schicksal schon so eine deutliche Sprache sprach.

Somit beschloss er ganz spontan, natürlich auch wegen Rotraud, nie mehr, aber wirklich nie mehr in tiefe Täler zu blicken, wenn man ihn aus dem Krankenhaus entließ.

Was für eine großartige Entscheidung! Er grübelte kurz darüber nach, ob er diesen Vorsatz auch gefasst hätte, wenn er Rotraud nicht begegnet wäre.

*

Blanka, der alte Schäferhund, bellte dem Taxi nach, aus dem Lemmi vor zwei Minuten ausgestiegen war. Dann kam die Töle schwerfällig den Weg zum Tor hochgehumpelt, um den Heimkehrer schwanzwedelnd zu begrüßen.

Wenigstens einer, der sich freut, mich wiederzusehen, dachte sich Lemmi. Langsam, als müsse er einen Strafvollzug antreten, ging er auf das Haus zu.

Mit scheelem Blick ignorierte er seinen BMW, der dort von Blättern übersät stand, wo er ihn vor Monaten abgestellt hatte. Herr Kaul war weit und breit nicht zu sehen. Sicher machte er Mittagspause. Vielleicht hatte er sich auch schon aufs Ohr gelegt? Dann würde er sich schön ärgern, wenn Lemmi ihn rausklingelte, damit er sich den Ersatzschlüssel ausleihen konnte.

Doch klingeln brauchte er nicht. In dem Moment, als er auf den Klingelknopf drücken wollte, erschien Frau Kauls runder Kopf im Parterrefenster.

»Da sind Se ja.« Freudestrahlend grinste sie ihn an. »Geht et denn wieder? Ach, ich hab mir ja so große Sorgen um Se gemacht. Na, warten Se, Se wollen sicher de Schlüssel. Ich mach sofort auf.« Und gleich darauf stand sie vor ihm. »Nee, nee, wie blass Se aussehen, und abgenommen haben Se auch. Wat hatten Se denn? War et wat Ernstes? Et muss wat Ernstes gewesen sein, Se sahen ja schrecklich aus, als Se rausgetragen wurden. Ich hab noch zu meinem Mann gesagt, dat sieht gar nicht gut aus, Wilhelm, dat sieht gar nicht gut aus. Et war ja auch so laut bei Ihnen oben, nachdem de Sanitäter reingegangen sind. Ach, ich bin ja so froh, dat ich zu meinem Mann gesagt hab, Wilhelm, ruf doch mal die Rettung an, da oben stimmt doch wat nich'. Et war ja so still bei Ihnen. Dat

is man ja gar nicht gewöhnt. Mein Mann wollte zuerst nich'
anrufen, aber ich hab ihm gesagt, dat Se sich in letzter Zeit so
verändert haben. Se sind ja wie der Tod auf Schluffen rum-
gelaufen. Aber machen Se sich nich' so viel Sorgen, Se finden
schon wieder die richtige Frau.«

»Frau Kaul ... Frau Kaul, hallo ... ich bitte Sie, lassen mich
doch erst einmal ankommen. Und ich wäre Ihnen sehr dankbar, wenn Sie mir jetzt meinen Schlüssel geben würden.«

*

Der Schlüssel klemmte, als Lemmi die Tür zu seiner Wohnung öffnen wollte. Oder war er einfach zu fahrig, und deswegen hakte er im Schloss? Das hätte ja durchaus sein können, denn ihm war ein wenig unwohl, seine eigene Wohnung
zu betreten. Sie war jedenfalls nicht abgebrannt! Hinter der
Tür lauerte unversehrt sein altes Leben. Dort würden ihn
nach dem Eintreten aus jeder Ecke all die schmerzlichen Bilder der Vergangenheit anschielen, die ihn vor gar nicht langer Zeit beinahe in den Tod getrieben hatten. Nur gut, dass
es dem Nervenarzt gelungen war, sein knittriges Nervenkos-
tüm mit gutem Zureden und wirkungsvollen Pillen einigermaßen glattzubügeln. Wie zum Beweis streckte Lemmi die
Hände nach vorne, und sie zitterten nicht, obwohl er verständlicherweise aufgeregt war. Dennoch, nicht nur das Wirken des Doktors, auch die Zeit ohne Alkohol und der zunehmend stärker werdende Wunsch, bald schon ohne Eskapa-
den mit Rotraud eine gute Zeit zu verbringen, zeigten deutlich ihre Wirkung. Seither schmeckten ihm auch die Zigaretten nicht mehr. Bevor er vor zwei Stunden entlassen worden

war, hatte er sich zum Abschied noch einmal in den Aufenthaltsraum gesetzt, um seine letzte Kippe zu rauchen. Doch kurz nach dem Anzünden drückte er sie schnell wieder aus. Im Gegensatz zu damals, als Rotraud ihn bat, nicht zu rauchen, tat er es diesmal freiwillig. Was heißt freiwillig, zum einen tat er es, weil sie ihm nicht bekam, und zum anderen war es für ihn wie ein imaginärer Schwur, der Rotraud in Abwesenheit beweisen sollte, dass er sich tatsächlich geändert hatte.

Ach was soll's, sagte er sich schließlich, ich kann nicht ewig hier rumstehen. Nun ging die Tür ganz leicht zu öffnen. Hinein in den Albtraum!

*

Als stünde er in fremden Räumen, schaute er sich um. Wie ein Geist kam er sich vor, der aus einer anderen Welt kommend mal kurz nachsehen wollte, ob er zwischen dem Mief, der Unordnung und in all den Reminiszenzen der Vergangenheit Lemmi antreffen würde, der möglicherweise betrunken auf der Couch hockte und blöd aus der Wäsche sah. Vorsichtig spähte er ins Schlafzimmer. Er zuckte erschrocken zurück. Das Blut stieg ihm in den Kopf. Obwohl er alleine war, schämte er sich. Er schämte sich vor sich selbst. Das Oberbett lag zerwühlt auf dem Boden. Ein Teil davon in angetrockneter Kotze. Auf dem Nachtschrank verrieten die leere Packung Tranxilium und die umgekippte Wermutflasche, was für ein Idiot er gewesen war. Auch die Rettungssanitäter waren im Umgang mit dem Zierrat auf dem Bettüberbau und dem Möbelarrangement am Fenster nicht gerade zimperlich umgegangen. Krimskrams war beim Kampf um Leben und Tod aus den Regalen gefallen und Stühle umgekippt. Sogar die Handtücher, womit sie dem Bewusstlosen den Intimbereich gesäubert hatten, lagen nicht gerade dekorativ auf dem Flokati verstreut.

In all diesem Chaos klopfte es an der Tür.

»Sind Sie wieder da?«, rief eine ihm wohlbekannte Stimme. Ohne eine Antwort abzuwarten, erschien Herr Kaul. Als habe er endlich den verdammten Maulwurf entdeckt, der ihm immer den Garten zerwühlt und den er nie erwischt hatte, starrte er auf das sonderbare Stillleben, das sich ihm bot. Fast zischend ließ er verlauten: »Nein, wie sieht es denn hier aus?« Und nachdem er sich etwas vom Schock erholt hatte, bestimmte er wieder einigermaßen gefasst: »So etwas dulde ich aber nicht in meinem Haus! Hier sieht es ja aus wie bei den Hottentotten. Das ist ja nicht zum Aushalten. Und dann dieser Gestank! Also das hätte ich nicht von Ihnen erwartet, das nicht!« Würgend und sich die Nase zuhaltend machte er auf dem Absatz kehrt.

Lemmi folgte ihm immer noch mit rotem Kopf.

»Herr Kaul, nun warten Sie doch, ich will es Ihnen erklären.«

Herr Kaul hörte nicht. Aufgebracht stieß er seine Frau zur Seite, die sich auf der Treppe an ihm vorbeidrängen wollte. Verwundert blickte sie ihm nach.

»Was hat er denn?«, fragte sie Lemmi.

»Was ich habe?«, rief er von unten hoch, »einen Saustall habe ich da oben.«

Frau Kaul, im Kampf mit sich selbst, wohin sie nun gehen sollte, entschied sich dann doch dafür, ihrem Mann nachzulaufen. Als sie hinter diesem in der Wohnung verschwand, schnaufte Lemmi erst einmal tief durch. Na, das war ja eine hübsche Begrüßung. Aber jetzt hieß es, rasch Ordnung zu schaffen.

Gerade war er dabei, im Bad seine Reisetasche auszupacken und alles, was waschbar war, in die Waschmaschine zu stopfen, als es erneut an der Tür klopfte. Genervt verdrehte er die Augen.

Was ist denn nun schon wieder?

»Huhu, ich bin et. Darf ich reinkommen?«

Neugierig schaute Lemmi um die Ecke. Da stand Frau Kaul, quasi als eine Kopie der Fernsehputzfrau Klementine mit Schrubber und Eimer bewaffnet. Unter dem Arm hatte sie irgendwelche Papiere klemmen. Mit diesem Auftritt konnte Lemmi nichts anfangen.

Frau Kaul löste das Rätsel, das sie in ihrer ganzen Statur und Aufmachung bot.

»Lassen Se mich mal Ordnung machen, dat geht mir schneller vonne Hand! Ich hab vier Kinder großgezogen, da is mir nix mehr fies.« Sie lachte breit und freundlich. »Mein Mann wird sich schon wieder einkriegen, dem muss ich doch auch alles nachräumen.« Nun zwinkerte sie mit dem Auge. »Un' wenn isch fertig bin, trinken wir 'n lecker Tässken Kaffee zusammen un' Se erzählen mir, wat überhaupt passiert is. Ach so, dat hätt ich bald vergessen. Hier, ich hab Ihnen de Post mitgebracht.« Sie deutete auf ihren Arm, unter dem eine stattliche Ansammlung von Briefen und Prospekten klemmte. »Die haben Se vergessen mit hochzunehmen, ich hab Se Ihnen doch extra aufm Schränkchen im Flur gelegt. Da is auch 'n Brief von Ihrer Firma bei.«

Lemmi kam gegen die geballte Kraft Impertinenz nicht an, darum versuchte er, ihr humorvoll zu begegnen, indem er sie fragte, was denn in dem Brief stehen würde.

»Also, nun bin ich aber bös auf Se. Glauben Se denn, ich würd in Ihre Post rumschnüffele? Dat interessiert mich doch gar nich'. Hinterher glauben Se noch, ich hätt mich in Ihre Wohnung umgeschaut, als Se weg waren. Na, dat wär allerhand. Nachdem de Sanitäter weg waren, hab isch abgeschlossen, ohne einen Blick inne Wohnung zu werfen. Wie käm isch denn dazu?«

»Schon gut, schon gut, liebe Frau Kaul«, winkte Lemmi ab.

»So«, begann sie von Neuem, »jetzt setzen Se sisch mal gemütlich in dat Wohnzimmer im Sessel und ruhen sisch aus. Se sind ja immer noch ganz blass umme Nase. Soll isch Ihnen vorher noch 'n lecker Tässken Kaffee machen?«

»Also gut, Frau Kaul, wenn es Ihnen nichts ausmacht, dann würde ich mich freuen, wenn Sie mir zur Hand gehen. Aber es wird bestimmt nicht angenehm für Sie sein.«

Sie lachte ungebührlich. »Nun setzen Se sisch mal nich auf'n zu hohes Ross, wat glauben Se, wat isch im Kriech alles wegmachen musste, da is dat hier doch gar nix.«

*

Am Abend, als die Wogen geglättet waren, saß Lemmi in recht guter Stimmung in seinem bequemen Sessel und las den Brief von seinem Chef zum vielleicht sechsten Mal durch. Darin machte er ihm den Vorschlag, wenn er wieder einsatzfähig wäre, ihn ab sofort in den Innendienst zu versetzen, jedenfalls solange, bis er seinen Führerschein zurückbekam. Für den Schaden am Firmenwagen müsse er natürlich finanziell aufkommen. Dazu böte er ihm eine monatliche Ratenzahlung an. Für die Zukunft wünsche er sich weiterhin eine gute Zusammenarbeit und für ihn insbesondere eine heilsame und rasche Genesung.

Ja, damit konnte Lemmi sich anfreunden. Seltsam, auch dieser Brief bestätigte nur seinen Wunsch, endlich ein neues Leben zu beginnen. Und dieser Gedanke tat ihm gut und gab ihm innerliche Stärke. Alles schien sich um ihn herum zu verändern.

Während er tief durchatmete, sah er sich erstaunt im Raum um, als wäre er neu eingezogen. Zum ersten Mal nach seiner Trennung von Monique stellte er wie aus einem bösen Traum aufgewacht fest, dass es nun seine Wohnung war, ganz alleine seine Wohnung. Alles, was er brauchte, stand an seinem Platz, nichts fehlte ihm. Nichts, noch nicht einmal Monique. Sie gehörte nicht mehr zu dieser Wohnung.

Ihm gefiel es plötzlich, dass sie irgendwo in Hessen mit diesem hessischen Arschloch zusammenlebte. Mögen sie glücklich werden, die zwei! Dafür musste er allerdings ständig an Rotraud und an ihren Kuss denken.

Das Buch, das sie ihm geschenkt hatte, lag neben ihm. Seiner Meinung nach war der richtige Zeitpunkt gekommen, um darin zu lesen.

Erwartungsvoll nahm er es zur Hand, schlug es auf, und diesmal begann er von Anfang an zu lesen.

Wie viele Träume hat die Nacht?

Stefan und Ruth waren für alle, die sie kannten, das Traumpaar schlechthin. Sie lernten sich bereits als Jugendliche in einer Disco kennen. Schon bald schmiedeten ihre gemeinsamen Träume Pläne für die Zukunft. Ruth wollte unbedingt Kinder, sie wären die Erfüllung für ihre Liebe, wie sie Stefan gleich zu anfangs ihrer Beziehung mehr als einmal gestand. Dabei bemerkte sie in ihrer Liebe zu ihm nicht, wie sie ihn damit unter Druck setzte.

Kurz nach ihrer Volljährigkeit heirateten sie. Alles lief bestens. Als Textilkaufmann, der viel im Ausland unterwegs war, kam Stefan beruflich sehr erfolgreich voran, und Ruth war froh, nicht arbeiten zu müssen, da sie ohnehin ungern ins Büro ging. Sie empfand es als Doppelbelastung, arbeiten zu gehen und den Haushalt zu erledigen. Außerdem glaubte sie, dass ihr Kinderwunsch eher erfüllt würde, wenn sie sich an ihren fruchtbaren Tagen schonen konnte, denn mit den Jahren wollte es nicht gleich klappen, dass sie schwanger wurde. Unzufriedenheit stellte sich bei ihr ein, die dadurch verstärkt wurde, weil Stefan sie wegen seiner Reisen sehr oft alleine ließ. Doch nicht nur dieser Konflikt führte zu häufigen Reibereien in ihrer Ehe, auch quälte sie Eifersucht, da Stefan stets von seiner Sekretärin, einer überaus attraktiven Rothaarigen, begleitet wurde. Immer öfter machte Ruth ihm Vorwürfe, er würde sie mit der roten Carmen betrügen. Stefan, der sich keiner Schuld bewusst war, hoffte, dass seine Ehe wieder zur Ruhe kam, wenn Ruth endlich schwanger wurde. Natürlich machte er sich Gedanken darüber, warum es nicht klappte. Um ganz sicherzugehen, dass es nicht an ihm lag, konsultierte er heimlich einen Urologen, der dem erstaunten Stefan versicherte, dass er keine Kinder zeugen könne. Stefan fiel aus allen

Wolken. Aus Scham, aber auch um seine Ehe zu retten, weil er Ruth über alles liebte, verschwieg er ihr diesen gravierenden Befund. Denn er hatte Angst, sie würde sich scheiden lassen, wenn ihr Wunsch, Mutter zu werden, nicht in Erfüllung ging. Als Ausweg aus diesem Dilemma stürzte er sich in noch mehr Arbeit, um als Entschuldigung vorgeben zu können, müde zu sein, wenn sie mit ihm schlafen wollte.

Ruth wiederum glaubte, dass Stefans Arbeitseifer nur ein Alibi wäre, um mehr Zeit mit Carmen verbringen zu können. Folglich zog sich Ruth beinahe krankhaft in ihre Fantasiewelt zurück, in der Stefan sie betrog und nicht mehr liebte. Diesen Seelenschmerz ertränkte sie zunehmend schon am frühen Morgen in Alkohol. Alleine mit sich und ihrem Kummer litt sie an sich selbst.

An einem verhängnisvollen Tag sollte sich alles ändern. Am Abend vorher, nachdem Stefan vor dem Einschlafen besonders zärtlich zu ihr gewesen war, erklärte er ihr, dass er für etwa vierzehn Tage nach Japan müsse. Möglich wäre sogar, dass ein noch längerer Aufenthalt in Betracht käme, da zähe Verhandlungen abzusehen seien. Woraufhin sie ihn fast gleichgültig anschaute und nur eine Frage stellte: »Ist Carmen dabei?«

»Was soll die Frage?«, antwortete er gereizt. »Natürlich ist sie dabei, sie ist meine Sekretärin.« Dann knipste er das Licht aus. Noch lange lagen beide bekümmert wach nebeneinander, und jeder sinnierte einem anderen Grund nach, warum ihre Ehe auf dem gefährlichen Weg war, den Bach hinunter zu gehen. Stefan, dem Ruths Alkoholproblem natürlich nicht entging, machte sich große Sorgen um sie und beschloss, mit ihr über alles zu reden, wenn er aus Japan zurückgekehrt war.

Gleich am ersten Abend nach Stefans Abreise, trank sich Ruth für ein gefährliches Abenteuer Mut an. Eine Stunde brauchte sie, bis sie mit ihrem Spiegelbild zufrieden war. Sie hatte sich wie früher aufgebrezelt, als sie noch ein junges Ding war. Aber nicht nur ihr Spiegelbild versicherte ihr, wieder das junge ausgeflippte Mädchen von einst zu sein, auch ihr Inneres war so aufgeregt und unternehmungslustig wie einst. Mit dem Taxi fuhr sie zu einem Tanzschuppen. Nur gut, dass sie von den lachenden und tanzenden jungen Leuten keinen mehr kannte. Sie setzte sich an die Bar und bestellte einen Gin-Fizz. Mit dem Glas in der Hand beobachtete sie die Tänzer, wie sie ihre Damen beim heißen Rock'n'Roll über die Schulter warfen. Dabei fiel ihr ein besonders hübscher Bursche auf, der ohne Partnerin tanzte. Er war ein ganz anderer Typ als Stefan. Verwegen wirkte er. Einer von denen, die sich sicher waren, bei Frauen keinen Korb zu bekommen. Dementsprechend lächelnd verließ er auf einmal die Tanzfläche und kam mit einem Gang auf sie zu, als müsse sie vor Furcht davonlaufen. Nein, sie lief nicht davon. Im Gegenteil, vom Alkohol enthemmt ließ sie ihre Reize spielen. Ihr Petticoat verdeckte gerade eben ihre Oberschenkel. Und ihr hautenger Pulli, unter dem sie keinen BH trug, wirkte ohnehin wie eine Einladung für mehr. Die Musik dröhnte, und im Rhythmus der Bässe wiegte sie ihr langes, blondes Haar hin und her. Vor ihr stehend hielt er ihr wortlos seinen Arm entgegen. Sie trank das Glas in einem Zug aus, stellte es auf den Bartresen ab und rutschte langsam vom Hocker. In den Hüften schwingend folgte sie ihm auf die Tanzfläche. Er war ein guter Tänzer, und sie benahm sich ungehemmt vor Glücksgefühl, das sie beim Blick in seine finsteren Augen empfand, die fast von seinen dunklen Locken verdeckt wurden. Je wilder die Musik spielte, desto enger bildete sich ein Kreis von Bewunderern um die beiden. Die anderen Tänzer wurden zu Zuschauern, die anfeuernd in die Hände klatschten und ihren Spaß herausgrölten.

Wie selbstverständlich zog er Ruth an sich und drückte sie fest an seinen durchtrainierten Körper. Sie spürte seine Erregung, als er seinen Unterleib an ihren presste. Und bei seinem gierigen Kuss begannen ihr die Sinne zu schwinden. Um sie herum drehte sich alles. Dabei schien ihr Ich ausgelöscht. Ihr gelebtes Leben gab es nicht mehr. Stefan gab es nicht mehr. Ihre Ehe gab es nicht mehr. Es gab nur noch ihn, der sie in den Armen hielt, als wäre sie sein Besitz. Sie bekam gar nicht mehr mit, wie er sie von der Tanzfläche schleppte und zur Damentoilette brachte. Ihn störte es auch nicht, dass die beiden Mädchen schimpften, als er Ruth hereinbrachte. »Hier ist nur für Damen«, warfen sie ihm pikiert vor.

»Meiner Freundin geht es nicht gut«, entschuldigte er sich. Er band sein Nickituch vom Hals und hielt es unter das kalte Wasser, um Ruth das nasse Tuch auf die Stirn zu legen. Kopfschüttelnd verließen die Mädchen die Toilette. Ruth sah ihr erhitztes Gesicht im Spiegel. Es war ihr fremd. Es war das Gesicht einer aufgegeilten Frau, wie sie selbst empfand.

»Geht es wieder?«, fragte er sie. Anstatt ihm zu antworten, presste sie ihre Zunge zwischen seine Lippen, und dabei griff sie ihm kräftig in den Schritt. Nun war sie es, die ihn vom Spiegel weg in die Toilettenkabine zerrte. Hektisch machte sie sich an seiner Hose zu schaffen. Das Stöhnen, das kurz darauf aus der Kabine drang, mochte sich in den Ohren der wenigen Frauen, die die Toilette aufsuchten wie Verdauungsschwierigkeiten bei einer schweren Sitzung angehört haben. In dieser unbequemen, entwürdigenden Enge genoss Ruth für wenige Minuten die Lust des Animalischen. Eine Lust, die nicht zu ihrer Ehe passte. Eine Lust, die bis dahin höchstens in ihrer Fantasie Berechtigung hatte. Außerdem beglückte sie das Gefühl der Rache. Jetzt hatte sie sich gegenüber Stefan für dessen Seitensprünge gerächt, wie sie sich in ihrer Fantasie zurechtspann.

»Du warst gut, Mädel«, stöhnte ihre Eroberung, »das war ein echt guter Fick.«

Dieses Wort war für sie wie ein Schlag ins Gesicht. Plötzlich starrte sie ihn hellwach und entsetzt an. Jäh wurde ihr bewusst, was sie getan hatte. Hastig richtete sie ihre Kleidung. Panisch riss sie die Tür auf und rannte zum Ausgang. Der Bursche machte sich nicht die Mühe, ihr zu folgen. Sie rannte und rannte durch die Nacht. Eine Nacht, in der Träume zerplatzen. Wie viele Träume durfte sie noch träumen? Wie viele Träume hatte die Nacht?

Erleichtert fand sie am Taxistand noch einen Wagen, der sie heimbrachte. Zu Hause stellte sie sich erst einmal eine Stunde unter die Dusche, und doch hatte sie das Gefühl, den Dreck des fremden Mannes nie mehr loszuwerden.

Als sie am nächsten Morgen erwachte, wurde sie von ihrem Gewissen geplagt. Am liebsten wäre sie vor sich selbst geflüchtet. Sie schwor sich, dass so etwas nie wieder passieren dürfe. Stefan durfte niemals davon erfahren.

Obwohl sie ihn gerade jetzt gerne bei sich gehabt hätte, überfiel sie furchtbare Angst vor seiner Rückkehr. Würde er es ihr ansehen? Könnte sie ihm nun noch ungezwungen gegenübertreten? Hin und her gerissen, ihn bald wiederzusehen, war sie dennoch froh über seine Ansichtskarte gewesen, auf der er ihr schrieb, dass sie sich noch gedulden müsse, denn diesmal würde er bestimmt länger als erwartet brauchen, um mit den Verhandlungen zum Abschluss zu kommen.

Sie verfluchte ihre blöde Idee, ausgegangen zu sein. Wie weit nur hatte sie ihre Eifersucht getrieben? Sie liebte ihn doch!

Die nächsten Tage lenkte sie sich mit übertriebener Hausarbeit ab. Sie stellte die ganze Wohnung auf dem Kopf, räumte hier und stellte dort um. Am Abend sank sie erschöpft ins Bett. Darum war es ihr zu anfangs gar nicht groß aufgefallen, wie schlapp und unwohl sie sich tagsüber fühlte. Als sie nach dem Ausbleiben ihrer Periode einige Wochen später an anhaltendem morgendlichen Erbrechen litt, bekam sie es mit der Angst zu tun. Angst vor ihrem sehnlichsten Wunsch, schwanger zu sein. Wer aber war dann der Vater?, fragte sie sich verzweifelt. Sie musste Gewissheit haben. Und die gab ihr Dr. Freising mit freundlichem Nicken. Noch Stunden, nach dem sie ihn aufgesucht hatte, sah sie immer noch seine dunkle Hornbrille und seinen breit lächelnden Mund vor sich. »Da darf ich ja wohl gratulieren, meine Liebe«, hörte sie ihn wieder deutlich in ihren Gedanken sagen.

Um einen klaren Kopf zu bekommen, trank sie einen Piccolo, den letzten für die nächsten Monate, wie sie sich schwor.

Und tatsächlich kam ihr schon nach dem ersten Schluck die rettende Idee. Das Menschenkind, das in ihrem Bauch heranwuchs, musste ja nicht von dem Kerl sein, es konnte ja genau so gut Stefans Kind sein.

Schließlich hatten sie noch die Nacht vor seiner Abreise Verkehr miteinander gehabt.

Wie auf heißen Kohlen sitzend wartete sie auf seine Rückkehr. Schließlich musste sie ihm nach seiner Ankunft umgehend die Nachricht überbringen, nach der ja auch er sich sehnte, wie er stets beteuert hatte. Anderseits musste sie es auf alle Fälle schaffen, ihren Fehltritt vor ihm zu verbergen. Er kannte sie nur zu gut in Mimik und Gestik, kein falscher Blick, keine zu lasche Umarmung durfte sie verraten.

Als dann nach Tagen der Anspannung das Telefon klingelte, empfand sie den schrillen Ton und dann seine Stimme als eine Erlösung aus einer übergroßen Ungeduld und gleichzeitig als eine Bedrohung. »Hallo Liebling, ich bin am Bahnhof und nehme mir ein Taxi. Ich bitte dich, brühe schon mal einen starken Kaffee, ich habe fürchterliche Kopfschmerzen. Also, bis gleich ... ich liebe dich!«

Eilig richtete sie alles schön her. Deckte den Tisch hübsch mit Blumen und dem besten Geschirr ein und überprüfte vor dem Spiegel gewissenhaft ihr Aussehen.

Als vor dem Haus das Taxi hielt, stand sie bereits wartend in der Haustür.

Nach etlichen Minuten schob sich der ungeduldig wartende Chauffeur seine Mütze in den Nacken. Sein Fahrgast sollte endlich bezahlen, aber der hatte nichts Besseres zu tun, als die bezaubernde Frau in seinen Armen zu halten, als wollten sie sich nicht mehr trennen. Erst nachdem das Horn des Taxis dreimal drängend hupte, löste sich das Paar.

Kaum hatten die beiden die nach Kaffee duftende Stube betreten, da hing Ruth wieder an seinem Hals und bedeckte sein Gesicht mit vielen Küssen.

Verwundert sah er sie an. »Was ist los, Liebling, machst du mir heute gar keine Vorwürfe wegen Carmen? Du bist ja außer Rand und Band.«

»Ach Carmen, sie interessiert mich nicht! Schatz, ich habe dir etwas Großartiges zu sagen. Aber es ist wohl besser, wenn du dich zuerst hinsetzt.«

»Hey, Liebling, du machst es aber spannend, haben wir im Lotto gewonnen?«

Sie zog ihn zum Sessel, warf sich auf seinen Schoß und begann heftig zu weinen.«

Stefan konnte mit diesem Stimmungswandel überhaupt nichts anfangen. Er versuchte, sie von sich wegzudrücken, damit er ihr in die Augen schauen konnte.

»Nun sag mir endlich, was los ist!«, sagte er fest und bestimmend.

Jetzt sah sie ihm in die Augen, und er konnte es nicht deuten, ob er aus ihrem Gesicht Traurigkeit oder Freude herauslesen durfte.

»Schatz«, hauchte sie, »wir werden ein Kind bekommen.«

Stefan sprang auf, fast wäre sie auf den Boden gerutscht.

»Wir werden was?«, donnerte er los.

»Stefan ... was ist mit dir? Freust du dich denn nicht? Ja, du wirst Vater werden, darauf haben wir doch so lange gewartet!«

Stefan riss an seinem Haar und schlug sich mit der Faust vor die Stirn.

»Schatz, Schatz, hast du so schlimme Kopfschmerzen? Warte, ich hol dir ein Aspirin, und dann trinkst du den heißen Kaffee.«

Kalkweiß im Gesicht stand Stefan vor ihr. Ihre Worte, dass sie Eltern wurden, hätten zur schönsten Nachricht für ihre gemeinsame Liebe werden können, aber beide wussten, sie war zum Verrat an ihre Liebe geworden. Für ihn war in diesem Augenblick eine, seine Welt zusammengebrochen. Etwas stieg in ihm hoch, das er in dieser Form noch nie erlebte. Wut – beinahe unbezähmbare Wut. Er fühlte sich nicht nur betrogen, er war betrogen worden. Sie hatte es mit einem anderen Mann getrieben. Und dir macht sie ständig zu Unrecht Szenen wegen Carmen, schrie es in seinem Kopf. Wieder schlug er sich vor die Stirn, als müsse er die Wut aus seinem Schädel prügeln.

»Ich muss an die frische Luft, ich kann nicht mehr!«

Über viele Jahre hatte er sein Geheimnis hüten können, kein richtiger Mann zu sein. Er konnte ihr zu keiner Zeit gestehen, als Mann ein Versager zu sein. Sie wünschte sich doch so sehr Kinder. Nur deshalb gab es die unausgesprochene Lüge. Und nun sollte sie ein Kind bekommen, das aber nicht seins war, nicht seins sein konnte?

Wortlos ging er in den Flur und zog sich an. Fassungslos folgte sie ihm. Er kann nicht wissen, dass ich ihn betrogen habe, besänftigte sie verwundert ihre innere Stimme. »Stefan, wo willst du hin? Warum reagierst du so? Schatz, ich flehe dich an, bleib hier!« Doch da fiel schon die Tür ins Schloss.

In dieser Nacht betrank sich Stefan wie noch nie in seinem Leben. In den frühen Morgenstunden rüttelte eine Polizeistreife an seiner Schulter. Auf diese rüde Weise wach geworden, fand er sich auf einer Parkbank wieder.

»Wir drehen unsere Runde, und wenn wir gleich wieder hier vorbeikommen, sind Sie verschwunden! Sonst nehmen wir Sie mit aufs Revier, ist das klar?«

Die Ansprache des Polizisten war eindeutig genug. An einem Springbrunnen wusch er sich das Gesicht. Das kalte Wasser tat ihm gut. Er beschloss, durch den frischen Morgen zum Bahnhof zu gehen. Auf der Bahnhofstoilette machte er sich ein wenig zurecht. Danach bestellte er sich im Bahnhofsrestaurant zwei Brötchen und ein Kännchen Kaffee. Den Kopf in die Hände gestützt, zermarterte er an einem Ecktisch sitzend sein Gehirn, wie nun alles weitergehen sollte. Als er aufgegessen und das Kännchen geleert hatte, war er gedanklich so weit. Er würde ihr verzeihen! Nichts auf der Welt konnte seine Liebe zu Ruth zerstören, bestätigte er sich. Auch nicht das Kind eines fremden Mannes. Sollte es nur kommen, es wäre dann seins. Diesem Kind wollte er ein Vater sein, und wenn Ruth ihn auch noch liebte, würde er nie mehr ein Wort darüber verlieren, wie weh sie ihm getan hatte.

Unterwegs kaufte er einen großen Strauß roter Rosen. Eine halbe Stunde später traf er Ruth halb wach, halb schlafend am Küchentisch sitzend an. Sie war nicht zu Bett gegangen. Sie sah fürchterlich verheult aus. Es tat ihm sehr weh, sie so zu sehen. Er beugte sich zu ihr runter, legte die Rosen auf den Tisch ab und zog sie an ihren Armen vom Stuhl. Und mit einem Blick, der nicht ehrlicher hätte sein können, sagte er: »Ich liebe dich!«

Im April des darauffolgenden Jahres kam Yvonne auf die Welt. Seit er das Mädchen zum ersten Mal auf dem Arm trug, war er wie verwandelt. Er hatte sich doch auch immer so sehr ein Kind mit Ruth gewünscht. Nun war Yvonne in ihr Leben getreten. Ihr Lächeln bezeugte ihm gefühlsmäßig seine Vaterschaft. Er schwor sich, der Lebensbegleiter an der Seite des Kindes zu sein. Er würde von nun an Sorge um sie und für sie tragen. Die übergroße Liebe, die er für Ruth empfand, wollte er ebenfalls Yvonne zukommen lassen.

Für Ruth war Stefans väterliches und liebevolles Verhalten in den folgenden Jahren ein sicheres Zeichen dafür, dass er der leibliche Vater war. Nicht nur für Ruth, für alle Welt war er Yvonnes Vater, auch wenn sich einige heimlich fragten, wo das Kind bloß diese hübschen, dunklen Locken herhatte, die sich später aber auswuchsen.

So gingen die Jahre recht optimistisch dahin, wenn man Ruths immer wieder aufflammenden Eifersuchtsattacken gegenüber Carmen außer acht lässt. Aber davon ließ sich Stefan nicht beeindrucken. Es gab zwei gewichtige Gründe, warum er nicht auf seine Sekretärin verzichten wollte. Zum einen war er sich keiner Schuld bewusst und zum anderen war Carmen eine hervorragende Mitarbeiterin. Allerdings, Frauen haben oft andere Antennen als ihre Ehemänner, wenn es darum geht, eine Nebenbuhlerin zu erkennen. Ruth hatte diese feinen Antennen. Stefan hingegen benahm sich nicht nur unwissend, was Carmens ziemlich offensichtliches Werben betraf, er war tatsächlich unwissend. Nach Jahren engster Zusammenarbeit empfand er es als normal, wenn sie ihn mit alltäglichen Kleinigkeiten verwöhnte und immer ein freundliches Lächeln für ihn übrig hatte. Zudem gefiel es Stefan verständlicherweise, mit einer attraktiven Frau durch die Welt zu reisen, die sich bei den gemeinsamen Essen in den Hotels oder in den Restaurants hübsch machte und gerne auch mal ihre weiblichen Reize zur Geltung brachte, von denen sie einige zu bieten hatte.

Stefans Gedanken hingegen kreisten jedoch um ganz andere Themen. Natürlich ließ ihn der Gedanke nicht mehr los, wer der andere Mann sein mochte, der als leiblicher Vater von Yvonne galt. Und manchmal, wenn er unterwegs war und seine Nächte in Hotels verbringen musste, stellte er sich schlaflos vor, Ruth könnte diesen Mann immer noch treffen.

Ebenso machte ihm der Hausbau Sorgen. Stefan und Ruth hatten sich inzwischen entschieden zu bauen, um der kleinen Familie damit auch rein symbolisch feste Mauern zu geben. Und wegen seiner häufigen Abwesenheit kam es in Bezug auf den Hausbau ziemlich oft zu organisatorischen Schwierigkeiten, die zusätzliche Spannungen in die Familie trugen. Ruth, die nicht nur von Eifersucht geplagt wurde, sondern auch von ihren Gewissensbissen, Stefan betrogen zu haben, trank weiterhin heimlich. Vor allem, wenn Yvonne in der Schule war.

1973 spitzte sich nicht nur die familiäre Lage zu, auch die politische im Land. Die Araber hatten wegen des israelisch-arabischen Jom-Kippur-Krieges den Industrieländern den Ölhahn zugedreht. Öl wurde zu einer Art Waffe eingesetzt. Benzin wurde rationiert oder war an den Tankstellen schlichtweg ausverkauft. An autofreien Sonntagen gingen die Menschen auf der Autobahn spazieren. Bisher war man es gewohnt, dass Öl beinahe unbegrenzt wie Wasser aus dem Mittleren Osten floss, was in den westlichen Ländern und vor allem auch in Deutschland zu Vollbeschäftigung und Wohlstand führte und somit auch Stefans gesellschaftlichen Stand sicherte. Folglich gab es nun einen Wirtschaftseinbruch. Fabriken wurden stillgelegt, und vor den Arbeitsämtern bildeten sich lange Schlangen Arbeitsuchender. Womit Stefan nie gerechnet hätte: Auch sein Arbeitgeber meldete nach hartem Ringen schließlich Konkurs an. Alles geriet von heute auf morgen aus den Fugen. Nur gut, dass das Haus auf festem Fundament stand, dafür hatten die soliden Berechnungen der Architekten gesorgt, aber die Zukunftspläne von Stefan und Ruth gerieten arg ins Wanken.

Und beinahe wären sie vollends eingestürzt, als es an dem unglückseligen Vormittag an der Haustür klingelte. Ruth machte große Augen, als Carmen mit einem dicken Bauch um Einlass bat. Das heißt, sie bat nicht, sie drängte sich einfach an der verblüfften Ruth vorbei direkt ins Wohnzimmer, wo Stefan ahnungslos über Schreibkram saß. Stutzig geworden blickte er hoch.

»Frau Fernández, was kann ich für Sie tun?«

Frau Fernándes fasste sich mit beiden Händen an ihren Bauch, der sich unübersehbar wölbte.

»Was du für mich tun kannst? Na, du machst mir Spaß! Glaubst du etwa, nur weil wir nicht mehr zusammenarbeiten, könntest du dich aus deiner Verantwortung stehlen?«

Erstaunt erhob sich Stefan langsam vom Stuhl, und sichtlich unsicher, wie er sich verhalten soll, baute er sich beinahe drohend vor seiner ehemaligen Sekretärin auf. Völlig in Rage geraten zwängte Ruth sich zwischen die aufdringliche Person und ihren Mann. Ungeachtet dessen tat Carmen Fernándes so, als wären sie und Stefan alleine.

»Du meinst wohl, nachdem du jahrelang dein Vergnügen mit mir hattest, könntest du mich jetzt mit dem Kind sitzen lassen. Nein, nein, da bist du schief gewickelt. Entweder heiratest du mich oder du zahlst!«

Ruth begann zu schwanken, sie wollte sich umgehend setzen, aber während sie jammerte: »Ich hab es gewusst, ich hab es die ganze Zeit gewusst«, fiel polternd der Stuhl um. Wäre Stefan ihr nicht geistesgegenwärtig zur Hilfe geeilt, hätte er sie sicherlich vom Boden aufheben müssen.

Auch Stefan war nun sehr aufgeregt und hatte alle Mühe, seine sich wild gebärdende Frau auf die Couch zu setzen. Vor Empörung außer sich stürzte er gleich darauf mit erhobener Hand nach vorne auf Carmen zu. Erst im letzten Moment besann er sich, als ihm mit einem Blick auf ihren Bauch ihr Zustand bewusst wurde. Er konnte doch keine schwangere Frau schlagen.

Von der Couch aus schrie Ruth: »Schmeiß sie raus, Stefan, ich sage nur eines, schmeiß sie raus, und zwar sofort!«

Ganz dicht vor seiner ehemaligen Mitarbeiterin stehend fragte Stefan mit laut erhobener Stimme nicht mehr ganz so formell: »Wie kommst du dazu, mir hier solch ein Theater vorzuspielen?«

»Weil ich dich liebe!«, schrie Carmen nun ebenso lärmend. »Ich liebe dich! Ich halte es ohne dich nicht mehr aus. Und … und … was soll denn aus unserem Kind werden?«

»Am besten, du verlässt gleich mit ihr das Haus«, kreischte Ruth dazwischen. Sie raffte sich auf, um sich eine Flasche Escorial aus dem Schrank zu holen.

»Lass die Flasche stehen! Ruth, ich bitte dich, lass die Flasche stehen. Yvonne kommt bald aus der Schule. Was soll das arme Kind denken? Ich werde dir nachher alles erklären.«

»Erklären, erklären, was gibt es denn da noch zu erklären? Verschwinde mit diesem Flittchen! Wir sind getrennte Leute.« Schluchzend rannte Ruth ins Bad und schloss sich dort ein.

Schnaufend packte Stefan Carmens Oberarm und riss sie in den Flur. Widerspenstig versuchte sie, sich an seinen Hals zu hängen. »Stefan, Stefan, ich liebe dich. Komm zur Vernunft. Du hast etwas Besseres verdient als diese Alkoholikerin. Wir hatten doch so eine schöne Zeit zusammen, die kannst du doch nicht einfach wie Dreck wegwerfen.«

Stefan blieb unbeeindruckt von ihren Worten. Mit einiger Mühe schaffte er es schließlich, sie hinauszubugsieren. Bevor er die Tür hinter ihr schloss, giftete sie ihn an: »Glaub nur nicht, du könntest dich damit aus der Affäre ziehen. Ich werde dir die Hölle bereiten, das verspreche ich dir!« Dann verschwand sie.

Völlig fertig lehnte sich Stefan mit der Stirn gegen die Tür. Erst als es aus dem Bad schepperte und klirrte, eilte er zu Ruth. Sie hatte abgesperrt.

»Mach die Tür auf!«, brüllte er, aber von innen kam keine Antwort. Jetzt wurde Stefans Stimme flehender. »Liebling, ich bitte dich, mach endlich die Tür auf.«

Nein, wiederum kam keine Reaktion von ihr. Von der Situation total überfordert ging er zwei Schritte zurück, und dann sprang er mit der Schulter vor die Tür, dass die Verriegelung krachend aus dem Rahmen sprang. Sich die Schulter reibend starrte er auf seine Frau, die wie ein Geist mitten im Bad stand. Aus ihren herabhängenden Armen tropfte Blut auf die Fliesen, und in der rechten Hand hielt sie noch eine seiner Rasierklingen.

»Ruth! Bist du verrückt geworden, was hast du getan?« In zwei Schritten war er bei ihr. Ohne dass Sie sich wehrte, führte er sie zum Waschbecken. Mit dem erstbesten Handtuch, das dort hing, wischte er ihr die Handgelenke sauber. Erleichtert stöhnte er: »Gott sei Dank, o Herr im Himmel! Gott sei Dank.« Es hatte schlimmer ausgesehen, als es war. Kein Grund, in Panik zu geraten. Aus dem Spiegelschrank holte er Verbandszeug. Stumm beobachtete Ruth, wie er ihr die Handgelenke versorgte.

Brummig meinte er: »Wenn die Blutung auf diese Weise gestoppt wird, dann brauchst du damit nicht zum Arzt gehen. Doktor Rüth wird nur dumme Fragen stellen, wenn er die Wunden sieht. Oder willst du in die Nervenheilanstalt? Dort wird man dich nämlich hinbringen, wenn du nicht bald vernünftig wirst.« Stefan unterbrach sein Reden. Man konnte deutlich hören, wie die Haustür ins Schloss fiel. Beide zuckten zusammen. Gemeinsam starrten sie zur Diele.

»Ich bin es«, hörten sie Yvonnes fröhliche Stimme. »Wo seid ihr?«

Wenige Augenblicke später schrie sie auf. Es musste für sie ein schreckliches Bild gewesen sein, ihre Mutter in diesem Zustand zu sehen und das Blut auf den Fliesen. Auf dem Absatz drehte sie sich herum und rannte aus dem Haus.

In Ruth fuhr Leben. »Lauf ihr nach«, bat sie Stefan eindringlich.

Auf seine Schulter abgestützt brachte er Ruth zurück zur Couch.

»Mach dir keine Sorgen, ich werde sie finden«, sprach er beruhigend auf sie ein.

Stefan wusste genau, wo er Yvonne finden würde. Und er hatte recht. Zusammengekauert saß sie im Schuppen bei ihren geliebten Kaninchen. Bedacht ging Stefan auf sie zu. Dann setzte er sich neben sie, ohne ein Wort zu sagen. Er wollte einfach nur geduldig sein. Und tatsächlich, auf einmal hob sie den Kopf und fragte: »Muss Mutti sterben?«

Behutsam nahm Stefan sie in den Arm. »Wie kommst du darauf? Natürlich wird deine Mutter nicht sterben!«

»Aber sie hat doch so schlimm geblutet und ist ganz blass. Habt ihr euch gestritten?« Nun wurde sie plötzlich wütend. »Ich hasse es, wenn ihr euch immer streitet. Ich weiß genau, dass Mutti Kummer hat. Ich bin nicht mehr so klein, wie ihr denkt.« Erneut machte sie Anstalten wegzurennen, aber Stefan hielt sie am Arm fest.

»Halt, halt, meine kleine Prinzessin. Ich verspreche dir, dass alles wieder gut wird.« Er beugte sich vor und nahm ihr Gesicht in beide Hände. »Glaubst du mir das, Prinzessin?«

Wie erstarrt schaute sie ihn an. »Ich möchte jetzt auf mein Zimmer gehen.«

»Also gut, ich werde dich ins Haus begleiten.«

Wieder im Wohnzimmer besah sich Stefan Ruths Verbände. Sie waren nicht durchgeblutet. Erleichtert atmete er auf. Seine Frau hatte sich etwas beruhigt. Stefan goss Martini in zwei Gläser. Eines davon gab er Ruth. Er zog den Sessel an die Couch heran und setzte sich dicht vor sie hin. Zunächst rang er nach Worten, dann sagte er mit fester Stimme: »Ich habe mit dir zu reden.« Hastig leerte er das Glas, wobei er sie nicht aus den Augen ließ. Bedrohlich wirkte er dabei, und auch der Klang seiner kontrolliert leisen Worte unterstrichen Ruths Wahrnehmung, dass es ihm ernst war.

Sie fröstelte, als er in gleichbleibendem Tonfall, ohne seine Stimme anzuheben, zu reden begann. »Du willst mir vorwerfen, dich betrogen zu haben? Du? Gerade du? Zehn Jahre lebe ich schon mit einer Lüge, meine Liebe. Einer Lüge, die du mir aufgetischt hast. Glaubst du etwa, ich wüsste es nicht, dass Yvonne nicht von mir ist? Du warst es, du, du, du, die mich betrogen hat!«

Bleich und zittrig fuhr Ruth von der Couch hoch. Sie rang förmlich danach, ein für sie passendes Argument zu finden. Mit dem Mut der Verzweiflung versuchte sie, sich zu verteidigen. Zischend flogen die Worte aus ihrem Mund. »Na, du machst es dir aber einfach. Deine Geliebte erscheint hier mit dickem Bauch, quasselt was von Heiraten, weil du ihr den dicken Bauch gemacht hast, und jetzt, jetzt versuchst du, deinen Kopf mit diesem blödsinnigen Vorwurf aus der Schlinge zu ziehen? Mach dich doch nicht lächerlich, also das ist schon ein starkes Stück!« Je mehr Ruth sich in Rage redete, desto mehr hörte es sich an, als glaube sie selbst an dem, was sie sagte, was Stefan wiederum die Zornesröte ins Gesicht trieb.

»Halt den Mund, halt sofort deinen Mund!« Nun schrie er unbeherrscht. »Mach es nicht schlimmer, als es ohnehin schon ist.« Daraufhin stand er auf, sah sich die Fotos an der Wand an, auf denen er mit ihr und Yvonne gut gelaunt und lachend abgelichtet war. Ohne sich umzudrehen, brüllte er erneut: »Ich bin zeugungsunfähig! Ich, hörst du, ich … ich kann keine Kinder zeugen.« Nun drehte er sich blitzschnell herum. »Und wenn du es mir nicht glaubst, kann ich dir das gerne schriftlich geben. So wenig wie Yvonne von mir ist, ebenso wenig ist das Kind von mir, das in Carmens Bauch heranwächst. Bist du nun zufrieden?«

In der angespannten Stille, die plötzlich eingetreten war, hörten sie Schritte davonrennen. Sofort war Stefan klar, dass Yvonne zumindest seinen letzten Ausbruch mehr oder weniger zufällig mit angehört hat. Im Herzen bewegt eilte er ihr nach.

Nachdenklich klappte Lemmi das Buch zu. Das musste er erst einmal gedanklich verdauen. Das war schon starker Tobak, wie er meinte.

Hin und her gerissen grübelte er nach, wem gegenüber er mental Stellung beziehen sollte. Wem er Sympathie entgegenbringen könne, um das eine oder andere Unrecht zu rechtfertigen. Er beschloss, sich eine Flasche Bier aufzumachen. Und genau in dem Moment, wo er die Flasche an seinen Mund ansetzen wollte, stockte er. Er besah sich die Flasche, als wäre Gift darin, um sie kurz entschlossen im Spülstein auszugießen. Rotraud hätte ihre helle Freude gehabt, es zu sehen. Wegen des Textes, den er gerade gelesen hat, spürte er auf sonderbare Art ihre Anwesenheit. Für ihn war es pure Magie. Diese Frau, die wie ein Engel in sein Leben getreten war, durfte er nicht enttäuschen, auch nicht im Geheimen. Sie hatte ihm die Augen für sein Fehlverhalten in der Vergangenheit geöffnet. Er begriff, dass sie ihn mit ihrer liebevollen Zuneigung quasi aus seinem ganz persönlichen Desaster herausgeholt hatte. Nun begann er auch zu verstehen, welche tiefsinnige Liebesbotschaft sie ihm mit dem Buch überlassen hatte, nämlich verzeihen zu können, wenn man wirklich von Herzen liebt, in dem man seinen Egoismus überwindet. Seiner Meinung nach war er nun so weit, ihr erneut zu begegnen. Anderseits fühlte er sich körperlich noch sehr schwach, und hinzu kamen immer noch die schlimmen Angstattacken, die sich in Schweißausbrüchen und Kreislaufschwierigkeiten sehr unangenehm zeigten. Er war vernünftig genug, zu erkennen, dass sie ihn in diesem Zustand nicht sehen durfte. Noch brauchte er viel Ruhe.

Wie an den folgenden Abenden ging er auch jetzt früh ins Bett, um sich am nächsten Morgen an einen wunderschönen Traum zu erinnern, in dem sie an seiner Seite war.

V.

Drei Wochen später

Über Nacht hatte es kräftig geschneit. In dieser Jahreszeit Rosen zu besorgen war nicht so einfach. Aber Lemmi setzte alles daran, sie zu bekommen. Die freundliche Verkäuferin im Blumengeschäft machte ihm mit vielsagendem Blick einen entzückenden Strauß zurecht.

»Der wird ihr gefallen«, bemerkte die Floristin, als sie ihm das Wechselgeld aushändigte. Er bedankte sich und verließ ziemlich euphorisch den Laden.

Lemmi kannte den Stadtteil gut, in dem Rotraud wohnte. Die Straßenbahn Linie 11 hielt praktischerweise nur wenige Meter von dem Haus entfernt, in dem sie nach ihrer angegebenen Adresse wohnte. Drei Häuser weiter hing sogar ein Zigarettenautomat, den er bis zu seinem Unfall wöchentlich aufgefüllt hatte.

Warum war er ihr zuvor nie begegnet?

In diesem Randbezirk gab es ausschließlich hübsche Ein- oder Zweifamilienhäuser, die sich im Sommer mit gepflegten Vorgärten präsentierten. Nun aber wehte Schneegriesel über die mit Asche abgestreuten Fußwege, an deren Ränder sich schmutzige Wälle türmten. Lemmi schlug sich den Mantelkragen hoch, und ab und zu verzog er griesgrämig das Gesicht, weil ihm der eisige Wind ins Gesicht schnitt. Außerdem drang ihm Schnee in die Schuhe, wenn er nicht achtsam seine Schritte setzte.

Vor der Toreinfahrt mit der Nummer 7 blieb er mit rasendem Herzen stehen. Er befürchtete, dass nach der langen

Zeit, in der sie sich nicht gesehen hatten, möglicherweise auch die Vertrautheit ein wenig eingefroren war. Sicher, in seinen Vorstellungen war alles lebendig geblieben, aber wie würde sie reagieren?

Obwohl es ihn so schnell wie möglich ins Haus drängte, blieb er einige Augenblicke davor stehen, um den recht feudalen Bau auf sich wirken zu lassen. Dann kam ihm die Überlegung, dass es vielleicht doch besser gewesen wäre, sich vorher anzumelden. Aber dann wäre seine Überraschung hinfällig gewesen. Außerdem, wo sollte sie bei diesem Schietwetter schon sein? Vor allem, weil sie ja auch nicht gut zu Fuß war.

Seltsam, als er unter dem schützenden Vordach stand, verflog mit einer Böe auch seine Aufgeregtheit. Vollständig ruhig wurde er. Mit einem prüfenden Blick auf die Rosen drückte er beherzt den Klingelknopf. Bald darauf hörte er feste, rasche und gleichmäßige Schritte, was ihn verwunderte, da er sie im Krankenhaus stützen musste. Hinter der matten Türscheibe beobachtete er angestrengt, wie sich die Gestalt einer Frau näherte. Ein Schlüssel wurde mehrfach im Schloss gedreht.

Voller Vorfreude wartete er gespannt darauf, dass ihm geöffnet wurde. Und als er dann sah, wer ihm öffnete, trat er beinahe erschrocken zwei Schritte zurück. Sprachlos taxierte er die Frau. Das konnte doch nicht Rotraud sein. Sicherlich, sie war ein täuschend ähnliches Ebenbild von ihr, aber viel jünger. So mochte sie vielleicht mit zwanzig ausgesehen haben.

In seine Grübelei hinein sprach die Frau ihn an. »Sie wünschen?«

Lemmi fand nicht schnell genug die passenden Worte.

Sie nutzte seine Sprachlosigkeit, um sich den Mann, der an einem Tag, wo man keinen Hund vor die Türe schickt, einigermaßen verlegen mit Rosen vor ihrer Tür stand. Und genau in dem Moment, wo er sich vorstellen wollte, sagte sie: »Sie müssen Lemmi sein!«

Sicher wirkte er nicht sonderlich intelligent, als er daraufhin mit offenem Mund erneut nach Worten rang. »Ja, ja … natürlich, ich … ich bin Lemmi. Aber …«

»Bitte kommen Sie herein«, unterbrach sie ihn. »Darf ich Ihnen die Blumen abnehmen?«

»Verzeihung«, wehrte er ab, »die Blumen … die Blumen sind für … Rotraud, ich meine natürlich für Frau Schniewind.«

»Oh, das geht schon in Ordnung, aber bitte, nun kommen Sie doch rein, damit ich die Tür wieder schließen kann. Das Haus kühlt ja aus.«

Lemmi gehorchte folgsam. Er gehorchte auch, als er ihr ins Wohnzimmer folgen sollte. Da saß er nun im weichen Polster, unfähig, sich einen Reim darauf zu machen, was hier schief lief, während die Frau in der Küche die Blumen versorgte.

Hier wohnt also Rotraud, sinnierte er. Nicht schlecht, alles wirkte gediegen und erlesen. Der Großteil der Wände war mit Büchern verdeckt. In einer Nische am Fenster befand sich ein etwas zu protziger Schreibtisch, wie er empfand. Alles in allem, sagte er sich, lebte hier eine Frau, die im Leben recht erfolgreich ist.

Es dauerte länger, als ihm lieb war, bis die Unbekannte zurückkam.

»Ich habe uns rasch einen Tee aufgebrüht, der wird Ihnen nach der Kälte guttun.« Und schon setzte sie sich ihm lächelnd gegenüber. »Ach so«, sagte sie, »ich darf doch Lemmi sagen, oder?«

»Wie bitte? Ja, ja, natürlich.«

»Sagen Sie ruhig Jasmin zu mir.«

Lemmi schaute betreten. »Ich will nicht unhöflich sein, aber sagen Sie mir bitte, wann ich Frau Schniewind sprechen kann. Und vor allem, woher kennen Sie mich?«

Die Frau, die sich als Jasmin vorstellte, pustete in den heißen Tee, als suche sie unter der Oberfläche nach Worten. Dann stellte sie langsam die Tasse auf den Tisch. Ihr Lächeln verschwand zusehends. Lemmi zuckte zusammen, als er unwillkürlich beobachten musste, wie ihr Gesicht zu altern schien. In seiner Hilflosigkeit war ihm plötzlich auf verrückte Weise danach, sie zu fragen, ob sie Rotraud wäre. Sollte ihn sein Gedächtnis denn wahrhaftig so getäuscht haben?

Ihre Stimme wurde brüchig. »Meine Mutter ist tot.«

Fast hätte Lemmi den Tee verschüttet. Chaos entstand in seinem Kopf. Eine Achterbahn der Gefühle raste durch seinen Körper. Zudem wusste er nicht, wie er sich verhalten sollte. Wegrennen und Bleiben gerieten in Streit. War das wieder einer seiner gefürchteten Albträume?

Jasmin erhob sich, und für ihn vollkommen überraschend legte sie mitleidig den Arm um seine Schulter. »Sie haben meine Mutter sehr gemocht. Sie hat mir viel von Ihnen erzählt.«

Bestürzt und gleichzeitig ungläubig starrte er sie an. »Aber … das kann doch nicht sein. Ich meine, sie kann doch nicht tot sein.«

Seine Lippen bebten, und dieser verdammte Abschiedsschmerz stieg wieder aus den tiefsten Tiefen seiner Seele hoch.

Jasmin geriet sichtlich in Sorge. »Möchten Sie einen Cognac trinken? Er wird Ihnen vielleicht guttun.«

Lemmi winkte ab. Völlig apathisch ließ er sich in das Rückenpolster sinken.

»Sie darf mich doch nicht einfach alleine lassen«, stammelte er. »Wann … wie … ist es passiert?«

»Ach«, stöhnte sie, »meine Mutter war schon längere Zeit sehr krank gewesen. Sie hatte Krebs, und als sie das letzte Mal im Krankenhaus war, ist es sehr schnell gegangen, nachdem sie auf eigenen Wunsch entlassen wurde.« Nun stockte auch sie. »Es war ja abzusehen und dennoch, wenn man einen Menschen liebt …« Sie konnte nicht mehr weitersprechen.

Nun schauten sich die beiden wie zwei von der Welt verlassene Kinder an.

Nach einer kurzen Pause fragte er entschlossen: »Wo ist sie begraben? Sagen Sie es mir bitte, ich möchte die Rosen auf ihr Grab legen.«

»Bei dem Wetter?«, gab sie zu bedenken.

»Es stört mich nicht.«

Nach kurzem Zögern sagte sie: »Also gut, ich mache Ihnen einen Vorschlag. Ich begleite Sie, wenn Sie damit einverstanden sind. Wir werden die Straßenbahn nehmen. Die Bahn hält genau vor dem Nordfriedhof. Ich bin keine gute Autofahrerin, müssen Sie wissen. Und bei dem vielen Schnee …«

Lemmi stimmte ihr hastig zu. »Gerne. Es würde mich sehr freuen, wenn Sie mitkommen, dann brauche ich nicht lange suchen.«

»Gut, dann trinken wir jetzt erst den Tee und machen uns dann auf den Weg!«

*

Wie ausgestorben bot sich ihnen der Nordfriedhof, wenn man in Anbetracht der Tatsache, dass es sich um eine Stätte der Toten handelt, diese Metapher heranziehen darf. Es sah so aus, als hätten Schnee und Eis die Gräber für immer versiegelt. Hier und da flog aus der Totenstarre eine aufgescheuchte Krähe von einem der Grabsteine in den grauen Winterhimmel, als würde mit ihr der letzte Hauch Leben von diesem eisigen Ort entschwinden. Mit jeder Faser seines Seins spürte Lemmi die Einsamkeit, die ebenfalls frostig in seine Haut zu kriechen begann, als greife bereits die kalte Hand des Jenseits nach ihm. Einzig die Flamme der Liebe brannte in seinem Herzen. Schweigsam stapften sie nebeneinander durch den unberührten Schnee.

Als sie unter den kahlen Bäumen einige kaum erkennbare Wegwindungen durchschritten, entdeckte Lemmi schon von Weitem einen aufgeworfenen Hügel.

Er blieb abrupt stehen. »Ist es dort hinten?«, fragte er leise, als könne er ein Geheimnis verraten.

Sie fasste nach seiner Hand. »Ja, dort hinten liegt sie.«

Jetzt erst begriff Lemmi die grausame Endlichkeit in ihrer ganzen Bedeutung. Er war zu spät gekommen. Nie mehr würde er ihre warmen Lippen spüren. Nie mehr ihre samtweiche Stimme hören. Und es würde kein gemeinsames Leben mit ihr geben.

Jasmin ließ ihn in seiner Nachdenklichkeit gewähren und war bereits vorausgegangen. Schließlich eilte er ihr nach. Als er am Grab angekommen war und an ihrer Seite stand, sprach sie ein Gebet. Er war peinlich berührt, weil er nicht wusste, wie man betet. Mechanisch legte er die Rosen in den Schnee, unter dem bereits die Blumen in den Buketts und Kränzen erfroren waren. Vielleicht war seine Handlung ja auch so eine Art Gebet? Aber er empfand keine Genugtuung, da seine Rosen, mit denen er ihr zu Lebzeiten seine Liebe ausdrücken wollte, nun einen unpassenden lebendigen Kontrast zu den abgestorbenen Blüten des Abschieds bildeten, wie er empfand.

Dem Augenblick geistig entrückt, schloss er die Augen. Unerwartet spürte er keine Kälte und keine Trauer mehr. Ihm war, als wäre die Zeit aufgehoben. Es gab kein gestern und heute mehr. Hinter seinen geschlossenen Augen zeigten sich schemenhafte Bilder. Staunend beobachtete er, wie Rotraud aus der Dunkelheit trat. Er war sich sofort sicher, dass sie sich von ihm verabschieden wollte. Wie selbstverständlich nahm er sie in seine Arme, und sie küssten sich leidenschaftlich. Alles ging sehr schnell, und als sie wieder im Schein seiner Fantasie verblasste, um schließlich gänzlich aus seinem Blickfeld zu verschwinden, hörte er aus der Ferne ihre Stimme, die ihm voller Wärme zurief: »Jetzt weißt du, was Liebe ist. Jetzt bist du für die Liebe bereit.«

Jasmins Schluchzen riss ihn endgültig aus seinen Gedanken. Als er ihren Schmerz sah, nahm er sie, ohne darüber nachzudenken, in die Arme. Sie ließ es geschehen. Als er sich wieder von ihr löste, war es ihm, als habe sich seine gerade erlebte Träumerei erfüllt und Rotraud wäre tatsächlich an seiner Seite gewesen.

Um Gewissheit zu haben, dass sie wirklich unter dieser Erde lag, suchte er ihren Namen auf dem Grabstein. Nein, der war noch nicht eingraviert. Dafür stand dort ein anderer Name, der Name eines Mannes.

Total verwirrt guckte er Jasmin mit großen Augen an. »Markus Schniewind«, sagte er leise.

»Wer war dieser Mann?«

»Es war mein Vater«, flüsterte sie. Fast hätte man meinen können, sie scheue sich davor, ihren Vater durch zu lautes Sprechen zu stören.

»Ihr Vater? Ihre Mutter sagte mir doch, dass ihr Mann sie verlassen habe.«

Sie wandte ihren Blick nicht vom Grab. Ohne ihre Stimme anzuheben, erklärte sie Lemmi: »Er hat sie in dem Moment verlassen, als er unmittelbar nach einem Autounfall eine Gehirnblutung bekam. Danach verschwand er in eine Welt, die für uns unerreichbar war. So wird sie es gemeint haben.«

»Ich verstehe«, kommentierte Lemmi halbherzig. Er wollte nicht weiter über den Mann nachdenken, dem es vergönnt war, mit dieser wunderbaren Frau zusammenzuleben. Ach was, dachte er, im Grab gehört er ihr, aber in meinem Herzen gehört sie zu mir.

Er zuckte zusammen, als Jasmin ihn am Arm berührte. »Ich würde jetzt gerne gehen, mir ist kalt geworden«, bat sie ihn.

»O ja, sicher. Gehen wir!« Lemmi warf einen letzten Blick auf jenen Ort, an den er im Frühling in den Stunden des

Trostes Blumen bringen würde, um die Erinnerungen an sie bunt zu schmücken. Gerade wollte er sich abwenden, da fiel ihm eine Kranzschleife auf, die zum Teil unter dem Schnee hervorlugte. Er stutzte. Dann glaubte er, seinen Augen nicht zu trauen. Von Jasmins verwunderten Blicken verfolgt, legte er die Schleife mit dem Fuß ganz frei, um sich gleich darauf zu bücken. Fassungslos wischte er mit den Fingern darüber. Fragend sah er zu Jasmin hoch, als müsse sie ihm eine Erklärung abgeben.

Doch sie schwieg.

»Was heißt das?«, fragte er, wobei er mit dem Finger auf die Buchstaben tippte. »Ich meine, was das heißt, weiß ich schon, aber nicht was es bedeutet.«

»Meinen Sie den Namen, der darauf steht?«

»Ja!«

»Sie wissen es nicht? Hat Ihnen meine Mutter denn nicht erzählt, dass sie ihre Bücher unter einem Pseudonym geschrieben hat?«

»Bitte? … Wollen Sie damit sagen, dass Ihre Mutter Viola Fabergé war, die Autorin des Buchs Wie viele Träume hat die Nacht?« Um sich zu vergewissern, prüfte er noch einmal den Schriftzug auf der Schleife. In großer Verehrung an Viola Fabergé. Ihre treue Leserin Petra Stoffel. »Das gibt es nicht, das kann doch nicht sein! Was wäre das denn für ein Zufall?«

Mit nachsichtiger Miene schaute Jasmin ihn an. »Es gibt keine Zufälle«, sagte sie kurz und knapp.

»Es ist kein Zufall? Wie soll ich das denn verstehen?« Lemmi lag es fern, unhöflich zu reagieren, aber mit Jasmins Einwand war er nicht einverstanden. »Sie meinen wahrhaftig, es wäre kein Zufall gewesen, dass ich Ihre Mutter im

Krankenhaus kennenlernte, weil ich …« Er wollte den Grund, warum er eingeliefert worden war, nicht aussprechen. »Sie las genau in diesem Buch, als wir uns kennenlernten.« Er überlegte. »Und genau dieses Buch hat mich nun an ihr Grab geführt.« Er wischte sich über die Augen. Mochte Jasmin denken, dass der kalte Wind seine Augen zum Tränen brachte. »Und jetzt stehe ich hier und erfahre, dass sie selbst die Autorin des Buches ist, das mein Leben verändert hat.« Er schüttelte heftig den Kopf. »Nein, ich muss mich berichtigen, nicht das Buch, Ihre Mutter hat mein Leben radikal verändert. Sie hat mir sehr liebevoll die Augen dafür geöffnet, was Leben bedeutet. Das alles kann doch nur Zufall sein!«

»Es tut mir leid, Lemmi, wenn ich Ihnen noch mal widerspreche. Zufall, in diesem Wort versteckt sich doch schon der eigentliche Sinn, es fällt einem etwas zu. Ich jedenfalls bin davon überzeugt, dass man spätestens am Ende des Lebensweges erkennen wird, dass das, was wir früher Zufall nannten, in Wirklichkeit Fügung war. Und es schließlich und letztendlich die Fügung ist, die immer dann unser Schicksal korrigiert, wenn die Entscheidungen, die wir glaubten, richtig getroffen zu haben, nicht dem großen Plan, von wem auch immer, entsprachen. Ja, so sehe ich das.

»Und das glauben Sie?« Lemmi klopfte sich den Schnee von der Hose und stellte sich vor sie hin. »Das hieße ja, dass das Schicksal einem Plan folgend mich zu Ihrer Mutter geführt hat. Warum sollte das Schicksal das getan haben, wenn es mir Ihre Mutter wieder auf diese schmerzliche Weise raubt?«

»Haben Sie das Buch wirklich aufmerksam gelesen?«

Lemmi zögerte. Er brachte es nicht übers Herz, Jasmin anzulügen. »Nein«, gestand er ihr, »obwohl Ihre Mutter es von mir verlangte.«

»Sie hat es verlangt?« Jasmin verzog ein wenig amüsiert ihr Gesicht. »Ja, so war sie. Sie hat in ihrer Sensibilität schnell erkannt, wen sie, entschuldigen Sie bitte, missionieren kann, wenn ich mich so ausdrücken darf.«

Versonnen schaute Lemmi in die trübe Dämmerung. »Ja«, meinte er, »das hat sie geschafft.«

Jasmin wurde ernst. »Dann können Sie ja auch nicht wissen, dass die Geschichte, die sie in ihrem Roman verarbeitet hat, die Geschichte meiner Eltern ist.«

Jetzt guckte Lemmi völlig überrascht. »Bitte?« Er trat einen großen Schritt zurück, um Jasmin von oben bis unten ansehen zu können, als gewänne er dadurch genauere Erkenntnis. »Sie meinen, die Ruth aus dem Buch ist Ihre Mutter und Stefan dieser Mann da?« Er wies auf den Grabstein. »Aber ... aber dann sind Sie ja Yvonne, das kranke Mädchen aus der Geschichte, die Tochter von Ruth und Stefan?«

Jasmin nahm erneut Lemmis Hand. »Wir sollten nun aber wirklich gehen. Das Tor wird gleich geschlossen. Wenn Sie möchten, kommen Sie noch mit zu mir, dann werde ich Ihnen mehr erzählen.«

»O, sehr gerne, das mache ich sehr, sehr gerne.«

Er drückte ihr sanft die Hand. »Ich danke Ihnen für alles.«

Kurz vor der Abzweigung, die zum Ausgang führte, drehte Lemmi sich noch einmal um, und während er sich von Weitem den eisigen Hügel besah, schwor er bei sich, nie mehr an das Grab von Viola Fabergé zu gehen. Dort unter der Erde gehörten Ruth und Stefan zusammen, aber in seinem Herzen lebte von nun an Rotraud, was hatte er da an einem Haufen Dreck verloren?

Das Ende zum Schluss

An diesem ungemütlichen Wintertag erfuhr Lemmi bei heißem Tee und selbst gebackenem Gebäck die vollständige Geschichte von Ruth und Stefan. Und ganz gleichgültig, ob sein Zusammentreffen mit Jasmin Zufall, Schicksal oder Fügung gewesen war, es wurde für ihn eine weitere eindrucksvolle Lektion, was wahre Liebe bedeutete. Denn Jasmin erzählte ihm die damaligen Ereignisse in allen Einzelheiten, auch jene, die Rotraud im Buch nicht erwähnte.

Auf seinem ausdrücklichen Wunsch sollte Jasmin ihm zunächst schildern, wie es nach der heftigen Auseinandersetzung zwischen Ruth und Stefan weitergegangen war, nachdem zuerst Carmen und kurz darauf Yvonne fluchtartig das Haus verließen.

Demnach bekam er von Jasmin zu hören, dass sich Yvonne in Stefans Armen schnell wieder beruhigte. Denn weit war die Kleine in ihrer Unüberlegtheit nicht gekommen. Vor allem Stefans Nachsicht und Ruths flehender Blick, ihren Fehltritt mit ihrer Eifersucht zu entschuldigen, trugen dazu bei, dass es noch am selben Tag eine Versöhnung zwischen den Eheleuten gegeben hatte. Vielleicht, um sich selbst eine Ausrede für ihre Untreue zu geben, klagte sie Carmen mit der Begründung an, dass die eine Hexe sei. Schließlich mussten beide dann doch lachen, als sie sich die Szene ins Gedächtnis riefen, wo Stefans Sekretärin, wohl wissend, dass sie eine Lügnerin war, dickbäuchig und wütend gestikulierend, tatsächlich wie eine rothaarige Hexe wirkte, als sie ihre in den Wind geschimpften Drohungen herauspöbelte. Tja, von dieser Stunde an kehrte Harmonie in das Haus der Kronenbergs ein. Eine seltene Eintracht, die über die Jahre mehr und mehr ein imaginäres Band von gegenseitigem Vertrauen knüpfte. Natürlich gab es wie in jeder Ehe hin und wieder Situationen, in denen man, ohne derart lieben zu können, sicherlich gescheitert wäre.

*

Als Jasmin mit ihren Ausführungen zu Ende kam, atmete sie erst einmal tief durch. Gespannt beobachtete sie Lemmi. Sie schien eine Meinung über das Gehörte von ihm zu erwarten. Doch er dachte nur, wie bezaubernd sie aussah. Nach der Kälte auf dem Friedhof und dem heißen Tee glühten ihre Wangen, was ihrer Ausstrahlung etwas unschuldig Liebes gab. Ihre Nähe schaffte Wohlbehagen in ihm. Am liebsten würde er nie mehr aus dem Sessel aufstehen, um nach Hause zu gehen. Und wenn er genau hinschaute, dann bestätigte sich nur seine anfängliche Vermutung, nachdem sie ihm die Tür geöffnet hatte: So musste Rotraud in jungen Jahren ausgesehen haben. Und ihn überkam der verrückte Gedanke, als lebte die Frau, die ihm wieder einen Lebenssinn gab, in ihrer Tochter weiter.

War es vielleicht Rotrauds Plan gewesen, dass Jasmin und er nun in solch einer vertrauten Zweisamkeit zusammensaßen?

In seine Überlegungen hinein fragte ihn Jasmin: »Sie sind so nachdenklich geworden. Finden Sie es seltsam, wenn ein Mann einer Frau in dieser Weise verzeihen kann, wie mein Vater es tat?«

»Wie bitte? Tut mir leid, ich war gerade abgelenkt.«

Während Jasmin Tee nachgoss, sagte sie: »Entschuldigen Sie, wenn ich Sie so direkt frage. Wie würden Sie handeln, wenn man Sie betrügt? Würden Sie sich ebenso verhalten wie mein Vater?«

»Ach so, Sie meinen, ob ich verzeihen könnte?« Lemmi überlegte angestrengt. Natürlich hätte er schlichtweg ja sagen können. Aber er wollte ihr nichts vormachen. Seiner Meinung nach hatte sie es verdient, dass er ehrlich zu ihr war. Demzufolge versuchte er, ihre Frage mit folgenden Worten zu beantworten. »Wie Sie mir sagten, hat Ihre Mutter ihnen viel über mich erzählt. Vielleicht wissen Sie deshalb auch, wie ich in meiner Ehe reagiert habe.«

Sie nickte. »Ich glaube, ich weiß, was Sie meinen«, bemerkte sie nachsichtig lächelnd.

»Also gut«, fuhr Lemmi fort: »Nein, damals wäre ich nie dazu in der Lage gewesen, zu verzeihen. Ob ich es heute könnte, wenn es wieder eine Frau in meinem Leben gäbe, die ich über alles liebe und die mich betrügt, nein … das kann ich auch in diesem Augenblick nicht beschwören.«

Jasmin lächelte immer noch. »Ich danke Ihnen für Ihre Ehrlichkeit. Auch ich kann mich nicht davon freisprechen, in diesem Punkt sehr verletzlich zu sein. Mein Vater sagte einmal zu mir, als ich an Liebeskummer litt: Man liebt nicht, um etwas zu bekommen, man liebt, um zu geben.«

»Ja, diese Verletzlichkeit gehört wohl zum menschlichen Wesen«, bestätigte Lemmi. »Wir alle erleiden Seelenschmerzen, wenn aus der vermeintlichen Wahrheit Lüge wird. Wie ist es Ihnen eigentlich als Kind ergangen, als Sie erfuhren, dass Markus nicht ihr leiblicher Vater ist?«

Jasmins Miene wurde jetzt ernst. »Was soll ich noch dazu sagen. Für mich war er immer mein Vater. Von Anbeginn meines Lebens war er für mich da. Und ich hatte, bis ich die ganze Wahrheit erfahren habe, nicht einmal heimlich nach Ähnlichkeiten zwischen ihm und mir geforscht.«

»Haben Sie sich denn nie gefragt, wo Ihr leiblicher Vater lebt, nachdem Sie erfahren haben, dass … ich meine, wie er aussehen mag und überhaupt, was für ein Mensch er ist?«

Lemmi war überrascht, als er ein rasches knappes Nein als Antwort erhielt.

»Es gab aber etwas anderes, was mir mehr Sorgen bereitete«, gestand sie. »Als ich damals sehr krank wurde, glaubten meine Eltern, eine Mitschuld an meinen lebensbedrohlichen Zustand zu haben, und obwohl die Ärzte es energisch verneinten, waren sie dennoch überzeugt davon, dass ich nicht so schwer krank geworden wäre, wenn ich die Wahrheit schonender erfahren hätte.« Nun wirkte sie traurig, als sie leise anfügte: »Ich wollte aber nicht, dass sie deswegen verzweifelten.«

Um etwas Tröstliches zu sagen, bemerkte Lemmi: »Gott sei Dank ist ja alles gut ausgegangen.«

Sie sah ihn plötzlich merkwürdig an, als sie ihm zustimmte.

»O ja, Sie sagen es ganz richtig. Gott sei Dank! Denn Gottes Liebe hat dafür gesorgt, dass alles gut für mich ausgegangen ist.«

Lemmis Gesichtsausdruck verriet Skepsis.

Freundlich, aber bestimmt ging sie auf seine offensichtlich zweifelnde Haltung ein. »Verwundert Sie, was ich gesagt habe? Wenn ja, dann haben Sie die Stelle im Buch nur überflogen, wo meine Mutter in der Kirche betete und Gott durch einen Engel sagen ließ, dass ich leben werde.«

Lemmi bemühte sich, seinen Zweifel nicht erneut durch seine Gestik zu verraten. Und deshalb fragte er so unverfänglich wie möglich: »Sie meinen, der Alte, der in der Kirchenbank saß, wäre ein Engel gewesen?«

»Ah, Sie haben es ja gelesen, schön. Das freut mich. Ja, er war ein Engel. Er hat gesagt, dass ich leben werde, und nach einer Woche war ich vollkommen gesund. Sie dürfen sich die Engel, denen wir auf der Erde begegnen, nicht mit großen Flügeln vorstellen, dafür aber mit großem Herzen. Ich bin davon überzeugt, dass wir alle schon Engeln begegnet sind, ohne dass wir es ihnen äußerlich angesehen haben. Aber unsere Seelen haben sie erkannt.«

Lemmi ertappte sich dabei, dass er kurz darüber nachdachte, dass ihm ja möglicherweise auch so eine Art Engel begegnet war, als er sich damals, im Kampf um sein Leben, an seinem eigenen Grab stehen sah, an dem seine Frau und sein Sohn um ihn trauerten und er »Ich will leben!« schrie. Und jetzt lebte er tatsächlich.

Eigentlich hatte er sich nach dieser übersinnlichen Begegnung mit dem Tod gar keine Gedanken mehr darüber gemacht, ob es da einen Zusammenhang mit seiner Rettung geben könnte. Aber er wollte ihr nicht absprechen, dass es sicher sehr viel Unerklärliches zwischen Himmel und Erde gibt. Nun gar nicht mehr so ablehnend meinte er: »Das wäre ja ein Wunder.«

Sie nickte heftig. »Ja, ein Wunder. Ein Wunder, das wir im Alltag schon gar nicht mehr beachten. Wir nehmen es hin, als wäre jeder Erfolg abhängig von unserem eigenen

Tun. Aber heute weiß ich, ohne die Liebe Gottes und ohne seine Führung wären wir verloren. Meine Eltern und ich sind der lebende Beweis dafür.«

Bevor sie weitersprach, zündete sie eine Kerze an, die auf dem Tisch stand.

»Es folgten wunderschöne, harmonische Jahre. Schon bald bekam mein Vater eine gut bezahlte Stellung in einem renommierten Textilkaufhaus, wo er als Einkäufer an seine frühere Arbeit anknüpfen konnte, sodass wir auch finanziell recht sorgenfrei und glücklich leben durften. Und Mutter fand ihre Erfüllung im Schreiben von Romanen. Zu viel lastete auf ihrer Seele, was sie dadurch loswerden wollte. Ihr Debütroman *Wie viele Träume hat die Nacht?* entwickelte sich rasch zu einem respektablen Verkaufserfolg. Anscheinend haben sich die Menschen für ihre Lebensgeschichte interessiert.« Nachdenklich unterbrach sich Jasmin, und ihre Stimme klang brüchig, als sie fortfuhr. »Doch oft ist es so, dass man allzu schnell vergisst, wem man es zu verdanken hat, dass es einem so gut geht, und man vertraut wieder nur seinen eigenen Fähigkeiten und seinen Eitelkeiten. Von einem Tag auf den anderen wurde die sorglose Zeit jäh unterbrochen. Meine Mutter saß am Schreibtisch, als sie den verhängnisvollen Anruf erhielt. Vater war in einen schweren Autounfall verwickelt worden. Nach anfänglichem Zerwürfnis mit Gott und der Welt kam ihr dann die Erinnerung an ihre Begegnung in der Kirche. Das schenkte ihr erneut Kraft und Hoffnung, zudem es zuerst danach aussah, als habe Vater den Unfall glimpflich überstanden. Aber schon Stunden später verschlechterte sich sein Zustand zusehends. Die Diagnose Hirnblutung ließ unsere heile Welt von jetzt auf gleich einstürzen. Da ich mich gerade in der Abiturprüfung befand, sah ich meine nahen Zukunftspläne, Medizin zu studieren, ebenfalls ins Wanken geraten.« Sie zuckte mit den Schultern. »Tja, und nach seiner Entlassung aus dem Krankenhaus war Vater ein Pflegefall. Aber Mutter pflegte ihn aufopferungsvoll. Und auch ich habe alles für ihn getan.«

Nach Fassung ringend machte sie wiederum eine Atempause, bevor sie weitersprach. »Und in der Stunde, in der er zwei Jahre später für immer die Augen schloss, habe ich ihm noch sagen können, dass er der beste Vater sei, den man sich hätte wünschen können.«

»Hat er Sie denn verstanden?«, hakte Lemmi nach.

»Ich denke schon. Sein stummes Lächeln bezeugte mir, dass er mich verstanden hat.«

Lemmi schnürte es für einen Augenblick den Hals zu, als Jasmin weiter erzählte, dass ihre Mutter Vaters Tod nicht überwinden konnte. Und wie aus weiter Ferne hörte er sie sagen: »Wenn ich heute an meine Mutter denke, dann vergleiche ich ihren verzehrenden Kummer mit einer verblühenden Rose, die nach dem Tod von Vater kein Wasser und keine Sonne mehr bekam.«

Lemmi fragte sich, ob es Eifersucht war, dass er nach diesen liebevollen Worten, die sich so offen zwischen seine Liebe zu Rotraud und die ihres Mannes drängten, Unbehagen empfand. Nun hörte er Jasmins Worten nur noch unkonzentriert zu, als sie weitersprach: »Als angehende Ärztin erkannte ich natürlich sehr schnell, dass sich in ihrem Körper und ihrer Seele etwas abspielte, was in der Tat einem Verwelken ähnelte. Für mich hatte es den Anschein, als würde sie seit seiner Beerdigung von einem unsichtbaren Band zu ihm in die Jenseitswelt gezogen«, sie seufzte und schwieg einen Augenblick, bevor sie fortfuhr, »in der sie jetzt auf ewig mit ihm existieren darf.«

*

Als Lemmi sich an diesem Abend von Jasmin verabschiedete, wusste er, dass diese Frau von nun an zu seinem Leben gehörte. Und wie er hoffte und sich von Herzen wünschte, blieb es tatsächlich nicht bei diesem einen Besuch. Nach weiteren Begegnungen und gemeinsamen Unternehmungen mit Jasmin fand er mit ihr eine neue Liebe, die mit nichts von dem zu vergleichen war, was ihn das Leben bisher gelehrt hatte. Obwohl Jasmin auch glücklich darüber war, dass sie zueinandergefunden hatten, wie sie ihm versicherte, gestand sie ihm dennoch schon bald, dass sie wegen der einzigartigen Liebe ihrer Eltern aus Angst vor Enttäuschung eigentlich nie eine Partnerschaft mit einem Mann eingehen wollte, wie sie es auch ihrer Mutter immer wieder nachdrücklich erklärt hatte. Sie wolle sich aus Liebe für die Menschen allgemein ganz auf ihren Beruf als Ärztin konzentrieren.

Je länger Lemmi über ihre Worte nachdachte, desto mehr wurde aus seiner Vermutung die Gewissheit, dass Rotraud, um dem Schicksal einen kräftigen Schubs zu geben, ihn aus Liebe zu ihrer Tochter und vielleicht auch aus Liebe zu ihm auf diesen Weg, den er unweigerlich gehen musste, zu Jasmin geführt hatte. Weil sie in sein Herz sehen konnte, wusste sie, was für ein Mensch er wirklich war. Und Jasmin, die den alten Lemmi nicht kannte, sah in dem neuen Lemmi einen Mann, der in seinem ganzen Wesen ihrem Vater nicht unähnlich war. Und ihrem späteren Geständnis nach, stand ihr Entschluss schon bald fest, dass auch sie von Herzen gerne gemeinsam mit ihm durchs Leben gehen wollte.

*

Nun, hier endet zumindest Lemmis Geschichte. Während ich sie erzählte, waren die Stunden wie die Wolken der Nacht unbemerkt vorbeigezogen und die Kerzen im Leuchter bis auf den Docht heruntergebrannt. Und obwohl es bereits dämmerte und wir total übernächtigt waren, saß Thomas immer noch aufmerksam vor mir.

Ich reckte mich und gähnte. Dann stand er langsam auf und kam zu mir.

Behutsam nahm er meine Hand und besah sich die Narbe auf dem Handrücken. Leise, fast unhörbar sagte er: »Du bist Lemmi!« Er beugte sich zu mir herunter und küsste meine Wange, und vage vernahm ich sein gehauchtes »Danke Vater, ich habe verstanden«.

»So«, bemerkte ich erleichtert in die Hände klatschend, »nun werde ich noch einen Kaffee bei dir trinken und dann nach Hause und ab in die Heia!«

Gesagt, getan. Wir machten uns etwas frisch, und erschöpft, aber zuversichtlich, setzten wir uns zum Frühstück an den Küchentisch.

Zunächst aßen wir schweigsam, bis Thomas mich unvermittelt fragte: »Warum hast du mir nie davon erzählt? Ich meine von deinen Erlebnissen früher.«

»Ganz einfach«, versuchte ich ihm zu erklären, »weil es mir vollkommen gereicht hat, dass sich mein Vater damals für mich schämen musste.« Ich machte eine Pause. »Aber nun sah ich den Augenblick gekommen, dir meine Geschichte zu erzählen, auch wenn ich bisher immer auf den Standpunkt stand, dass jedes Kind seine eigenen Erfahrungen machen muss.« In seine Schweigsamkeit hinein sagte ich noch: »Ich habe mir Sorgen um dich gemacht. Und nun bin ich beruhigt, weil du mir eben sagtest, dass du verstanden hast.«

Thomas nickte zustimmend, und während er sich Butter aufs Brot strich, meinte er fast amüsiert: »Das Leben ist schon eine komische Veranstaltung, wenn ich mir überlege, dass ich gar nicht hier sitzen würde, wenn nicht alles so gekommen wäre, wie es gekommen ist.«

Nun lag es an mir, zu nicken.

»Aber sag, Vater, was hat dich eigentlich dazu motiviert, Krankenpfleger zu werden?«

»Nun ich denke, das lag nahe, jedenfalls für mich. Wenn man eine Ärztin zur Frau hat, dann ist Medizin natürlich ein großes Thema im Alltag. Außerdem hatte mich Mutters umfangreiche Fachliteratur interessiert. Ich habe viel in diesen Büchern gelesen, alleine schon deswegen, weil ich mir davon erhoffte, auch einiges über mich zu erfahren. Verstehst du, ich wollte ganz einfach wissen, was sich im menschlichen Körper abspielt. Vor allem auch, wenn man ihm bewusst oder unbewusst Schaden zufügt, und darüber hinaus auch, wie man Krankheiten behandelt. Und als deine Mutter mir dann eines Tages den Vorschlag machte, Krankenpfleger zu werden, fand ich die Idee mehr als gut. Und du weißt ja selbst, wie wir heute beide in unserer Arbeit im Hospiz aufgehen.

Weißt du, das ist auch so eine Art Liebe, die man den sterbenskranken Menschen entgegenbringt.«

Völlig überraschend für mich sagte Thomas: »Ich hätte Großmutter zu gerne kennengelernt.«

»O ja Junge, du wärst einem wunderbaren Menschen begegnet.«

»Ihr Grab gibt es wohl auch nicht mehr?«

»Nein, schon lange nicht mehr. Einmal warst du mit uns an ihrer letzten Ruhestätte, du musst so etwa vier oder fünf Jahre alt gewesen sein. Aber bestimmt erinnerst du dich nicht mehr daran.« Nein, das konnte Thomas wirklich nicht. Und ich sagte ihm auch nicht, dass ich damals wegen ihm meinen Schwur gebrochen habe, nicht mehr an das Grab von Rotraud zu gehen.

Er schaute mich lange an.

»Hast du noch etwas auf dem Herzen«, fragte ich ihn.

»Wieso?«

»Na, ich habe den Eindruck, dass du mich noch etwas fragen willst. Also immer raus mit der Sprache.«

Thomas druckste ein wenig herum, schließlich rückte er tatsächlich mit seiner Frage heraus. »Hast du Monique noch einmal gesehen, nachdem sie ihre restlichen Sachen abgeholt hat?«

Ich wunderte mich, warum er sich dafür interessierte. »Ja«, sagte ich, »ich habe sie sogar zwei Mal wiedergesehen. Das erste Mal war relativ kurz, nachdem sie mit dem Mercedes vom Hof fuhr. An einem Montagabend rief sie mich an, ich erinnere mich genau. Ich war gerade nach Hause gekommen. Es ging um die Scheidung. Sie meinte, es wäre wohl besser, wenn wir uns treffen würden, um alles Notwendige zu besprechen. Ich sagte sofort zu, und wir einigten uns schnell darauf, uns in der Mitte zwischen Frankfurt und Wuppertal zu treffen. Wenn ich ehrlich bin, machte ich mir sogar Hoffnung, sie doch noch umzustimmen, also dass sie wieder zu mir zurückkommt. Mit dieser Wunschvorstellung setzte ich mich zwei Wochen später an einem Samstagmittag erwartungsvoll ins Auto. Ich muss zugeben, dass es eine schlimme Fahrt war, weil meine Nervosität mit jedem gefahrenen Kilometer anstieg.

»Und? Wo habt ihr euch getroffen?«

In Koblenz hatten wir uns verabredet, in der Altstadt, im *Wienerwald*.«

»Wienerwald?«

»Ja, das war damals so etwas wie McDonalds heute, nur dass man da hauptsächlich gebratene Hähnchen aß.«

»Hähnchen?«, schmunzelte er. »Aber nun sag, wie war es?«

»Tja, wie war es. Eigenartig war es. Als ich auf die Uhr schaute, war ich eine Stunde zu früh. Anstatt ins Lokal zu gehen, wartete ich lieber an einem Kiosk, der sich gleich daneben auf dem Altstadtplatz befand. Da dieser von etlichen Geschäften gesäumt war, befanden sich natürlich viele Menschen dort. Es war ein Kommen und Gehen. Bei jeder Frau ohne Begleitung zuckte ich zusammen, wenn ich sie schon von Weitem bemerkte. Aber noch war es ja zu früh. Als ich mich dann mal kurz dem Kiosk zugewandt hatte, um mir die Überschriften der Illustrierten anzusehen, stand sie unvermittelt hinter mir. *Hallo Holger*, hörte ich sie plötzlich sagen. Regelrecht erschrocken fuhr ich herum. *Tut mir leid, ich wollte dich nicht erschrecken*, meinte sie, und ihr Lächeln war eine zusätzliche Entschuldigung. Großspurig winkte ich ab: *Nein, nein, ich war nur ein wenig überrascht, weil … weil ich nicht mit dir gerechnet habe, das heißt, ich habe schon mit dir gerechnet, aber …* Sie unterbrach mich, während sie auf die Uhr schaute, und sagte: *Ich habe etwa zwei Stunden Zeit, können wir wie vernünftige Leute miteinander reden?* Ich sah sie entgeistert an. Ihre Worte waren dermaßen gefasst und emotionslos, dass sie mir in diesem Moment vollkommen fremd war. War das noch die Monique, mit der ich vor noch gar nicht langer Zeit zusammengewohnt und die ich wie nichts auf der Welt geliebt hatte? Sie wiederholte ihre Frage: *Können wir?* Inzwischen guckte der Kioskbesitzer neugierig aus dem Verkaufsfenster seines Büdchens. Um mich selber anzuspornen, es endlich hinter mich zu bringen, klatschte ich in die Hände und ging voraus.

Im Wienerwald fanden wir einen Sitzplatz, wo wir ungestört reden konnten, reden wie zwei Geschäftspartner. Ich wunderte mich über mich selbst, wie beherrscht ich war. Nun ja, was die Scheidung betraf, gab es eigentlich nicht viel zu besprechen. Sie hatte nichts, ich hatte nichts, um was sollte man sich streiten? So verzichteten wir auf gegenseitige Leistungen. Wir einigten uns sogar darauf, einen gemeinsamen Anwalt zu nehmen. Wenn ich es mir genau überlege, hätte man das auch am Telefon regeln können. Aber ich denke, sie wollte mich auch noch einmal sehen. Denn nach knappen anderthalb Stunden war der Abschied wesentlich warmherziger als die Begrüßung. Sie hatte sogar Tränen in den Augen und ihr versagte die Stimme, als sie Lebewohl sagte. Sie gab mir einen flüchtigen Kuss auf die Wange, drehte sich um und ging. Am liebsten hätte ich ihr nachgeschrien: *Bleib!* Aber da war sie schon zwischen den Passanten verschwunden. Ich setzte mich ziemlich fertig auf eine Bank, die unweit vom Kiosk stand, und stierte vor mich hin. In meinem Kopf herrschte nur noch Leere, absolute Leere. Ich kam erst zu mir, als mich eine Schar Tauben angurrte und kopfnickend um meine Füße tippelten. Wieder fähig, mich zu bewegen, stand ich auf, um in den neben der Bank aufgestellten Abfalleimer zu schauen. Tatsächlich befand sich ein angebissenes Brötchen darin. Damit fütterte ich die Vögel. Beim Beobachten, wie die Tauben dankbar meine Krümel annahmen, kam mir Aschenputtel in den Sinn. *Die Guten ins Töpfchen, die Schlechten ins Kröpfchen.* War nicht das ganze Leben ein Märchen?, dachte ich mir, indem man das, was man die guten Tage nennt, sammeln möchte und die schlechten schlucken muss? Und der Tag, in dem ich mich gerade befand, war ein verdammt schlechter Tag, an dem ich noch lange zu schlucken hatte. Die Welt, meine Welt, schien sich ab diesem Augenblick unwiderruflich verändert zu haben. Ich kam mir wie ein Außerirdischer vor, der ohne seinen Willen auf den Altstadtplatz von Koblenz gebeamt wurde. Aus der Zeit gefallen, sah ich mich plötzlich wie aus einem Schlaf aufgewacht um. Mein Blick fiel auf die Schaufensterdekorationen vor mir. Früher wäre ich aufgestanden, um sie mir näher anzuschauen, doch selbst die hatten nichts mehr mit mir zu tun. Ich war ein Fremder in der Fremde. Die Tauben flogen mir aufgescheucht um den Kopf, als ich aufstand, und im Weggehen sah ich noch, wie sie sich um den Rest des Brötchens stritten.«

Sogleich wollte Thomas wissen, wie die zweite Begegnung abgelaufen war.

»Puh«, stöhnte ich, »ich habe ja schon Fransen am Mund. Aber gut, wenn du es unbedingt wissen willst. Die zweite Begegnung war viel später. Anfang der Neunziger. Als ich eines Tages vom Frühdienst nach Hause kam, drückte mir deine Mutter einen Brief in die Hand. *Von Monique*, sagte sie beiläufig. Woher kannte sie meine Anschrift und was wollte sie überhaupt? Mehr konnte ich in diesem Moment nicht sagen. Ich muss wohl ziemlich dumm aus der Wäsche geschaut haben, denn lachend meinte deine Mutter: *Lies ihn, dann weißt du, um was es geht.* Taktvoll verließ sie den Raum, und ich setzte mich hektisch geworden an den Schreibtisch, um den Umschlag zu öffnen. Fast ungläubig drehte ich das Kuvert in den Händen. Es war für mich, als wäre mir ein altes, längst verloren geglaubtes Foto in die Hände geraten. Du kennst doch sicherlich das Gefühl, sich ein Bild aus der Vergangenheit anzusehen und dabei zu denken, ja, der auf dem Bild bin ich, aber dennoch ist es, als schaut dich ein Fremder an. Und dabei war ich der Fremde, der mit der Vergangenheit des anderen nichts mehr zu tun hatte und auch nicht zu tun haben wollte, wie ich gedanklich entschied.«

Thomas nickte mir zu. »Und was stand in dem Brief?«

»Es stand drin, dass ihre Tochter sie ständig darum anbettelte, endlich einmal mit der Schwebebahn zu fahren. Und diesen Wunsch wollte sie ihr in einer Woche nun endlich erfüllen. Etwa wörtlich schrieb sie noch: *Aus diesem Anlass würde ich dich gerne sehen. Wenn du möchtest, dann nenne mir die Uhrzeit und den Ort, den genauen Termin gebe ich hiermit bekannt. Inzwischen ist doch so viel Zeit vergangen, dass ich denke, wir könnten ruhig einmal eine Tasse Kaffee zusammen trinken …* und so weiter und so fort.«

Thomas pfiff durch die Zähne. »Heikle Sache das, ganz heikle Sache.«

Ich winkte ab. »Nein, das war gar nicht heikel, obwohl ich doch arg Bammel hatte, ihr nach all der Zeit gegenüberzustehen. Du kennst doch das Café, wo früher der Brunnen und die Bowling-Bahn waren? Da trafen wir uns. Ich glaube, wir haben uns bei der Begrüßung beide nicht gleich wiedererkannt. Sie sah natürlich immer noch sehr attraktiv aus, aber ihre Mode und ihr Haar hatten sich geändert, und ein wenig fülliger war sie geworden. Aber ich habe ihr angesehen, dass sie über mich überraschter war. Vielleicht hatte sie damit gerechnet, einem abgewrackten Säufer zu begegnen. Beinahe automatisch nahmen wir uns in die Arme, Küsschen links, Küsschen rechts, wie man das so macht. Ihre Tochter, ein ausnehmend hübsches Mädchen von etwa zwölf Jahren, stand daneben und taxierte mich prüfend, dann meinte sie kess: *Ist er das? – Ja, das ist er,* gab Monique ihr lächelnd zur Antwort. Daraufhin reichte mir das Mädchen brav die Hand und machte sogar einen Knicks. *Ich heiße Katharina,* sagte sie ebenfalls lächelnd, wobei mich ihre Zahnspange ein wenig störte, weil sie mir wie ein Fremdkörper in ihren niedlichen Gesicht vorkam. Aber das nur am Rande. Vielleicht empfand ich in ihrer Gegenwart auch ganz einfach Abneigung gegen sie? Ich musste mir in diesem Moment nämlich eingestehen, dass es mir lieber gewesen wäre, wenn ich sie nicht gesehen hätte. Warum? Ich hatte mir zu Anfang unserer Ehe immer ein Kind mit Monique gewünscht, und nun war ihr Kind das eines anderen.«

Um Verständnis bittend blickte ich Thomas an.

»Es ist schon in Ordnung, erzähl weiter«, beruhigte er mich.

»Also, um diesbezüglich meine Gedanken fortzuwischen, fragte ich sie, ob sie schon mit der Schwebebahn gefahren war. Sie verneinte. Und im gleichen Atemzug fragte sie mich in ihrem kindlichen Überschwang: *Hast du Lust mitzufahren?* Monique ermahnte sie, nicht so vorlaut zu sein. *Leider habe ich nicht so viel Zeit,* schwindelte ich sie spontan an. Augenblicke später saßen wir zwischen klapperndem Geschirr und dem Gemurmel älterer Damen im Café. Tausend Fragen bedrängten mich, doch aus meinem Mund kam bloß Belangloses. Ich musste leider, oder nicht leider, feststellen, dass die Jahre, in denen wir uns nicht gesehen hatten, auch bei ihr eine kaum überwindbare Distanz geschaffen hatten. Hinzu kam die Anwesenheit des Mädchens, das auf eine ganz eigentümliche Art zwischen uns stand. Ich stocherte in meinem Kuchen herum und hoffte, damit meine Unsicherheit zu verstecken. Ich glaube, wir waren beide froh, als Katharina plötzlich aufsprang und mit dem Finger nach draußen zeigte. *Darf ich raus?*, rief sie aufgeregt. Sie wollte der Musik zuhören! Durch das große Fenster hindurch konnten wir direkt am Brunnen eine peruanische Flötengruppe sehen, die von einer Traube von Menschen umringt war. *Ja, geh nur,* erlaubte Monique. Und schon lief sie davon. *Ein hübsches Mädchen,* sagte ich, um überhaupt etwas zu sagen. *Ja,* bemerkte Monique beinahe gleichgültig. Als redete die innere Stimme aus mir heraus, hörte ich mich unvermittelt sprechen. *Warum wolltest du mich sehen?* In diesem Moment stellte sie behutsam ihre Tasse ab, worauf sie mich prüfend fixierte. Und als wäre es das Selbstverständlichste der Welt, meinte sie: *Ich wollte einfach nur wissen, wie es dir geht.*

Ich fühlte mich plötzlich hilflos, wie vor den Kopf geschlagen. Dieser Satz hatte wie eine Ramme alle Distanz überwunden. Alles war wieder ganz nah für mich. Die Erinnerungen huschten wie bedrohliche Geister in mir herum. So lange hatte ich damals auf diese Worte von ihr gewartet. Ich stotterte ein wenig, als ich ihr antwortete: *Mir geht es gut, mir geht es sehr gut.* Sie stöhnte leicht auf. *Ja, das sehe ich dir an. Die Ehe scheint dir gutzutun.* Perplex zog ich die Schultern hoch, und bevor ich sie fragen konnte, wie sie darauf käme, dass ich verheiratet sei, wies sie mit der Bemerkung auf meinen Ring am Finger, dass er ihr gleich aufgefallen wäre. Unwillkürlich fiel mein Blick auf ihre Hand, an der ich zu meinem Erstaunen keinen Ehering entdeckte. Ihr war meine Verwunderung nicht entgangen. Sie hielt mir ihre Hand entgegen. *Ich bin geschieden.* Sie sagte es völlig gleichgültig klingend. Beinahe hätte ich sie gefragt, ob von dem hessischen Arschloch, aber das habe ich natürlich nicht getan, und wenn ich ehrlich bin, hätte ich auch keine Genugtuung dabei empfunden, wenn ihre Ehe mit ihm gescheitert war. Während ich kurz darüber nachdachte, spürte ich ihre Hand, die auf meiner lag. *Ich freue mich für dich, dass es dir gut geht,* hörte ich sie sagen. *Du siehst blendend aus. Deine Frau muss einen guten Einfluss auf dich ausüben.* Sie stockte, weil ich meinerseits feste zugriff und sie direkt fragte, warum sie mich wirklich verlassen hatte, ob es wegen ihm oder wegen mir war.

Ein Schatten der Hilflosigkeit zog über ihre Miene, und als suche sie die Antwort in der Ferne, schaute sie mit leerem Blick durch das Fenster. Und während sie mir schließlich eine Antwort gab, zwang sie sich zu einem Lächeln: *Ich habe dir damals gesagt, warum ich mich entschieden habe zu gehen.* Ich nickte und ließ sie dabei nicht aus den Augen. Ihre Stimme wurde leise, als ich zu hören bekam, dass sie allmählich mehr und mehr das Gefühl mit sich herumgetragen hätte, nur noch Besitz für mich zu sein.«

Dieses Gefühl hätte sie zum Schluss zu sehr eingeengt, meine Eifersucht sie quasi erdrückt. Nichts von dem war mir damals in der Weise bewusst gewesen, gab ich Thomas beinahe entschuldigend zu bedenken. Und ich sagte ihm auch ganz ehrlich, dass ich mir schäbig vorkam, als mir Monique noch meine Trinkerei vorwarf, unter der sie ihrer Aussage nach zunehmend litt.

»Ach Junge, Verständnis kommt von verstehen, und merke dir: Damit man verstehen kann, sollte man sich früh genug aussprechen. So denke ich heute darüber. Offenheit in einer Ehe ist die Grundvoraussetzung für eine stabile Zweisamkeit. Wie konnte ich denn seinerzeit ahnen, dass Monique, wie ich von ihr ebenfalls erfuhr, von meinem unrühmlichen Vorgänger, der auch ein Alkoholproblem mit sich herumschleppte, geschlagen worden war? Ich habe noch ganz genau ihre Worte im Ohr: *Du warst nicht mehr der Mann, den ich kennengelernt habe. Der Alkohol und die Tabletten hatten dich verändert. Damit bin ich nicht mehr zurechtgekommen. Auch nicht damit, dass du dich verschlossen hast, wenn ich mit dir darüber reden wollte. Aus Angst vor einem Streit habe ich es hinterher gar nicht mehr versucht. Wegen meiner Beziehung vor uns, in der Alkohol eine ähnlich hässliche Rolle spielte, bin ich ein gebranntes Kind, wie man so schön sagt, und ich wollte es nicht noch einmal dazu kommen lassen, dass ein Mann mich schlägt.*

Peinlich berührt hatte ich mich im Café umgeschaut, ob jemand zuhörte, denn sie war immer lauter geworden. *Es ist gut,* wirkte ich beruhigend auf sie ein. *Du brauchst nicht weiterzureden, ich weiß ja selbst, was ich für ein Idiot war.* Doch in ihrer Erregung ging sie nicht sofort auf meinen Einwand ein, als sie mir in gleichem Tonfall erklärte, dass sie zu diesem Zeitpunkt nicht mehr ein noch aus wusste, ob unsere Ehe überhaupt eine Chance verdient. Wie ich dann weiter erfuhr, tauchte genau in dem Moment Bernd wie aus dem Nichts auf. Sie sagte: *Er hat mir in dieser Zeit Ruhe gegeben. Er hat mir zugehört, und dafür war ich ihm mehr als dankbar.* Ich sah sie überrascht an. *Meinst du etwa diesen Bernd, mit dem du zusammen gearbeitet hast?,* wollte ich von ihr wissen. Sie nickte stumm. An ihn hatte ich nicht gedacht. Ich wusste zwar, dass er der neue Bezirksleiter in ihrer Firma war und mehrmals im Monat anreiste, um im Geschäft nach dem Rechten zu sehen. Sie erwähnte ihn mir gegenüber mal, weil sie wegen des Kunstgewerbeeinkaufes mit ihm zu tun hatte und nicht immer mit seinen Entscheidungen einverstanden war. Aber dass er sie wegen ihrer augenscheinlichen Bedrücktheit tröstete, hatte sie mir damals natürlich nicht erzählt. Und demnach tat mir ihr Geständnis trotz der Zeit, die inzwischen vergangen war, immer noch ein wenig weh. Vor allem wie frank und frei sie über sein Werben ihr gegenüber sprach und wie charmant er sich verhalten habe und dass sie schon bald bemerkte, wie ihr seine Nähe guttat, wenn sie mittags gemeinsam zum Essen gingen. *Verzeih,* bat sie mich dann plötzlich verhalten, *wenn ich das jetzt so offen sage.*

Kein Problem, erwiderte ich eine Spur zu gönnerhaft.

Nun wirkte sie sogar etwas bedrückt, während sie mir ihre damalige seelische Zerrissenheit gestand, als er ihr vorschlug, zu ihm zu ziehen. Er habe in Liederbach ein sehr hübsches Apartment, schwärmte er, das groß genug für zwei wäre. *Er hat mir den Himmel auf Erden versprochen.* Sie gestand mir aber auch, dass ihr all das heute so vorkäme, als wäre sie dem netten Onkel gefolgt, der Kindern ein Bonbon anbietet, um ihnen später wehzutun. Während sie sprach, blickte sie mich um Verständnis bittend an. Doch gleich darauf bekam ihre Miene etwas Zorniges, als sie zynisch meinte, dass sie nur Jahre nach seinem Himmelsversprechen aus allen Wolken fiel, als Katharina eingeschult wurde. Weil sie an diesem Tag von der Mutter einer Mitschülerin zufällig erfuhr, dass es für den Mann, dem sie vertraute, anscheinend sehr viel Platz im Himmel gäbe, den er nicht nur mit Monique teilen wolle. Um sie richtig zu verstehen, fragte ich nach, ob er sie betrogen habe. Ein kurzes Ja bestätigte meine Frage. Daraufhin schwiegen wir, bis sie aufstöhnend verlauten ließ, dass auch die schönsten Träume zerplatzen, wenn man aufwacht. Erneut sah sie mich lange an, und ich zuckte zusammen, als sie mir glaubhaft versicherte, mich wirklich geliebt zu haben. Und dass sie an jenem Tag, als ihr Ex mich angerufen hatte, tatsächlich zu mir zurückkommen wollte. Doch im Kölner Hauptbahnhof sei sie wie eine Verrückte aus dem Zug gesprungen, als hätte sie ihre innere Stimme oder sogar das Schicksal aus dem Abteil geworfen. Unversehens ergriff sie meine Hand. *Danach habe ich mich oft gefragt, ob wir es vielleicht doch gemeinsam geschafft hätten.* Sie sagte es, als hätte sich alles erst gestern zugetragen.

Ihre Hand war warm und trocken. Mich überfiel für einen Moment Unbehagen, sie zu halten. Mir wurde bewusst, dass es die Hand war, die mich einst liebkoste. Langsam zog ich sie zurück. Fast hätte ich gesagt, dass das Schicksal ein Arschloch ist. Aber ich sah, wie feucht ihre Augen wurden. Wohl, um ihre Regung zu überspielen, fragte sie, wie es mir in all den Jahren ergangen sei. Aber darauf konnte ich ihr nicht mehr antworten, weil das Mädchen angerannt kam. Sie drängte schon von Weitem, endlich mit der Schwebebahn zu fahren. Monique zog ihr Portemonnaie aus der Tasche. Ich lehnte es strikt ab, von ihr eingeladen zu werden. Ich bezahlte und wir gingen nach draußen. Am Brunnen spielten immer noch die Anden-Jungs. Wehmütig klangen ihre Panflöten. Etwas beschämt standen wir uns gegenüber.

Geradeheraus fragte mich das Mädchen, ob ich nicht doch mitkommen wollte. Ich schüttelte nur den Kopf. Woraufhin Monique mich beinahe zärtlich in die Arme nahm.

Ich glaube, es war für uns beide ein bewegender Abschied, zudem wir davon ausgehen mussten, dass er endgültig war. Umso ergreifender waren ihre Worte für mich, mit denen sie das Lebewohl besiegelte. Sie redete davon, dass sie froh wäre, mich gesehen zu haben und vor allem, dass es mir gut gehe. Und dass ich so bleiben solle, wie ich nun war. Ich bemerkte, wie sie ihre Tränen unterdrückte. Sie wartete nicht ab, ob ich ihr noch etwas zu sagen hätte. Während sie sich rasch umdrehte, versprach sie mir im Weggehen, sich mal wieder bei mir zu melden. Noch bevor ich ihr antworten konnte, lief sie ihrer Tochter hinterher. Seitdem habe ich nie mehr etwas von ihr gehört. Tja, so war das damals, Thomas.«

Ich konnte ihm deutlich ansehen, dass er von meiner Schilderung berührt war. Umso flapsiger bemerkte er: »Da könnte man ja glatt einen Film drüber drehen.«

Mit einem Blick auf die Uhr sagte ich: »Ich drehe jetzt gar nichts mehr, außer eine Runde in meinem Bett. Ich werde dir jetzt noch beim Geschirrwegräumen helfen und dann bin ich aber wirklich weg.

*

Gerade stellten wir die Teller und Tassen in die Spüle, als wir beide gleichzeitig stutzten. An der Wohnungstür wurde deutlich vernehmbar ein Schlüssel im Schloss gedreht. Kurz darauf hörten wir Schritte und Flüstern im Flur. Wie Pappmaché-Figuren standen wir da, als sich langsam die Küchentür öffnete. Dann, wie aus einem Munde, nannten Thomas und ich gleichzeitig zwei unterschiedliche Namen. »Evelin«, rief er überrascht und ich: »Julia.«

Die beiden hielten sich schmunzelnd an den Händen und sahen nicht weniger übernächtigt aus, als wir es waren. Thomas ließ klirrend den Teller fallen, den er gerade in die Spülmaschine einräumen wollte. Nach einer Schrecksekunde preschte er nach vorne, um Evelin an sich zu drücken.

»Und was ist mit mir?«, protestierte Julia an mich gewandt.

»Wo kommt ihr denn her?« Schlaueres fiel mir in diesem Moment nicht ein.

Ohne darauf einzugehen, meinte Julia: »Hm, hier riecht es aber gut nach Kaffee, ist vielleicht noch ein Tässchen für Evelin und für mich da?«

Ich schlug mir kopfschüttelnd vor die Stirn. Dass die beiden aufkreuzten, nein, damit hatte ich nicht gerechnet.

Als wir an diesem Tag alle vier bis zum Mittag zusammensaßen und meine Frau und ich noch viele Fragen der beiden beantworten mussten, erfuhr ich zudem, dass Evelin am Tag vorher gegen 22 Uhr bei uns geschellt hatte. Sie gestand meiner Frau wohl ebenfalls, einen Fehler gemacht zu haben, sich so lange nicht bei Thomas gemeldet zu haben. Darum suchte sie Beistand von uns.

Julia und ich mussten herzhaft darüber lachen, als sie mir verriet, dass auch sie Evelin in der vergangenen Nacht unsere Geschichte erzählt hat. Heute bin ich fest davon überzeugt, dass sowohl Julias Geschichte bei Evelin und meine Geschichte bei Thomas ihre Wirkungen nicht verfehlt haben. Sie führen seitdem eine harmonische Ehe, und zu unser aller Glück durften Julia und ich sogar noch Großeltern des Zwillingspärchen Rotraud und Markus werden. So hat sich schließlich doch noch alles zum Guten gewendet. Vielleicht kommen einigen Lesern manche Begebenheiten in dieser Geschichte kitschig vor, aber doch ist es das Leben, das solche Geschichten schreibt.

Tja, bevor ich nun das Wörtchen Ende an den Schluss setzte, möchte ich der Wahrheit halber nicht verschweigen, dass ich bis zum heutigen Tage immer noch ab und zu an Monique denke, allerdings ohne im Herzen beschwert zu sein, und ich hoffe aufrichtig, dass sie, genau wie ich, ein glückliches Leben führt, das ihr mit mir nicht vergönnt war.

ENDE

»Des Nachts auf meinem Lager suchte ich ihn, den meine Seele liebt. Ich suchte ihn und fand ihn nicht. Aufstehen will ich, die Stadt durchstreifen, die Gassen und Plätze, ihn suchen, den meine Seele liebt. Ich suchte ihn und fand ihn nicht. Mich fanden die Wächter bei ihrer Runde durch die Stadt. Habt ihr ihn gesehen, den meine Seele liebt? Kaum war ich an ihnen vorüber, fand ich ihn, den meine Seele liebt.« Hohelied 3/1-3

Der Autor

Rainer Mauelshagen wurde im März 1949 geboren. Seine Kindheit und Jugendzeit verbrachte er in Wuppertal. 1984 zog er von dort nach Vettelschoß, einer Gemeinde im nördlichsten Zipfel von Rheinland-Pfalz. Rainer Mauelshagen ist verheiratet und hat zwei erwachsene Kinder und vier Enkel. Nach Abschluss einer Lehre als Schaufenstergestalter übte er im Laufe seines Berufslebens die unterschiedlichsten Berufe aus, wobei er die letzten Jahre in verschiedenen klinischen Bereichen als Pfleger und medizinischer Assistent tätig war. Seit seinem vorzeitigen Ruhestand widmet sich der Autor ganz der Literatur und hier vor allem dem kreativen Schreiben. Nach *Das Kastanienherz, Herr Jonas erwartet Besuch, Lieb Vaterland ... Gottfried Krahwinkels Erbe, Grab 47, Hinter der Zeit – Im Land ohne Wiederkehr* und *Im Schrei des Fisches* ist nun mit *Wie viele Träume hat die Nacht* sein siebter Roman veröffentlicht worden. Der ganz eigene Schreibstil ist es, der seine Bücher in dem Sinne lesenswert macht, weil es dem Autor immer wieder gelingt, die Leser emotional in seine literarischen Erzählungen hineinzuziehen. Ein weiterer Roman ist bereits in Arbeit.

Nach nunmehr sieben gemeinsamen Buchprojekten danke ich hiermit meiner verehrten Lektorin Sabine Dreyer wieder einmal mehr für ihre kritische, produktive und konstruktive Zusammenarbeit, ohne die meine Texte nicht zu den Büchern geworden wären, wie sie von den Lesern als durchweg lesenswert befunden werden. DANKE!
Rainer Mauelshagen

Weitere Bücher

ISBN: 978-3734767937

Das Kastanienherz

Was hat er hier verloren? Nach so langer Zeit? Was hat ihn gedrängt, gerade jetzt die Stätte einer längst vergangenen Lebensepisode aufzusuchen, die allerdings so entscheidend für alle Beteiligten gewesen war? Sind es nicht die schlimmen Träume, die ihn all die Jahre aufforderten zurückzukommen, um die Fratze der Vergangenheit mit der Gegenwart zu beschwichtigen? O ja, in der Rüstung des unverwundbar erscheinenden Alters will und muss er sich dem stellen! Felix Liebtreu, ein inzwischen an Jahren und Erfahrungen gereifter Mann, kehrt an einem heißen Sommertag zurück zum Ort seiner Kindheit. Allem Anschein nach hat er dort etwas aufzuarbeiten. Der inzwischen stillgelegte Bahnhof von Leitheim ist es, den er als erstes aufsucht. Denn hier hatte damals alles begonnen.

ISBN: 978-3746000121

Her Jonas erwartet Besuch

Was ist Zeit? Zeit ist im Grunde lediglich die Vermischung von Vergangenheit, Gegenwart und Zukunft. Doch über allem steht als Grenzwächter das Alter. Herr Jonas, ein hochbetagter Herr, muss an einem besonders herrlichen Sommertag feststellen, dass er zwar auf eine lange Vergangenheit zurückblicken kann, ihm aber die Neugier auf die Zukunft fehlt, denn schon die Gegenwart ist ihm fremd geworden. Allein gelassen mit Erinnerungen, Verzweiflung und Hoffnungslosigkeit lebt er zurückgezogen hoch unterm Dach in einer schäbigen Mansardenwohnung. Wäre er in der Vergangenheit nicht so ein Pedant und Querulant gewesen, niemand in seiner Umgebung hätte von der Existenz eines Friedbert Jonas gewusst. Deshalb trifft er eine wohlbedachte Entscheidung. Es gibt da jemanden, dem er alle seine Nöte aufbürden will. Er zieht den guten Anzug an und kocht ein opulentes Mahl, denn: Herr Jonas erwartet Besuch! Rainer Mauelshagen ist es gelungen, die Unaussprechlichkeit der Einsamkeit in Worte zu fassen und damit ein Mahnmal für die moderne Gesellschaft zu erschaffen.

ISBN: 978-3752836226

Lieb Vaterland ... Gottfried Krahwinkels Erbe

1918: Der große Krieg und das deutsche Kaiserreich werden bald Geschichte sein, als der dreizehnjährige Gottfried Krahwinkel vom Heldentod seines Vaters erfährt. Gewaltsam aus ihrem bürgerlichen Leben herausgerissen, müssen Gottfried und seine Mutter Meta mit Hunger, Not und den politischen Wirrnissen fertig werden. Sie verlassen ihre Heimatstadt und ziehen zum Großvater aufs Land.

In der freundlichen Obhut des Alten wächst Gottfried zu einem jungen Eiferer heran; nach dem Tod des Großvaters zieht es ihn wieder in seine Heimatstadt. Hier beginnt er eine Ausbildung und schließt sich den Nationalsozialisten an. Dies bringt ihn wegen seiner Liebe zu der Jüdin Libsche in arge Bedrängnis.

Der Zweite Weltkrieg bricht aus. In Ostpreußen heiratet Gottfried Hetty Hallmann. Während des Russland-Feldzugs lernt er endgültig den Irrsinn des Krieges kennen, der ihm auf grausamste Weise alle Ideale raubt. Hetty erwartet ein Kind und Gottfried gerät in russische Gefangenschaft. Während Mutter Meta daheim auf Nachricht ihres Sohnes hofft, erfasst der Krieg mit seinen verheerenden Bombardements die Zivilbevölkerung. Deutschland ist vom Feind eingekreist - und in einem endlosen Treck begibt sich Hetty 1945 mit Mutter und Tante auf die Flucht aus Ostpreußen.

ISBN: 978-3744836302

Grab 47

Ein Autounfall beendet das alte Leben von Marc Levante auf dramatische Weise, aber damit beginnt für ihn auch eine neue Existenz als Albert Mertin, der wegen seiner schrecklichen Brandnarben schon rein äußerlich keine Ähnlichkeit mehr mit dem Menschen hatte, der er vorher gewesen war. Doch damit nicht genug, Mertin hat auch keinerlei Erinnerung an den Unfall, sein neues Leben in Südfrankreich wird zu einem unlösbaren Rätsel. Aber er ahnt, dass in seiner Vergangenheit etwas Grausames geschehen sein muss.

In Deutschland ist derweil Hauptkommissar Hartmut Schnapp mit einem Vermisstenfall beschäftigt. Eine gewisse Constanze Cramer rückt dabei in den Fokus der Ermittlungen, denn ein ominöser Brillantring wird dabei zu einem roten Faden, der die Schicksale mehrerer Menschen verknüpft.

ISBN: 978-3748111245

Im Schrei des Fisches

Ein Herzstillstand reißt Robert Lichtenberg aus seinem gewohnten Alltag. Mehr tot als lebend wird er in das Krankenhaus eingeliefert, in dem
seine Frau Anja als Krankenschwester arbeitet. Nachdem sich sein Gesundheitszustand nach erfolgreicher Reanimation wieder verschlechtert,
drängt Doktor Samuel Merzhadaj, der Anja nicht nur beruflich sehr na-
hesteht, darauf, dass Robert ein neues Herz transplantiert wird.

Das Schicksal will es, das bald darauf ein geeignetes Spenderherz zur Ver-
fügung steht. Nach erfolgreicher Transplantation sieht es zunächst danach aus, als könnte Robert mit seiner Frau und seinem Sohn Julian wieder ein einigermaßen normales Familienleben führen, wären da nicht
seine schrecklichen Visionen und Albträume, die er schon bald mit dem
Spender in Verbindung bringt. Er kann sich keinen anderen Reim darauf
machen, warum ihn ein ominöser Fisch mit seinem Schrei quält. Und was
hat es mit der jungen Frau auf sich, die ihm in ihrem blutverschmierten
Kleid verstörend real begegnet?

Und so setzt Robert Lichtenberg alles daran, die Vergangenheit seines
Spenders zu erforschen, was noch mehr Probleme nach sich zieht.

ISBN: 978-3743177055

Hinter der Zeit
Im Land ohne Wiederkehr

Was würdet ihr denken, wenn ihr euch plötzlich in einer Welt wiederfindet, in der die Toten wieder leben?

Klara ist genau das passiert. Mitten in der Nacht kommen die Zeitgeister zu ihr, um sie in die Vergangenheit zu entführen. Viel Aufregung gibt es, als sie dort nicht nur ihren geliebten Opa Edi, sondern auch ihren Bruder Max und dessen Freund Lasse antrifft. Als es wegen ihres Großvaters, der hinter der Zeit noch ein Kind ist, zu einem tragischen Ereignis kommt, verstößt Klara trotz aller Warnungen gegen die Gesetze der Vergangenheit, was zur Folge hat, dass sie und die beiden Jungs mit der Verbannung ins Land ohne Wiederkehr bestraft werden. Es beginnt eine abenteuerliche Reise. Wird es am Ende für die drei eine Rettung geben?

»Hinter der Zeit, im Land ohne Wiederkehr« ist eine fantasievolle Geschichte über Freundschaft, Mut und Vertrauen.